高校事変 Ⅶ

松岡圭祐

角川文庫
22175

青春ほど死の翳《かげ》を負い、死と背中合《あわ》せな時期はない。

——坂口安吾（1906—1955）

1

突然の震動と地鳴りに、意識は急激に覚醒《かくせい》へと向かった。

十七歳の優莉《ゆうり》結衣《ゆい》は目を開けた。暗がりのなか、見知らぬ天井に戸惑いをおぼえる。ほどなく京都にいることを思いだした。周りのベッドから、同じぐらいの歳の少女らの寝息がきこえてくる。

上半身を起こした。Tシャツに汗をかいている。三月下旬でも朝方はまだ肌寒いはずだった。なのに眠っているあいだ、ひどく暑苦しかった。嫌な夢を見たせいだ。

どんな夢だったか、あえて思いかえすまでもない。目覚めとともに薄らいでいく夢の記憶もあるが、いまは脳裏に焼きついていた。

蟬の合唱が耳障りな日の午後だった。逆光に黒く染まった市村凜《いちむらりん》の表情はわからない。だが物憂げな口調がずっとささやきかける。なにを喋《しゃべ》っているかはさだかではなかった。

中一だった結衣の両手は血に染まっていた。手もとを眺めるうち、震えがとまらなくなった。感触もわからない。指先の感覚が麻痺《まひ》している。

小窓から降り注ぐ陽射しが、狭く薄汚れた浴室を照らしだす。血の海がひろがっていた。からっぽの浴槽に男が仰向《あおむ》けになっている。ワイシャツが真っ赤に染まっていた。下半身は裸だった。反響しながら耳に届くのは、自分の荒い息遣いだとわかった。

「安心して」凛が低くささやいた。今度は言葉が明瞭《めいりょう》にきこえた。「ふたりめからは楽になる」

結衣は頭を掻《か》きむしり、さっき見た夢の想起を打ち切った。なにもかも遠くへと追いやろうと躍起になった。

悪夢は見ないはずだったのに、最近はなぜかちがう。ここしばらく同じ夢とともに目が覚める。幻影ではなく実体験だった。十三歳の夏、初めて人を殺した。忘れようとしてきた九歳までの記憶が、一瞬にしてよみがえった日。過去のすべてが自分自身だと悟った。ほかにはなにもなかった。

小さくため息をつき、結衣はベッドから抜けだした。足を下ろすと、タイル張りの床が冷えきっていた。そっと立ちあがり、戸口へと静かに歩いていく。

震動も地鳴りも夢ではなかった。現実に起きたことだ。目覚めたのは結衣ひとりだけらしい。神経質なのを自覚する。けれどもあれは地震ではない。

非常灯の脆《もろ》い光が、無人の廊下をおぼろに照らす。突きあたりの窓に鉄格子はないが、金網が覆っている。京都の緊急事案児童保護センター。未成年の重要参考人を滞在させる府警所管の地方機関だった。早い話、未逮捕ながら野放しにもできない十代を、保護の名目で閉じこめておくための施設といえる。関東にはないため、結衣はここに飛ばされてきた。

逮捕されてはいないがゆえ、あるていど外出の自由はある。ただし一日二回まで、しかも職員の同行が義務づけられる。教師による授業も受ける。芳窪《よしくぼ》高校を除籍になった身だけに、日々の学習はそれだけだった。世間よりましかもしれない。新型コロナウイルスの影響でどこも休校になり、修了式もないまま早めの春休みに突入してしまった。勉強の機会が失われないのは好ましい。

静寂のなか、まだ暗い窓辺に歩み寄った。金網の向こう、うっすら青みがかった空の下、花園《はなぞの》駅近くの住宅街がひろがっている。真新しい戸建てと古民家が混在しながら軒を連ねる、京都市内ならではの眺めがあった。

路地に目を向けた。早くも駅をめざす人がちらほら見える。マスク姿ばかりだった。特にあわてているようすもない。ほとんどの家屋に窓明かりはなかった。

あの揺れと音はなんだったのだろう。たしかめたくてもスマホを持っていない。入所時に預ける規則だからだ。

背後から男性の声がささやきかけた。「もう起きたのか?」

結衣は振りかえった。五十代の痩《や》せた男が、やはりマスクを身につけ立っている。眠たげな細い目が訝《いぶか》しげに結衣を見つめた。ここの職員だった。当直にちがいない。

窓に向き直り、結衣は小声で応じた。「ドンッて突きあげたから」

「ああ。俺もそれで起きたんだが」職員は結衣に並ぶと、外のようすを眺めた。「なんともないようだ。勘弁してもらいたいよ。コロナウイルスに加えて大地震じゃ、この世は終わっちまう」

「ネットを検索すれば速報がでてるかも」

職員が咎《とが》めるようなまなざしを向けてきた。「どうせ朝食の時間には、食堂のテレビでニュースが観れる。優莉。まだ起床には早いぞ」

結衣の焦点は金網に合った。自分の目がなにも見ていないことを意味する。ここに来る前、事実と異なる説明を受けた。児童養護施設の暮らしと変わらないときいたが、ここは事実上、留置場と同じだろう。収容者が逮捕されていないというだけだ。証拠が揃わないため、警察が逮捕に踏みきれない。そのうえ管理責任を負う保護者もいない。そんな未成年のみが対象者となる。

　これまでの人生、こういう施設に片足を踏みいれているも同然だった。正確には十三歳の夏以降か。いや十四からだ。十四歳に満たない者の犯罪は罰しない、刑法四十一条にそうあった。中一のころの殺人は刑事責任を問われない。あの一回きりに留《とど》めておけば、警察の目を気にせずにすんだ。

　歯止めがきくはずもない。陰惨な行為を反復するうち、緊張や葛藤《かっとう》を喪失していき、なにもかもが日常化していった。第三者にいわせれば常習となる。昂揚《こうよう》感や罪悪感もいつしか消えていた。ドーパミンに耐性ができていく実感のみがあった。だがそれは認知の歪《ゆが》みというやつではないのか。

　結衣はつぶやいた。「ふたりめからは楽になる、か」

「ん？」職員がきいた。「なにかいったか？」

「べつに」結衣は窓に背を向け、廊下を歩きだした。

　戸口に引きかえしながらぼんやりと思った。いまさら悪夢にうなされるなど馬鹿げている。気づけば蚊を落とすがごとく人を殺してきた。感傷に浸りたがるのは、それが新鮮だからにちがいない。あるいはサイコパスでないと安堵《あんど》したいがためか。愚かしい。十三歳のあの日に運命はきまっていた。どうせ地獄に墜《お》ちる以外にない。

2

甲子園《こうしえん》警察署の刑事第二課に配属されて半年、二十七歳の神藤光昭《しんどうみつあき》巡査部長も、かつては緊急事案児童保護センターの収容者だった。十代のころは自暴自棄になり、やんちゃな生きざまを極めた。やがてそんな過去を反省し、父の勧めで警察官になった。当時どれだけ大人たちに迷惑をかけていたか、収容者に向き合う立場になったいま痛感させられる。不良少年だった神藤の前で、担当の刑事がそうしていたように、神藤もけさ賑《にぎ》やかな大部屋で書類を繰っていた。

若い女性たちのはしゃぐ声がこだまする。女子校の朝はこんなふうだろうか。緊急事案児童保護センターは事実上、少年鑑別所の一歩手前の施設だが、収容された未成年者らはみな危機感が希薄だった。とりわけここ女子専用の面談室では、誰もがやたらお喋りになっている。縦横に並ぶ事務机で、それぞれの捜査担当者が少女らと会話を交わす。逮捕した被疑者ではないため、正式な取り調べの権限を有さず、捜査担当者も強くはでられない。笑い声とともにきこえてくる少女らの言葉も、だいたいきまっていた。それなー。マジで。ウケる。

静かなのは神藤の机のみかもしれない。神藤は書類から視線をあげた。パイプ椅子に座る十七歳の顔が目の前にあった。

去年の夏に会ったときより、さらに痩せて引き締まった身体をブレザーとブラウス、スカートが包んでいる。芳窪高校の制服だが、彼女は退学を余議なくされていた。服装の自由を許せば風紀が乱れがちになる、そのため放校になった生徒にも、以前の制服を着るよう義務づけている。職員からそうきいた。

ストレートのロングヘアを染めたりせず、色白の小顔もほとんどノーメイクで済ませていた。つぶらな瞳《ひとみ》にすっきり通った鼻筋、薄い唇。総じて整った美形、優等生そうな面立ち。じつのところ、欠席が多かったわりに、学業の成績はいいようだ。

とはいえ人は見かけによらない。出生から九歳まで、あの父親のもとで過ごした事実は大きい。彼女が危険分子に育ちつつあるという説も、もはやただの噂ではなくなった。

神藤は結衣に話しかけた。「ききたいんだけどね。那覇《なは》発羽田《はねだ》行きの便に乗ってた先生や生徒、CAからスカイマーシャルまでが証言してることだ。きみとパグェには過去に確執があった。清墨《きよずみ》学園にいたパグェの少年要員を皆殺しにしたと、みずから認める発言をしたそうだな。ハイジャック犯の拳銃《けんじゅう》を事前にすり替えたとも告白したとか」

結衣はほとんど瞬《まばた》きせず、ただ虚空を眺めていた。表情に緊張は感じられない。写真のごとく静止している。神藤は小さくため息をついた。対面してからずっとこんな調子だ。

「あるいは」神藤は書類のページを繰った。「パグェとの過去の確執ってのは、父親が繰りひろげた抗争のことでしかなく、きみ自身がパグェに関わった事実はない。そう主張したいのか。弁護士先生はその一点張りだが」

機内でなにが起きたのか、解明には慎重を期す、捜査本部はそう表明した。未成年者らの行為が、正当防衛もしくは緊急避難にあたるか否か、警察が公式見解を発表する日はまだ遠い。生徒らの精神面のケアも心がけねばならない。取り調べは直接少年少女たちを対象とせず、弁護士や保護者らが代理となる。なにをおこなうにも日数がかかる。

やむをえないことだった。だが問題は、優莉結衣を庇《かば》うためとおぼしき偽証を、生徒ばかりか教師や保護者らが辞さない点にある。集団が緩くつながりながら実行犯を守ろうとする。これはまさしく優莉匡太《きょうた》の再来、半グレ集団の復興ではないか。退学後の逃亡を阻止するため、結衣を緊急事案児童保護センターに収容できたのは幸いだったが、口を割らせるとなると難題でしかない。

神藤は書類を机の上に投げやった。「きみに関しては奇妙なことばかりだ。いろんな噂がささやかれたのに、あるときトップダウンですべての疑惑が否定された。各方面の捜査関係者がきみから手を引いた。ところが機内の発言でまた、清墨学園事件に関わっていた疑いが持ちあがった。なのに本庁はどうにもできずにいる。事件当日、確固たるアリバイがあるからだとか」

結衣は依然だんまりをきめこんでいた。人を食った態度にも思えてくる。物怖《ものお》じしない態度というより、ただ素知らぬ顔をきめこんでいるようでもある。

世のなかには凶悪な十代もいる。いつも目の前をちらつく三人の顔が、またおぼろに浮かんできた。そろって当時の流行《はや》り、カモフラ柄のアウターを着て、いきがった振る舞いをしていた。不良あがりの神藤にはお馴染《なじ》みの人種だった。睨《にら》みつけるまなざしは低俗な猿のようで、連中の知性そのものに見えた。

三人の不遜な態度が結衣に重なる。しだいに苛立《いらだ》ちが募りだした。神藤は思わず声を荒らげた。「なんとかいったらどうなんだ！」

ふいに室内が静まりかえった。周りの少女らが妙な顔を向けてくる。テレビの音声だけが明瞭《めいりょう》にきこえた。結衣はいっこうに動じず、壁ぎわのテレビ画面を眺めた。

朝のニュース番組、キャスターの声が告げた。「きょう未明、大阪府箕面《みのお》市の市営グラウンドに大きな穴が開き、警察が原因を調べています」

画面に映しだされたのは、どの街にもある公園の一角、草野球場だった。バックネット前、ホームベースがあった辺りを中心に、直径約三メートルもの陥没ができている。深さはそれ以上のようだ。カラーコーンが大穴の周りを囲い、制服警官が数人立つ。朝っぱらのせいか野次馬の数はごくわずかだった。

キャスターの声がつづいた。「落雷のような轟音《ごうおん》が響いたとの通報が、市内および周辺の自治体から多数寄せられており、箕面署では地下インフラ不備の可能性もあるとして、専門家を呼び原因の特定にあたる方針です」

周りの少女たちは報道に関心を持つようすもなく、またざわめきだしていた。だが結衣の視線はなおもテレビに釘付《くぎづ》けだった。

結衣はささやきを漏らした。「けさの音……」

「きこえたかもな。朝の静かな時間帯、西宮《にしのみや》でもきいた人間がいる。俺は気づかなかったが」

「鈍感」結衣は視線を逸《そ》らしたままつぶやいた。

神藤は反論しかけたが、結衣の挑発だと気づき口ごもった。周りの事務机の刑事らは大人だった。少女の冗談に笑って耳を傾けるのも、忍耐の証《あかし》にちがいない。おかげで彼らは徐々に信頼関係を築きだしている。いまだ距離が縮まらないのは、神藤の机だけかもしれない。

ここにいる未成年者の容疑は、窃盗から薬物使用までさまざまだ。みな被疑者の立場に限りなく近い。条例に基づく施設の規定により、どの所轄の捜査員も面会でき、事情聴取の権限を有する。必要があれば施設の許可を得たうえで、日中は所轄署で身柄を預かることもできる。本来なら逮捕前には強制できないが、いまは施設長が保護者がわりとみなされるからだ。

多くの捜査員らが優莉結衣に手を焼いてきた。弁護士の立ち会いを排除できるようになっただけでも、警察にとっては一歩前進のはずだ。刑事警察と公安警察が協力しあい、人権支援団体による抗議を退けた成果だった。

本庁はむろん、ハイジャックと清墨学園事件の全容を解明したがっている。だが神藤は別件でここに来ていた。どうあっても真実をききだす必要がある。

神藤は冷静な物言いを心がけた。「さっきは悪かった」

「なにが」

「つい乱暴な言動をしてしまって」

「十代後半までワルをやってりゃ当然」

尖《とが》った針の先で刺されたような感触がある。神藤は結衣を見つめた。「なんの話だ?」

「ここに収容されたことがあるでしょ、先輩。収容者専用の靴脱ぎ場を迷わなかった。年配の職員に、ばつの悪そうな顔でおじぎをした。職員は微笑んでた」

気のない素振りをしながら、ずっと観察していたのか。やはり油断ならない少女だと神藤は思った。「それで? 悪徳警官とは話せないってのか?」

「べつに。元暴走族の警察官はめずらしくない。筆記試験の通過後、補導歴や逮捕歴が発覚しても、暴走行為ぐらいじゃ欠格事由にならないし」

「なぜ暴走……バイク乗りだったとわかる?」

「歩いてても後方確認の癖が抜けない。ニーグリップのしすぎで足の骨が内向き」

そういう手合いの大人もよく見てきたのだろう。優莉匡太の半グレ集団は、ほとんどが暴走族からの発展形だった。神藤は唸《うな》った。「警察官が常に人手不足なのも知ってるよな」

「強靭さが重視される職業だし、多少のガラの悪さは歓迎される」

「いちおう巡査部長になったんだがな」

「所轄では元ワルのほうが検挙率も高い。いまどき巡査部長は狭き門じゃないし」

「警察官に詳しいんだな。お父さんから教わったのか？」

「物心ついたときから、私服制服問わず父を訪ねてきた。馴染みにもなる」

文字どおり犯罪組織の巣窟《そうくつ》で育った。それが優莉結衣という存在にちがいない。いま周りの机にいる刑事たちは、大半が生活安全課の所属だろうが、神藤は刑事第二課だった。事態の重さがちがう。高二ながら大物と噂される優莉結衣と対面している。毅然《きぜん》とした態度を貫かねばならない。

「いいか」神藤は居ずまいを正した。「俺は旅客機や清墨学園の件でここに来たわけじゃないんだ」

「それはそうでしょ」

「なに？」

「西宮のちっぽけな所轄だし」

露骨に見下すような口調だった。神経を逆なでされ、神藤はかちんときた。「口の利き方をわきまえてないな。東京じゃ教わらないのか？」

結衣はすっと立ちあがった。神藤はまた面食らわざるをえなかった。

「おい」神藤は結衣にきいた。「どこへ行く？」

「甲子園署でしょ」結衣は醒《さ》めたまなざしを向けてきた。「身柄を預かりにきたんじゃなくて？　ちがうなら消えてよ。不要不急の外出は控えるべきでしょ」

3

結衣は神藤に連行され、建物の外にでた。空は晴れている。あきらかに東京より空気が澄んでいた。ただし爽《さわ》やかな気分にはほど遠い。私服たちのいかつい顔に迎えられたからだった。

神藤のほかにも刑事が三人いた。みな神藤よりは年上で、三十代半ばから後半ぐらいのようだ。角刈りが豊沢《とよさわ》、サーファー風の口髭《くちひげ》が香村《こうむら》、眼鏡の細面が蓮波《はすなみ》。それぞれ関西訛《なま》りの標準語でぶっきらぼうに挨拶《あいさつ》した。いずれも結衣にとって初対面だった。刑事に特有の凄味《すごみ》をきかせるものの、神藤とちがい元ワルらしさはない。暴走族出身とおぼしき特徴も見受けられなかった。

覆面パトカーの後部座席に、結衣は神藤と豊沢に挟まれ座った。逮捕も同然の物々しさだが、結衣は特に緊張せずにいた。緊急事案児童保護センターに来たときも同じような扱いだった。

運転していた香村だけを残し、京都駅で新幹線に乗り替えた。香村は後で合流するといった。新幹線での移動はわずか十分少々、新大阪駅で降りると、また別の覆面パトカーがまっていた。今度の運転手は太りぎみで丸顔、吉瀬《よしせ》という三十代ぐらいの刑事だった。

淀川《よどがわ》通りは朝のラッシュが始まっているものの、混雑は東京ほどでなく、クルマもそれなりに流れていた。やがて阪神《はんしん》高速にあがると、3号神戸《こうべ》線を走行していった。片側二車線のみが独立し、対向車線は見えない。両側の視界をフェンスが遮っている。去年の記憶と食いちがう。こんなにフェンスが高かっただろうか。

ほどなくセダンに乗っているせいだと気づいた。大型バスの窓からは、フェンス越しに辺りの景色を望めた。

けさもあの日と同じく、西宮の出口で高速を下りた。すぐに赤信号で停車する。やはり見覚えのある風景があった。甲子園球場前の広々とした交差点付近には、春のセンバツ高校野球大会のペナントがかかるはずが、なにもなくひっそりとしている。人の往来もごく少ない。三人中ふたりはマスクで口もとを覆っていた。

目の前に球場の外壁が見える。蔦《つた》はすかすかで、茅《かや》いろの煉瓦《れんが》がほとんど剝《む》きだしのままだった。これも去年と変わらない。

ステアリングを握る吉瀬がつぶやいた。「無観客試合かと思ってたのに中止やなんてな。どこへ行ってもマスクが売り切れ。新型コロナウイルスがここまで流行して、オリンピックもどうなるか」

豊沢が世間話の口調で応じた。「さすがに暖かくなったら落ち着くだろ。中止じゃ柚木《ゆき》若菜《わかな》大臣も浮かばれねえな」

「オリンピックの実現に執着してたからねえ、柚木大臣は」

武蔵小杉《むさしこすぎ》高校事変で命を落とした大臣に言及したのは、むろん結衣を意識してのことだろう。ただしこの刑事たちも、大臣を射殺したのが誰かまでは知るはずもない。

半年前、矢幡嘉寿郎《やはたかずお》総理は真実を公表した。柚木大臣がクーデターを画策した、武装勢力を操っていたのも柚木だった、矢幡はそういった。

野党は一斉攻撃にでた。いくら柚木が権力欲に駆られ、オリンピックの莫大《ばくだい》な収益に目がくらんだとしても、そのために命を張って支援する連中がどこにいる。柚木が総理になったあかつきには、指揮権発動で犯人グループを無罪にすると約束したらしいが、そんな約束を鵜呑《うの》みにする輩《やから》はいない。だいいち軍隊並みの装備を密輸する資金はどこからでた。

ひところ国会は大荒れに荒れた。矢幡政権は存続が危ぶまれたものの、野党支持率の極端な低迷がつづき、なし崩し的に総理の続投がきまった。

クーデター資金のでどころについて、結衣は真相を知っていた。田代槇人《たしろまきと》が仲介する裏金専門の国際投資機関シビックによる調達だった。けれどもあらゆる疑問が完全に解消されたわけではない、ずっとそう感じてきた。

柚木はオリンピックまでに総理大臣になりたくてクーデターを起こした。だがシビックは、柚木が国の収入からかすめとる横領金だけを担保に、それを支援したのだろうか。チュオニアンの学園長は別の収益があるといった。政権転覆が事前にわかっている以上、国際的な株式投資で利益がだせる、むしろそちらのほうがシビックにとっての本流だと主張した。

だが日を追うごとに疑問が募る。柚木は矢幡の死後、武装勢力を一掃したと見せかけ、政情の安定に努めるはずではなかったのか。だからこそ翌年のオリンピックも問題なく開催できると踏んだのだろう。

かつて優莉匡太は相場操縦の犯罪にも手を染めていた。一連の犯行計画を記したノートが遺品のなかにあった。結衣はそれらを読みあさった。国が混乱した場合、その国の通貨は売りで反応するのがふつうだが、日本で災害が起きた場合はいつも円高になる。保険会社が支払いのため多額の海外資産を日本円に戻す一方、株の動きが円買いを呼ぶからだという。謎の武装勢力を全員逮捕し、新たな総理大臣が誕生しただけなら、日本の経済状態が激変するとは思えない。なのにシビックはどんな投資で利益がだせると見こんだのか。

総理になりたいという柚木の私欲を、武装襲撃計画で実現してくれる勢力など、どこにもいやしない。そんな野党の指摘も的外れとはいえない。

神藤がきいた。「なにか気になるのか」

結衣はため息まじりに応じた。「いえ」

高校生の頭で考えたところで、どうせ答えはでない。武蔵小杉高校事変のとき、結衣はなにも考えていなかった。生徒たちが大勢死んだ。復讐《ふくしゅう》のため、気に食わないババアを撃ち殺した。それがすべてだった。以後は死体の山ばかり積みあげてきた。

後悔はしていない。だがいまはもう少し深く考えたくなる。悲劇の連鎖に嫌気がさしているせいかもしれない。

豊沢は軽口を叩《たた》いていた。「外出自粛が呼びかけられてるのに、県警の本部長はゴルフだとさ」

吉瀬が応じた。「困ったもんだ、ゴルフクラブ収集熱もすごいらしいな。ドライバー一本に百万払ったってよ」

「好き勝手やってやがる、お偉いさんどもは」

交差点を右に折れれば、阪神電鉄の甲子園駅前のはずだが、クルマはUターンした。高速道路の高架線下を逆方向に進んだ左側に、三棟のビルが連なっている。真んなかのビルは楕円《だえん》柱の形状をなし、外壁に甲子園けいさつと記してあった。正面に車寄せはなく、路肩に停車する。

結衣は神藤らとともに歩道に降り立った。覆面パトカーは向かいの高架下にある駐車場に停めるようだ。刑事たちに囲まれながら、結衣はエントランスへの外階段を上っていった。

案内されたのは刑事部屋だった。事務机はいくつかのシマに分かれ、それぞれに私服がいた。

隅のほうの机で事情聴取がおこなわれている。作業着姿の中年が刑事に対し、不満げにぶちまけた。「毎年のことやないですか。ちゃんと仕入れた商品やし、問題なんか起きるはずないでしょう」

刑事が唸《うな》った。「そりゃ阪神園芸さんのことですから、なんら落ち度はないとは思いますけどね。親会社の阪急《はんきゅう》阪神ホールディングスさんから、いちおう現場の人間に確認してくれといわれて」

「長いつきあいやし、うちが疑われるとは思わへんかったわ」

「疑っちゃいません。でも常識の通用しない世のなかなんでね。田代勇次《ゆうじ》の父親の会社が、銃器密輸の顧客だったなんて、ほんのひと月前なら誰が信じました？」

「あの健全そうな親子がね……って、結局疑っとるやないですか」

ふたりは笑いあった。深刻なようすではなかったが、こんなところでも田代親子のスキャンダルが話題になっている。

聞き耳を立てていたかったが、神藤が歩きつづけるようながしてきた。結衣は仕方なく歩を進めた。

田代槇人は日本の政財界に多大な影響力を持っている。そのためか現時点では刑事告発を受けていない。黒い噂をさんざん書き立てられ、勇次の人気も失墜ぎみだが、槇人の息がかかった外資系企業はいまだ健在だった。

それでも権晟会《ごんじょうかい》からの武器密輸ルートは壊滅した。チュオニアン騒動以降、海上保安庁による洋上警備が強化され、傭兵《ようへい》部隊の不正入国もままならないはずだ。ウィルス騒動で税関の審査も厳しくなるばかりの昨今、田代ファミリーは弱体化しているにちがいない。パグェによるハイジャックを後押しするのに、田代槇人はひと役買ったのだろうが、その後はめだった動きもなかった。

刑事部屋の一角、十二の机が合わさって、ひとつのシマを形成する。そこに五十代の男性ひとりだけが居残る。頭髪が薄く、目尻《めじり》と頬肉の下がった、いかにも中間管理職という顔つきをしていた。神藤が軽く頭を下げると、その人物が反応した。腰を浮かせ、結衣に対し会釈する。奥の壁にあるドアを指ししめした。

迎えにきた刑事たちとちがい、上に立つ人間は妙に腰が低い。これも警察署にありがちな光景といえた。わざとそう演じているわけではない。役職によって仕事の気にかける要素がちがってくるからだ。

ドアのなかは窓のない会議室だった。長テーブルに椅子、ホワイトボードだけが据えてある。

管理職の男が深々と一礼し、さも申しわけなさそうにいった。「刑事二課、特務一係長の畑野《はたの》です。わざわざご足労いただきまして、どうも」

入室した私服は畑野のほか、神藤と豊沢、蓮波だった。高架下にクルマを停めてきた吉瀬が合流し、ドアが閉じられた。刑事課には女もいたようだが、この室内は男だらけだった。肘掛《ひじか》けのない椅子のひとつを、神藤が後ろに引いた。座るよう結衣に目で告げてくる。

係長と現場の刑事らのあいだには、ずいぶん温度差があるようだ。結衣は畑野にだけ会釈し、椅子に腰かけた。畑野が向かいの席に座ったものの、ほかの刑事たちは立ったままだった。

神藤が声高にたずねてきた。「なんで呼ばれたかわかるか」

畑野は顔をしかめ、片手をあげ神藤を制した。「よせ。被疑者じゃないんだ。取り調べとはちがう」

角刈りの豊沢が腑《ふ》に落ちないという顔になった。「緊急事案児童保護センターにいる時点で、事実上犯罪者と目されてるようなもんですけどね」

弁護士に訴えられるのを恐れているらしい、畑野があわてぎみに訂正した。「そんな事実はない。いいからそうイキるな。優莉さん、あのう、きょう来てもらったのはね……」

結衣はつぶやいた。「去年の夏、甲子園についての取り調べ。証拠がなくても、武蔵小杉高校に転校してから、このあいだの飛行機まで怪しいことだらけ。ちょうど京都の緊急事案児童保護センターにいたし、法的にも問題なく署で身柄を預かれる」

豊沢は鼻を鳴らした。「わかってるじゃないか」

当然だろうと結衣は思った。「漆田《うるしだ》さんがいるから」

神藤はかちんときたようすだった。結衣はわざとちがう苗字《みょうじ》で神藤を呼んだ。むろん去年のことを踏まえたうえでの皮肉だ。

蓮波が眼鏡の眉間《みけん》を指で押さえた。「警察に連行された理由も思いあたるってことだな」

畑野はじれったそうにいった。「やめないか。連行ではなくて保護だ」

神藤は結衣の隣りに座った。「名目上は保護でも、現実的に意味するところは、きみ自身よく理解できてるはずだ。二〇一九年夏、武蔵小杉高校に転校する少し前、きみは泉《いずみ》が丘《おか》高校にいた。夏の甲子園にも応援に来てた」

結衣は神藤を見かえさなかった。「学校できまったことだから」

「八月十一日」神藤が身を乗りだした。「開幕六日目、第三試合。泉が丘高校が兵庫の辰巳《たつみ》商業と対戦。きみは三塁側アルプススタンドを離れ、どこに行ってた？」

やはりそのことか。結衣はたずねかえした。「なにか問題でも？」

神藤が表情を険しくした。「西宮市議会の令和元年十二月定例会で、特別地域条例が可決された。甲子園球場の警備室は、捜査令状がでた時点で必要に応じ、所轄署の捜査担当者が指揮権を得る。誰のせいで警察の権限が強化されたか、説明するまでもないよな？」

畑野がぎこちない笑いを浮かべた。「神藤君、市議会の決定なんか持ちださないでくれ。まだ優莉さんが関わってると確定したわけじゃないんだ。優莉さん。いま神藤がいったことは忘れてください。意味不明な言動だったと思いますが、誰もあなたを責めてなど……」

今度は神藤が片手をあげ、畑野を黙らせた。畑野は表情を凍りつかせた。

「優莉結衣」神藤は低い声で告げた。「試合中、甲子園で死体が見つかったのは知ってるだろ。きみが関与していないとどうしていえる。あちこち走りまわったあげく、最後に死体発見現場を訪れたきみが」

結衣は黙ってテーブルの表面を眺めていた。

あれが去年の夏か。ずいぶんむかしのことに思える。多くのことが起きすぎたせいか。あのころはたしか、まだ十三歳の自分を引きずっていた。別の角度から見れば、良心の呵責《かしやく》を残す最後の時期でもあったといえる。

暑い日だった。きょうの太陽とは質が根本的に異なる。白く爆発したような夏の光が、球場をひたすら覆い尽くしていた。

4

甲子園に行く一か月前、期末テストを迎えた日の朝だった。結衣は通学のため施設の玄関をでた。

野球の強豪校として有名でも、泉が丘高校は素朴な住宅街のなかに埋もれている。栃木のなかでは栄えているほうだが、田舎なのは否めない。

朝から強烈な陽射しが降り注ぐ。蟬の合唱がけたたましく反響する。路上いっぱいに男女生徒の白い夏服がひろがり、みな同じ方向をめざす。女子は半袖《はんそで》セーラー服、男子は開襟シャツだった。

結衣もセーラー服を着ていた。制服が共通していても、周りから浮いた存在なのはあきらかだった。半径二メートル以内には誰も寄りつかない。結衣に気づいたとたん、生徒たちが露骨に避けていく。

なにも感じなかった。九歳で小学校に初登校してから、ずっとこんな調子だった。歩きやすくて好ましいとさえ思う。

緑の垣根とネットフェンスの囲む一帯が見えてきた。鈴なりになって校庭を見物する大人たちは、野球部のＯＢ会や父母会にちがいない。そんな大人たちも、めざとく結衣を見つけては、そそくさと道を空けにかかる。

テスト期間中も野球部は朝練を欠かさない。結衣は特に関心を持たなかった。校門まであとわずかの距離まできた。

ふいに派手なギャルメイクの女子生徒が、目の前に立ちふさがった。隣りのクラスの佳山《かやま》美井華《みいか》だった。過剰なメイクの趣味が、美井華と共通する取り巻きを引き連れている。

美井華が声高にいった。「おい優莉。学校に来んなっていったろ。なにをのこのこ現れてんだよ」

またこの手合いか。懲りずに似たような連中がちょっかいをかけてくる。結衣は目を合わすことなく、美井華のわきを通りすぎた。

「ガン無視かよ」美井華が追いかけてきた。「目悪いのか。視力検査受けてこい。それとも貧乏でメガネの度を合わせられねえとか?」

このとき結衣は眼鏡をかけていた。ただしレンズに度は入っていなかった。美井華が見えていないわけではない。視力はもともと良かった。

「おい」別の女子生徒が食ってかかった。美井華の連れ、奥戸《おくど》芽未《めみ》がさかんに挑発しだした。「迷惑だってわかんねえのか。おめえなんかが出入りしてたら、野球部の甲子園出場に関わるだろが。優莉って存在そのものが不祥事なんだよ」

甲子園出場。関東大会の決勝もまだだというのに気が早い。六年ぶりの出場がかかった今年、地域が盛りあがっているからといって、登校を阻まれる謂《いわ》れはない。

芽未はあきれたように苦笑した。「きこえねえって態度。アイポッドのボリュームが大きくて、なにも耳に入らねえってさ」

美井華がまた行く手にまわりこんだ。「ためしてみようじゃねえか。おいブス。死刑囚の娘。幼女のころから売春婦だったんだろ？　関東大会で敗退したらおめえのせいだからな、疫病神」

進路をふさがれたため、結衣は美井華を前に立ちどまらざるをえなかった。

極端に距離が詰まった。美井華が睨《にら》みつけてきた。「なんかいいてえことあんのかよ」

結衣は手をださなかった。やたらと煽《あお》ってくるのは、決定的瞬間を押さえるためにちがいない。校舎の窓からも見下ろす女子生徒らがいる。

これまで何度か、美井華と同じく絡んできた男女生徒を、発射機能付き注射器で撃退してきた。忌まわしい父の忘れ形見だった。イモガイ科の貝から抽出した毒を塗った針は、病院に運ばれるころには自然に肌から押しだされ、なんの証拠も残らない。だがさすがに怪しんでいるのだろう。美井華の連れは結衣の行動を見逃すまいとしている。いままでのように注射器を握りこんで、針を美井華に向ければ、動作でたちまち気づかれる。

美井華は顔をくっつけんばかりにして立ちふさがる。一瞬だけ目が合った。それだけで充分だった。結衣はわきにどき、校門へと向かった。

背後で美井華の罵声《ばせい》がこだました。「なめてんのか、優莉。このブ……」

ふいに沈黙したのち、美井華の激しい嘔吐《おうと》がきこえた。路上に濁った液体がぶちまけられ、酸性のにおいが辺りに立ちこめる。

芽未が慄然《りつぜん》とした。「美井華!?」

どよめきがひろがり、大人たちまでが驚きの目を向けてくる。美井華が倒れこむ音がした。結衣は振り向きもせず歩きだした。校門で足をとめた生徒たちが、また左右に身を退《ひ》く。一部の馬鹿を除き、誰もが進路からいなくなる。いつもの登校風景だった。

校舎の階段を上り、廊下を歩くあいだも、結衣に目をとめた生徒らが避ける。二年二組の教室に入った。談笑していた声がぴたりととまる。結衣は後方にある自分の席に向かった。

その場に立ち尽くして見下ろした。机には悪臭を放つ半固形物がぶちまけられている。たぶんドブからすくいとった汚泥だろう。

結衣は顔をあげた。前方の席に集う男子生徒らがこちらを見ていた。あわてて目を逸らしながらも、一同そろってほくそ笑む。中心人物は、着席し背を向けたままの棲《つま》取敬一《とりけいいち》だとわかった。サッカー部でスタメンを外されてから帰宅部になった暇人だった。

机の脚までは泥がこびりついていない。そこをつかむと、結衣は盛大な音を響かせながら机を引きずり、棲取に近づいていった。男子生徒らがあわてぎみに退避する。棲取はひきつった顔ながら、立ちあがりもせず結衣を見かえした。

居直った態度がうかがえる。責められたらどんな反応をしめすか、予測するまでもない。知らねえ。なにか証拠あんのか。そんなふうにうそぶくつもりだろう。

けれども目が合った直後、結衣はわきにどいた。棲取の顔がたちまち青くなり、前屈姿勢をとるや激しく嘔吐した。結衣はすかさず棲取の机を持ちあげ、ゲロを浴びさせないよう遠ざけた。机のなかにあった棲取の教科書やノートをぶちまける。結衣は確保した机を高々と掲げ、もとの場所に戻っていった。背後では棲取がのたうちまわり、胃の内容物を吐きつづけている。女子生徒が悲鳴を発した。教室は軽いパニック状態におちいった。

結衣は平然と席に着いた。生徒たちの目が棲取に向けられているのを確認し、そっと眼鏡を外した。

眼鏡の耳にかかる先セルには、左右それぞれ極細のゴム管が接続してある。髪に耳もとが隠れているため、傍目にはイヤホンのコードに見える。実際にはゴム管二本は、いずれも小さなゴム球ポンプ二個につながっている。スカートのポケットにおさめたゴム球を握れば、眼鏡のつるの先から、微量の青酸が前方に噴射される。左右のつるから一回ずつ噴射可能だった。至近距離で相手と目を合わせていれば、眼球の粘膜からたちまち浸透し、嘔吐反応を引き起こす。致死量にはほど遠いが、熱中症に似た症状が丸一日つづく。

父の半グレ集団のひとつ、D5による単純な小細工だった。十歳のころ父の遺品のなかから見つけた。それなりに役立った。

かつてD5はフグ毒も研究していた。フグ毒を微妙な量に調整すれば、随意筋を麻痺させ、呼吸を途絶えさせられる。脈も測れないほど弱まる。死んではいないが、しばらくそのように見せかけられる。ただしインパクトが強すぎ、ただちに救急車を呼ばれてしまう。医師の診察なら、死んでいないこともすぐ発覚するだろうし、フグ毒も検出される。あるいは実際に死ぬ可能性もある。ちょっとしたいたずらで逮捕されたのでは割に合わない。

結衣はギミック一式をスポーツバッグにおさめ、同型のノーマルな眼鏡をかけた。保健室から教師が飛んできて、大慌てで棲取を助け起こす。男子生徒たちは怯《おび》えた顔を結衣に向けたが、教師に告発する素振りはしめさなかった。証拠がない。どんな手を使ったか想像もつかない。なにより報復が怖い。連中の頭にあるのはそんなところだろう。

教室の騒動から視線を外し、結衣はぼんやりと窓の外を眺めた。いじめへの報復は、意識的に始めたことではない。けれども小学校に通いだしたとき、敵意を剝《む》きだしにする周囲に対し、自衛手段が必要になった。攻撃を受けたら報復するよう、かつて父から教わった。食事のときに箸《はし》を持つのと同様に刷りこまれた。

ただし命を奪うのは嫌だ。自分がそうされたくはないのだから、人に対してもすべきではない。

教室が静かになっていることに気づき、結衣はふと我にかえった。生徒たちがそれぞれの席についていた。ただひとり棲取の姿はない。泥まみれの机もすでに撤去済みだった。モップで磨かれた床が濡《ぬ》れた光沢を放つ。

三十代半ばの数学教師、普久山《ふくやま》裄廣《ゆきひろ》が教壇に立った。「えー。棲取はいま保健室で休んでる。熱中症のようだ。けさ校門で三組の女子が同じように倒れたらしい。みんなも注意してくれ。まだ時間があるから、テスト前の最終確認をしておくように」

何人かの生徒が結衣を振りかえった。だがすぐまた前に向き直った。普久山もなるべく結衣を見ないようにしている。

自分がここにいるのは正しいのだろうか。まともに生きようとするのはまちがいなのか。いじめは犯罪だ、だから犯罪をもって対処した、その時点でまともではないのか。こんな生き方ではいけないという自覚はある。だから徐々に変えていきたいと思っている。それだけでは駄目なのか。受容されないのか。

市村凜は十四歳で性的暴行を受けた。人権支援団体に保護され、多大な援助を受けるうち、被害者こそ特権階級にあると気づきだした。ボランティアは彼女を励まそうと心からもてなした。嵐《あらし》のコンサートチケットを提供し、海外旅行の費用を全額与え、無償で児童養護施設に住まわせた。

そのうち凜は、気にいらない大人の男性を痴漢呼ばわりするだけで、社会的に抹殺できることを知った。やがて愛してもいない男と結婚しては、DV夫として告発、離婚のたび財産の半分と慰謝料をせしめるようになった。離婚に応じない夫はためらわず殺害した。いつも巧みに病死や事故死に見せかけた。

あんな女になりたくない。なのに当時、面と向かって文句はいえなかった。結衣は胸の奥深くで凜に同情を寄せていた。それが弱みになった。母親代理の顔をした凜につけこまれた。思いかえすだけでも腹立たしい。

やがて市村凜は何者かに刺され、犯行の数々があきらかになった。広く報道された結果、市村凜の名は優莉匡太と並び、平成最悪の犯罪者として世間に知れ渡った。結衣が凜と暮らした日々のことは公になっていない。一部に事実を知る人間はいるものの、証拠は残っていないはずだ。だが夢や幻ではなかった。結衣は優莉匡太の娘として生まれ、市村凜と一緒に住んだ。おかげで常識が世間と乖離しているのを認めざるをえない。それでも変えていきたい。十三歳のころ人を殺した。そんな過去を忘れたい。どこにでもいる高二になれさえすれば、とりあえずほかになにもいらない。

ふと教室の真んなかあたりの席に目が向いた。わりとおとなしめの女子生徒、桧森《ひもり》愛加《まなか》が机に置いたレポート用紙に、教科書の内容を必死で書き写している。ほとんど書き殴るような勢いだった。すでに用紙はびっしりと細かな文字で埋まっていた。たぶんけさ早めに登校し、いままでずっとつづけてきたのだろう。

ほかの生徒らもテストに備え、教科書や暗記帳を眺めている。だが愛加のようすはどうも変だった。頭に叩《たた》きこむにしても、いまさら教科書を書き写すとは効率が悪い。

普久山が声を張った。「そろそろ時間だ。みんな、教科書もノートもしまえ。筆記具は規定の物だけだ、カンペンケースも置くなよ」

生徒たちが指示に従う。愛加もレポート用紙を折りたたんでカバンにいれた。なぜか筆記した面を外側にして折った。机の上に伏せるように前かがみになる。

「それと」普久山がいった。「答案用紙を配る前に、スマホの回収がてら机をチェックするからな。みんな手を膝《ひざ》の上に置け」

愛加がびくついた。ほかの生徒らは姿勢を正したが、愛加はわずかに顔をあげただけだった。まだ机に両肘《りょうひじ》をついている。普久山が手提げ袋をひろげ、教室内をうろつきだした。生徒たちがスマホを手提げ袋に投げこむ。普久山の目は机の表面に向けられていた。しだいに愛加に近づいていく。愛加は震えあがっていた。

そういうことか。結衣は普久山にいった。「先生」

普久山が凍りついた。大袈裟《おおげさ》に思えるほど腰が引けている。結衣に話しかけられることはめったにないからだろう。うわずった声で普久山がきいた。「なんだ？　優莉」

「この机」結衣は淡々とした物言いながら、わざと小さくささやいた。「棲取君のです」

「棲取の？」普久山は近づいてきた。声がききとりにくいと感じたせいにちがいない。

結衣は小声を保った。「泥まみれになってたので交換しました。いいですか」

「ああ、あの机か。ゲロかと……。いや、なんでもない。しかしなぜ泥なんかが……」

「わかりません」

「まあ棲取も保健室だし、机の交換は問題ないと思うが」

愛加がちらと振りかえった。普久山が背を向けているのを確認し、手で机の上をこすりだした。斜め後ろの席、髪をわずかに明るく染めた女子生徒、栗原清羅《くりはらせいら》の横顔が見えた。清羅は愛加を眺めつつ、もやっとした表情を浮かべていた。

もう少し時間をつなぐ必要がある。結衣はつぶやいた。「もしこの机に、カンニングを匂わすようななにかがあっても、わたしのものじゃありません」

「ああ」普久山はじれったそうにうなずいた。「よくわかった。だが見たところ落書きもないようだし、テストに支障ないだろ?」

普久山が踵《きびす》をかえし、教室の前方へと立ち去りだした。愛加はぎりぎりまで机をこすっていたが、気配を感じたらしく、びくつきながら両手を膝の上に置いた。普久山は愛加の机にも目を落とした。眉《まゆ》をひそめたものの、それ以上は特になんの反応もしめさず、黙って教壇に戻っていく。

清羅が硬い顔になった。愛加は悄然《しょうぜん》としたようすでうつむいた。

結衣は小さくため息をついた。人のよこしまな企《たくら》みがやたら目につく。これも半グレ集団のなかで育てられた弊害かもしれない。

テストが終わり、休み時間が訪れた。普久山は回収した答案用紙を手に立ち去った。

生徒たちのほとんどが席を離れている。

愛加はまだ机に座っていた。新たにレポート用紙を机に置き、また教科書を書き写そうとしている。次のテスト科目の教科書だった。

結衣は歩み寄ってささやきかけた。「桧森さん」

「はい?」愛加は顔をあげた。とたんにびくっとして身体をのけぞらせた。「な、なに?」

やはりこういう反応か。無理もない。言葉を交わすのはこれが初めてだ。結衣は顔を近づけた。「あのさ」

「そんな。困る」愛加が辺りを見まわした。クラスメイトらの顔いろをうかがっている。「話しかけないでよ」

結衣との接触は御法度なのだろう。だが結衣はかまわずいった。「やめたほうがいい」

「なんのこと? 離れてよ」

すかさず結衣は机の上に手を伸ばした。レポート用紙をめくりあげる。裏にカーボン用紙が貼りつけてあった。愛加がレポート用紙に書いた字は、そのまま机の上に転写されていた。

愛加はあわててレポート用紙をひったくった。体裁の悪そうな顔で押し黙る。

机の濃い木目に、黒のカーボンで書かれた字はめだたない。けれども光に反射させれば読みとれる。表面が滑らかなので、手でこすれば消せる。愛加は周りに気づかれないよう、カンニングの準備を進めていた。

結衣は愛加に耳打ちした。「もうばれてる。だから普久山にチクられた。事前に情報があったと思わせないために、普久山は前の席から順に調べた。でもあなたがまたやったら、今度こそ真っ先に調べられる」

「なんでそんなふうにいえるの」

愛加は黙りこんだ。結衣が顎《あご》をしゃくったほうを眺めたからだった。教室の隅で清羅がほかの女子生徒と立ち話をしている。清羅はこちらを見ていたが、鬱陶《うっとう》しげな顔で視線を逸《そ》らした。

ようやく事情を悟ったようだった。愛加は肩を落とし、苦悶《くもん》の表情とともにささやいた。「いいから離れて。なんなの。ちゃんと勉強しろって?」

「いいえ。ばれないようにやれってだけ」

それっきり沈黙が生じた。結衣は身体を起こした。遠巻きに見守る生徒たちが、汚《けが》らわしいものを見る目を愛加に向ける。優莉結衣と言葉を交わすことは、よほどの非常識とみなされるらしい。

結衣は無言で立ち去った。小学校でも中学校でもこうだった。他人と打ち解けようとは思わない。生まれも育ちも根本的にちがう。どうせ心は通じない、わかりあえない。伝えたいことだけは伝えた。どう思うかは相手しだいだった。干渉したくない、されたくない。詮索《せんさく》もしたくない、されたくもない。

5

きょうのテストは午前中にすべて終了し、下校時間を迎えた。結衣は階段を下りていった。職員室前の廊下に立つ普久山を見かけた。向き合っているのは愛加だった。普久山による説教中なのはあきらかだが、テスト期間内のため、職員室に生徒をいれられないのだろう。

異様なほど大げさな息づかいが廊下にこだました。愛加は過呼吸の症状をしめし、その場にうずくまった。往来する生徒たちが驚いたように振りかえる。

だが普久山は眉ひとつ動かさなかった。「桧森。本来なら家に報告するところだが、先生は黙っていようと思う」

すると過呼吸はにわかに静まり、愛加が顔をあげた。信じられないとばかりに目を輝かせている。

普久山がしらけたようすで見下ろした。「パニック障害は気分しだいでおさまったりしない」

愛加はあわてたように過呼吸を再発した。

「もういい」普久山はため息をついた。「先生の知らない奇病もありうるといいたいんだろうが、教師という職業上、こればっかりは医者より識別に自信がある」

また荒い息づかいがおさまってきた。愛加は顔面を紅潮させ、うつむきながら立ちあがった。

清羅が連れとともに廊下を眺め、小声で笑いあっている。

結衣は空虚な気分で昇降口に向かった。愛加は結衣の忠告をききいれなかった。二時限目のテスト前、ふたたび教科書の内容をレポート用紙に書き写した。今度は普久山もまっすぐ愛加の席に向かった。発覚後、愛加は耳を真っ赤にしながら、机に転写された字を消しにかかった。答案用紙は渡されたものの、愛加はなにも書けないようすだった。

話しかける必要などあったのだろうか。結衣を拒絶しようと誰もが心にきめている。そんななかでなにをいおうが無駄なことだ。空気と化すのが義務だとわかっていた。結衣がいないも同然に教室はまわる。

上履きはスポーツバッグにおさめ、靴に履き替える。結衣は外にでた。太陽が高いところに昇りきっている。真っ白な視野に目が慣れるのが一瞬遅れた。

グラウンドから男子の声がきこえた。「危ない！」

結衣は動じなかった。ボールの滞空時間が長い。フライにちがいなかった。野球部員たちの見上げる方角は確認できた。落下地点は近いものの、わずかに逸れている。ボールが音を立てて弾んだ。結衣のすぐわきだった。誰も拾おうとしないのも当然だった。結衣のそばには、ほかの生徒がいっさい近づかないのだから。

野球部のユニフォームがひとり駆けてきた。こういう場合は帽子を脱ぎきまりらしい。知らない顔だった。マスコミに露出するスタメンではないと一見してわかる。まだ身体ができておらず、かなり痩《や》せている。顔つきもまだ幼く、りりしさや凄《すご》みに欠ける。一年生のようだ。制服姿だったなら野球部とはわからない。

部員は結衣におじぎをした。だが顔をあげたとたん立ちすくんだ。ほかの女子生徒が相手だったら、ただちにグラブを差しだし、ボールを投げてくれるよう要求するだろう。いま部員は棒立ちだった。

マウンドで大柄な部員が声を張った。「おい芦崎《あしざき》！　早くしろ」

ひとこと怒鳴っただけで女子生徒らが反応した。その人気ぶりで、遠くても二年のピッチャー、滝本翔《たきもとしょう》だとわかる。

「はい」芦崎は威勢よく返事したが、結衣に向き直るとまたたじたじになった。「あのう、ボールを……」

結衣を恐れるというより、関わっているところをほかの生徒に見られたくない、そういう態度をしめしている。どこへ行ってもこんな調子だった。結衣のなかで苛立《いらだ》ちが募った。左手でボールをつかみあげると、軸足に体重を乗せ、身体をひねりながら遠投した。

放物線はさほど弧を描かず、ほぼまっすぐに近かった。ボールはダイレクトにマウンドの滝本に飛んだ。滝本は反射的にグラブを顔の前に構え、ノーバウンドのボールをキャッチした。驚きのいろを浮かべている。周りにもどよめきが起こった。

芦崎は茫然《ぼうぜん》と結衣を見つめていたが、別の部員に名を呼ばれ、あわてて走り去っていった。

礼のひとつもない。もやもやした気分とともに、結衣は校門へと歩きだした。

すると女子の声が耳に届いた。「ありがと」

結衣は足をとめた。校舎前のアスファルトとグラウンドを隔てる低いフェンスに、ジャージ姿の女子生徒が腰かけていた。小脇に抱えたクリップボードから、野球部の女子マネージャーだと見当がつくが、なぜかグラウンドに背を向けている。丸みのあるショートボブは充分にお洒落《しゃれ》なヘアスタイルといえた。古臭いおかっぱ頭を望ましいとする高野連の指標との、ぎりぎりのせめぎあいにちがいない。

女子マネージャーがいった。「すごい肩。ソフトボールでもやってた？」

結衣は黙っていた。九歳時点の肩でも、手榴弾《しゅりゅうだん》を爆風の影響がない距離まで投げねばならない、そんな練習を積まされた。それも標的の藁《わら》人形を粉々にしないと夕食抜きだった。そんな真実を打ち明けられるはずもない。

「ねえ」女子マネージャーが歩み寄ってきた。「ボールをリリースする直前の体重移動が絶妙じゃん。経験者でしょ？　わたし二年四組の山海《やまみ》鈴花《すずか》。たしかあなた優莉さん……」

「わかってるなら話しかけないほうがいいでしょ」

「なんで？」

「周りに白い目で見られる」

「ああ」鈴花は微笑した。「群れたがりの女子って、ひとりが男子と仲よくしただけでハブるけど、野球部の女子マネージャーは聖域。特にうちみたいな強豪校じゃ特別な地位。誰と話そうが一目置かれる。ほかの女子にできないことができるって尊敬されてるし」

結衣は歩きだした。「部員の練習を見てなくていいの？」

「女子マネージャーは三人いる」鈴花が歩調を合わせてきた。「いま給湯室でお昼のおにぎりを作ってきて、ひと休みしてたところ。テスト期間中は部員の飯まで面倒みてるからさ。さっきの芦崎君みたいに、野球よりクロスワードパズルが得意な部員のぶんまでも」

「野球には興味ない」

「そうつっけんどんな態度とらないでよ。こっちも仲よくしたいわけじゃないから」

「ならなんの用？」

「優莉さんって関東大会の決勝、応援に来るの？　気が早いけど勝った場合、甲子園は？」

結衣は足をとめた。ため息まじりに応じた。「行かないから心配ない」

「なんで？」鈴花は咎《とが》める表情になった。「生徒は原則、全員参加でしょ」

そもそも呼ばれはしない。すでに普久山からほのめかされていた。自宅で勉強してたほうがずっといいよな、普久山は結衣にそういった。

鈴花が頭を掻《か》いた。「ひょっとして優莉さんが来るのを迷惑がる人たちに配慮してるとか？　ちがうなー。わたし新聞記者にきかれたもん。校長は優莉匡太の子を応援に参加させないつもりかって。優莉さんが欠席したら、学校が悪く書かれるよ」

「マスコミは優莉匡太の子供に味方しない」

「敵とか味方とか、そういう問題じゃないんだって。新聞はただ揚げ足をとりたいだけなの。不祥事が起きるのを願って、いつもあら探しばかりしてる。優莉さんがスタンドにいない可能性が濃厚なら、人権派の肩を持つふりをして学校を非難する」

「参加したらしたで非常識だと騒ぐ」

「それはネットのSNSとかでしょ。優莉さんは犯罪者じゃないじゃん。欠席を強要するほうが、学校の分が悪くなる。新聞はいつも正義マンを演じたがるし」

「野球部の父母会もOB会も反対する」

　鈴花が苦笑しながら、グラウンドを囲むネットフェンスを眺めた。外に群がる大人たちが、食いいるように野球部の練習を見守る。そのなかでポロシャツ姿の肥え太った中年男が、こちらを注視しつづけていた。

「あれ見て」鈴花がささやいた。「うちのお父さん。山海俊成《としなり》。平成五年度の泉が丘高校野球部主将でショート。甲子園で準決勝まで進んだ。優勝したときのOBも大勢いるけど、みんな仕事で忙しい。うちは家で商売してるからOB会長向き」

結衣は醒《さ》めた気分でいった。「すごく睨《にら》んでる」

「娘が優莉結衣と喋《しゃべ》ってるからでしょ。ああいうとこが嫌。父母会じゃ、よそのお母さんたちに押されて口数少ないくせに」

「母親たちもわたしを警戒する」

「そんなこと気にしないでよ。新聞に悪評が立たないためには、あなたが欠席しないほうがいいんだって。OB会にはお父さんから説得してもらうからさ。苦手な父母会のほうもなんとか」

「学校の評判を下げないように応援に行けって？」

「そう」鈴花は真顔になった。「在学生の務めでしょ。わかんない？　少子化が進んで、私立だけじゃなく公立も入学志望者数を気にしてる。甲子園出場校は全国的な知名度を誇って、人気もぐんとアップ」

「そのために監督が駆けずりまわって、才能のある部員をあちこちから引っぱってきてるとか？」

「なんだ、詳しいじゃん。強豪校じゃ当たり前なんだよ。ほかの都道府県から才能ある子をスカウトしてくる。両親を説得して引っ越してもらう。将来はプロが期待できるとかなんとか、うまいことといってさ。それも転校生じゃ一年間は大会に出場できないから、中学までに見つけないと」

「なのに元死刑囚の娘が在学してて大迷惑」

「いわせときゃいいって、そんなふうにいいたがる奴らは。だいたいあなたも迷惑かけてるなんて思ってたら、ここに入学しなかったでしょ」

それほど単純な問題ではない。結衣が静岡の中学校を卒業する直前、支援団体はさんざん苦労させられたようだ。どの高校も結衣を門前払いにしたがるなか、泉が丘高校だけが入学を断りきれなかった。理由はいま鈴花が口にしたとおり、マスコミが人権無視だと騒ぎ立てる事態を、学校側が恐れたことにある。野球の強豪校は世間の注目と関心を集め、常に評判を気にかけていた。

結衣はつぶやいた。「ホワイトじゃなきゃいけない学校だからこそ、わたしを拒否できなかった」

「あー」鈴花が納得したようにうなずいた。「そうなんだ。もうちょっと遅かったら、神奈川の武蔵小杉高校とか最適だったのにね」

「野球部が強い？」

「じゃなくてバドミントン。ほら、ベトナムから帰化した……。田代勇次君だっけ。かっこよくって、快進撃で、国民的人気じゃん。知らないの？　連日テレビはそれば謂《いわ》れのない理由で生徒の入学を拒否ったりしないって」

「武蔵小杉高校なら、うち以上に世間体を気にするでしょ。

「スポーツのことはよく知らない」

っかなのに」


結衣はネットフェンスの向こうに目を向けた。地方然とした住宅街がひろがる。武蔵小杉高校か。タワーマンションが林立する風景は、ここととずいぶんちがうのだろう。

「あ」鈴花が笑った。「いま都会だったらよかったと思ったでしょ。回転スイーツもチーズタピオカもフォトグレイもあるだろうし。ヨークマートしかない泉が丘とは大違い」

「そんなこと思わない」結衣は否定した。

頭をかすめたのは、とんでもなく充実した高校生活を送る同世代の存在だった。いままで深く考えたこともなかった。だが高校球児にしろ、田代勇次なるバドミントン選手にしろ、まちがいなく青春《アオハル》を満喫している。得意分野の才能を開花させ、世間から求められる人間として毎日を過ごしているのだろう。

自分のなかにはなにがある。結衣は考えた。そもそも生きている意味はあるのか。あるいは意味を求めたがること自体、思春期の迷いにすぎないのだろうか。

鈴花が詰め寄ってきた。「優莉さん。ここに入学できたのが野球部のおかげなら、恩がえしすべきでしょ？　ひょっとしてそうは思わない冷たい人？」

結衣は口ごもった。「べつに、そんなふうには……」

「よかった！」鈴花が目を輝かせた。「じゃスマホ貸して」

「なぜ？」

「いいから貸してよ。ロックも解除して」

鈴花は結衣の差しだしたスマホをひったくった。なにやらいじってから結衣に返してきた。「スタンドの全員でやる応援の振り付け。動画をダウンロードしといたから、観て練習しといて。ひとりだけ地蔵なんて許さないからね。じゃよろしく」

それだけいうと鈴花は返事もまたず、グラウンドへと駆けていった。

結衣はスマホの画面を眺めた。動画の再生マークをタップする。見知らぬ男子生徒が両手にメガホンを持っている。吹奏楽による『パラダイス銀河』の旋律に合わせ、身体を左右に振りながら滑稽《こっけい》に踊りだした。ピン芸人の音楽ネタにも見える珍妙な舞いの果て、リズムに乗って声を発した。オイ！　オイ！　オイオイオイ！

「マジかよ」結衣は思わずつぶやき、スマホをしまいこんだ。孤独のほうがずっとましに思えてくる。

6

八月十日の夜、制服姿の生徒らを乗せたバスの車列が、泉が丘高校を出発した。結衣の隣りの座席には誰もいなかった。ひと晩を車中で明かさねばならないだけに、やはり孤独はありがたく思える。明けて十一日の午前中、時間調整のためサービスエリアに長く駐車したのち、バスは阪神高速3号神戸線を走行していった。快晴の昼下がり、無事に甲子園球場周辺に到着した。

テレビでよく観る球場の外壁近くを通過し、バスは駅前らしきロータリーに乗りいれた。路線バスの発着用らしいが、大型車両をまとめて停められる場所がほかにないのだろう。ロータリーの中央付近に、バスが横並びに駐車した。

車外に降り立ったとたん、目も眩《くら》むような真夏の太陽にさらされた。タイル張りの駅前広場が陽炎《かげろう》に揺らいでいる。

結衣はふだん遠出の自由を与えられていない。関西に来たこともほとんどなかった。よってこの辺りの地理もまるでわからない。ただしロータリーはコメダ珈琲《コーヒー》や白木屋《しろきや》の看板に囲まれ、関東とのちがいもさして感じない。

ひどく暑苦しいため、眼鏡を外すことにした。もう眼鏡なしでかまわないかもしれない。青酸発射機構つきのギミックはとっくに処分した。ノーマルで度が入っていない眼鏡など意味がない。

阪神電車、甲子園駅西口と記された看板が見える。駅を背にし、クラスごとに整列したのち、広場をぞろぞろと進んでいく。右手には大型ショッピングモールが建っていた。やたら幅広で、高さは六階ほど、たぶん上のほうは駐車場だろう。コロワ甲子園というらしい。看板によれば、入っている店舗はイオン、コジマ×ビックカメラ、くまざわ書店、西松屋。

教師の先導する生徒の列は、高架下に向かっていく。わきに虎のマークを掲げたショップがあった。阪神タイガースのグッズを売っている。店頭に貼ってあるポスターの写真は、スタントマンがジェットパックを背負って飛びまわるようすだった。二〇一七年の甲子園ボウルのハーフタイムショー。この年にジェットパックが金持ち向けに市販され、プロモーションを兼ねたパフォーマンスとして披露された。価格はたしか三千万円弱。直立姿勢で三十秒しか飛べないうえ、騒音がやかましく、なにより危険なしろものだった。日本で普及しなかったのも無理はない。

高架下の日陰は人混みで賑《にぎ》わっている。ほかの高校の制服も入り乱れていた。その先は幅の狭い道路を渡り、球場の外壁に行き着く。アーチ状の入場券売り場は、どこも長蛇の列だった。きょう泉が丘高校は、地元兵庫の辰巳商業とぶつかる。初戦からずいぶんなアウェーだとOB会や父母会は嘆いたらしい。この大混雑も地元校の人気ゆえか。

頭上を仰ぎ見ると、阪神高速3号神戸線の高架道路が、球場の外壁に異常なほど接近しているのがわかった。最も狭いところで二メートルほどに見える。

男性の声が呼びかけた。「岐阜美濃《みの》学園のナインが通ります。道をお空けください」

群衆がふたつに割れる。第四試合に出場する美濃学園のユニフォームが、一列に球場へと向かってきた。背番号1のエース、二年生の紺野《こんの》和隆《かずたか》は百五十キロを投げると話題になっている。これから第三試合というときに、第四試合の出場校が入場するようだ。球場内に待機できる場所があるのだろう。

泉が丘高校の生徒らは、球場の外周を左へと向かった。くじ引きできまったトーナメント表により、泉が丘高校は三塁側になったため、応援スタンドも三塁側だ。

左手に存在する三階建てのビルと、右手の球場とが、窓ひとつない密閉型の渡り廊下で結ばれていた。二階と三階がいずれも往来可能だとわかる。左手のビルは車両が乗りいれられるスロープを有している。なんのビルかはわからない。二階は屋内駐車場と推測できるが、三階にはサッシ窓がある。蛍光灯を備える天井が見えていた。黒いポロシャツが動きまわっている。

渡り廊下をくぐって先に進む。球場の周りはどの方角も、わりと広めの公園の様相を呈する。消防車の乗りいれも考慮してのことらしい。

生徒の列は14号門に呑《の》みこまれていった。内部通路は蛍光灯に照らされている。無機質な白塗りの壁が囲むばかりだったが、階段を上っていくと、横方向に走るスタンド裏の屋内通路と交わった。屋台や売店が連なり、軽食を求める一般客で大賑《おおにぎ》わいだった。

さらに階段を上っていくと、いきなり外にでた。圧倒されるような眺望がそこにあった。

関東大会の決勝になった球場とは規模がまるでちがう。異様なほど広大で、照明灯のサイズも桁外《けたはず》れなうえ、ぐるりと囲むスタンド席は超満員だった。バックスクリーンのメインスコアボードに、いくつもの旗がはためく。小さく見えるが、それだけ距離があるのだろう。

アルプススタンドは内野席と外野席のあいだに位置していた。見下ろすとかなりの急角度だとわかる。下方では吹奏楽部が、前の高校と入れ替わりの最中だった。本来はあの辺りも座席で埋め尽くされているが、高校野球のときには撤去され、応援団と吹奏楽部が占拠する。スタメン以外の野球部員のユニフォームや、チアリーダーらも前方にいる。

二年二組の席はアルプススタンドの中腹あたりだった。座席は背もたれもない、ただの板状のベンチでしかない。来年からはひと席あたりの幅が広がるらしいが、いまはかなり窮屈だった。

それでも前後左右の生徒たちは、結衣を避けることなく詰めてきた。打ち解けたのではない。関東大会決勝でそうするよう、普久山に釘《くぎ》を刺されたからにすぎない。現にいま左隣りの津田秀照《つだひでてる》と、右隣りの飯塚麗奈《いいづかれな》はいずれも斜に構えて座り、あからさまに結衣に背を向けていた。それぞれ別の生徒と雑談にふけっている。結衣はいっこうにかまわなかったが、普久山が通路の階段を上ってくるや眉《まゆ》をひそめた。

「おい」普久山がいった。「津田。飯塚。ちゃんと前を向け。テレビにも映るぞ」

こんな大勢のなかで、アルプスの中腹がテレビカメラに抜かれるわけがない。ふたりは不満げな態度で、正面に向き直った。普久山が立ち去ると、今度はふたりとも前のめりになり、結衣を無視して喋《しゃべ》りあった。

津田が笑った。「ゆうべは徹夜の列ができてたらしいぜ?」

「マジで？」麗奈が目を瞠《みは》った。「外野の人たち、みんな辰巳商業の応援だよね？アウェーにもほどがあるじゃん」

声をあげて笑いあうふたりの狭間《はざま》で、結衣はただ座っていた。グラウンドは整備中で観るべきものもない。メインスコアボードの電光掲示板が、きょうの試合結果を表示している。第一試合は鹿児島の枕崎《まくらざき》学院、第二試合は和歌山の彌崎《やざき》高校が勝利した。先攻後攻はジャンケンで決まるが、次の試合は対戦相手の辰巳商業が先攻だった。

聞き覚えのある女子生徒の声がいった。「優莉さん」

結衣に話しかける人間がめずらしいせいか、周りがいっせいに反応した。結衣だけは前方を眺めていたが、その目の前にスマホが突きだされた。振り向くとジャージ姿の鈴花が背後に立っていた。

鈴花は硬い顔で結衣を見下ろした。「きょうはこういうのやめてよ」

なんの話かは想像がつく。結衣はスマホに目を戻した。鈴花が手で陰を作ると、うっすら画面が見えるようになった。関東大会決勝の動画だった。スタンドが応援に沸き立つなか、結衣ひとりだけが、メガホンを申しわけていどに力なく振っている。

「優莉さん」鈴花が耳もとでささやいた。「クールに振る舞ってるつもり？　悪目立ちしてんじゃん」

「後悔してる」

「なにを？」

「九歳のとき、もっとしっかり自分の頸《けい》動脈を狙うんだった」

「なんの話？　いいから応援に集中してよ。ちゃんと腕を振りあげて、身体ごと左右に振るの。この映像、SNSでも話題になってるよ。ひと目で優莉結衣だとわかるし、高野連も問題視してるってお父さんがいってた」

結衣はため息をついた。「こんなところにいていいの？」

「ベンチに入れる女子マネージャーはひとりだけ」

「あなたじゃなかったってことね」

鈴花がむっとした。「お父さんのころは、女子がベンチに入るのも許されなかった」

「そういって慰められたわけ？」

「12号門から三塁側ベンチ手前の選手控え室までは行けるの。ついさっきまで屋内ブルペンにいたし。知ってる？　高校野球では次の試合の出場校が練習場として、ビジター用のブルペンを使うの」

「いい思い出になってよかった。土も持ち帰ったら？」

「優莉さん。いけ好かない態度は大目に見てあげるから、学校に恥をかかせないでくれる？　ナインが悪評に動揺して敗退したら、あんたのせいだからね」

一方的にまくしたてると、鈴花は通路を立ち去っていった。周りの生徒がくすくすと笑う。結衣は視線を落とした。メガホンが二本ずつ配られたが、受けとるのも憂鬱《ゆううつ》だった。

やがてサイレンが鳴り、観客がいっせいに沸いた。両チームの選手がグラウンドに駆けだしてくる。双方とも一列になり、互いに向きあった。おじぎをしたのち、泉が丘高校のナインが守備位置につく。エースの滝本がマウンドに立った。辰巳商業は一塁側ベンチに戻っていく。一塁側のスタンドは総立ちで応援を始めた。向こうの女子はベストに青いリボンタイ、男子はワイシャツにエンジいろのネクタイだとわかる。外野席からも声援が飛んでいたが、三塁側だけは静かだった。

結衣はすでに気が逸《そ》れていた。通路を黒いポロシャツがうろつく。トランシーバーを携えている。球場の警備員だった。警備室はどこだろう。結衣はスタンドを眺め渡し、部屋らしきものを探した。

こうして見ると、規模は大きくともやはり球場は球場だった。グラウンドを観客席が取り巻いているにすぎない。内野席全体は巨大な銀傘《ぎんさん》の下にあるが、その最上段にはガラス張りの個室、ロイヤルスイートが連なる。バルコニーにでて観戦できるようになっているものの、いまは誰もいなかった。プロ野球とちがい、高校野球では使用されないのかもしれない。ほかにはバックネット裏に、半地下になった部屋の窓が見えるが、あれはラジオの実況席のはずだった。テレビの実況席は内野スタンドの一角に設けられている。ほかに個室の形状をなすものはない。警備室の窓は見あたらなかった。

すると遠隔監視か。三塁側の外にあるビル、黒いポロシャツがいた三階に警備室があるのだろう。場所を公にしないのは賢い。だが監視は防犯カメラのモニター映像と、巡回警備員に頼っているらしい。それで充分なのか。高校野球開催時の収容人数は四万七千人。東京ドームでもプロ野球の試合観客数は四万六千人に留《とど》まる。この広い座席を隅々までカバーしきれるのか。

結衣は頭を振り、煩わしい思考を追い払った。くだらないことを気にかけている。こんな女子高生は、たぶん自分ひとりだけだろう。父がいつも犯罪計画を練っていた、結衣はそばにいた。その影響がいつまでも消えない。

球場全体が沸いたため、結衣は我にかえった。周りで生徒たちが嘆きの声を発した。いつの間にか出塁を許している。ノーアウト一、二塁。辰巳商業のチャンスだった。一塁側のスタンドからきこえる吹奏楽と声援が、ひときわ盛大に響き渡る。

ふと結衣は通路の異質な存在に気づいた。父母会とは思えない夏物スーツ姿の男たちが、いつしか三塁側アルプススタンドの通路に繰りだしていた。年齢は二十代後半から三十代半ばまで。みな短髪で、鍛えた身体つきだとわかる。イヤホンもヘッドセットも装着していない。私服警備員ではなさそうだった。

狐目の猪首《いくび》と、それよりはスマートな体型の割れた顎《あご》、ふたりが前方へと下りていく。割れた顎のほうがユニフォームの一群のなかに割って入った。狐目が教師と立ち話をする。やがてひとりのユニフォームが腰を浮かせた。野球部らしからぬ痩《や》せた身体つき。前に会ったことがある、結衣はそう思った。野球よりクロスワードパズルが得意だという芦崎だった。

スーツの男たちが芦崎を囲み、通路の階段を上ってくる。芦崎はひどく怯《おび》えたようすだった。教師たちはなにもいわない。通路沿いの生徒らも、しばらく芦崎の行方を目で追ったものの、ほどなくグラウンドに向き直った。一回の表、早々に迎えたピンチが気になって仕方がない、そんな全校のありさまだった。

結衣は無関心を装いながら、視界の端に一行をとらえつづけた。スーツがひとかたまりになった。全員で六人。芦崎はまるで補導される万引き犯のように見える。やがてスタンド裏通路に下りる出入口に消えていった。

前方の席の普久山が振りかえる気配はない。結衣はすばやく座席から抜けだした。津田や麗奈は妙な顔を向けたものの、もともと結衣を無視してきた連中だけに、それ以上の反応をしめさなかった。結衣が通路を移動したとき、バットの快音をきいた。三塁アルプススタンドは悲鳴に包まれた。幸い誰も結衣に関心を持たない。結衣は出入口に駆けこんだ。

傍らに2－Lと書いてあった。この出入口の名称だった。結衣は階段を下り、二階の屋内通路に入る寸前の角に身を潜めた。行く手を観察する。試合開始の直後だけに、スーツの六人と芦崎以外、通路にはひとけがなかった。

トイレの入口前で、狐目が芦崎に手提げ袋を渡し、ぼそぼそとなにか指示する。芦崎は困り果てた顔で見かえしたが、無言の圧力に押されるように、そそくさとトイレのなかに消えていった。

ほぼ同時に黒いポロシャツが、スーツの群れに近づいた。静寂のなか、警備員の声が明瞭《めいりょう》にきこえた。「あのう。どうかしましたか」

狐目が警備員を睨《にら》みつけた。「なんでもない」

「でも……」

割れた顎も凄《すご》んだ。「なんでもないっていってるだろ。自分の仕事をしてろ」

黒いポロシャツの警備員はバイトにちがいない。気弱な素振りをしめし引きさがった。こちらに歩いてくる。結衣はとっさに背を向け、階段を上るふりをした。警備員は結衣を追い抜き、階段を駆け上った。スタンド席にでる寸前で立ちどまり、トランシーバーを口もとに近づけた。

ノイズがきこえる。警備員が小声でいった。「本部どうぞ」

結衣はなにげなく階段に留まった。警備室に通報しているようだ。あのスーツたちが不審人物である証《あかし》だった。だが教師らはなぜか、六人の行動を問題視しなかった。

理由は深く考えるまでもない。警察官を名乗った可能性が高い。警備室が把握していない以上、偽刑事たちと考えるのが妥当だった。

通路から靴音がきこえた。結衣はふたたび角に潜み、一行のようすをうかがった。

芦崎がトイレからでてきた。驚いたことに制服に着替えている。それも開襟シャツではない、芦崎はワイシャツにエンジいろのネクタイを締めていた。さっき遠目に見た一塁側、辰巳商業の制服にちがいない。

ユニフォームをおさめたとおぼしき手提げ袋を、割れた顎が受けとった。スーツたちは芦崎を囲み、屋内通路を駆けだした。今度の行動は、まるで首相を警護しながら走るSPを連想させた。

結衣は2-Lの階段上方を振りかえった。警備員はまだトランシーバーで話しこんでいる。まっていたのでは間に合わない。また一行に目を戻した。芦崎と六人の偽刑事が、二階屋内通路から下り階段へと消えていく。

迷ってもいられない。結衣は後を追った。スーツの群れが一階の屋内通路に降りた。人混みのなかを14号門に向かい、球場の外にでていった。

ためらいがよぎる。14号門のわきには長テーブルがあり、係員が待機している。でるのはいいが、球場内に戻るのに難儀するかもしれない。

だが異変を放置できなかった。結衣は歩を速め、14号門を飛びだした。

煉瓦《れんが》畳の広場は群衆でごったがえしていた。芦崎を囲む六人のスーツが垣間《かいま》見える。球場の外周を左へと向かっていき、15号門のなかに消えた。レフト外野席と書いてある。

結衣は混雑を掻《か》き分けながら走った。長テーブルの係員がスーツの一行に、チケットの提示を求めている。割れた顎が高圧的な態度をとった。係員たちが臆《おく》したように黙りこむ。六人は芦崎とともに、通路奥へと踏みこんでいった。

やっとのことで結衣はゲートに達した。係員が結衣にきいた。「チケットは?」

生徒手帳を提示しながら結衣はつぶやいた。「試合中の泉が丘高校の生徒です。いまのお巡りさんたちに、わたしも呼ばれたんですけど」

係員は迷惑げな反応をしめし、さも嫌そうにつぶやいた。「なら早く」

結衣は軽く頭をさげ、足ばやに屋内通路を進んだ。

一階通路は売店や屋台で混みあっていて、抜けていくには時間がかかる。スーツたちの背も見えない。階段を上ったらしい。

ただちに階段を駆け上りながら、結衣は頭の片隅で考えた。あいつらはゲートで身分証を見せなかった。本物の警察官ならありえないことだ。だが係員もなぜ提示を求めず、ただ通行を許したのだろう。教師たちが迂闊《うかつ》だったのは無理からぬことかもしれない。それでも生徒が連行されているのに、クラス担任が同行しないとは変だ。実際のところ警備員すら、なにひとつ知らされていないようすだった。

二階屋内通路に入った。通行人の隙間を縫うように走るうち、靴のつま先がなにかに当たった。床に目を落とす。傷だらけのスマホが落ちていた。ずいぶん年季が入っている。拾いあげると、画面は点灯したものの、ロックがかかっていた。液晶の文字表示が不自然に浮きあがっている。ただの落とし物の可能性が高いが、結衣はそれをポケットにいれた。

ふたたび走りだした。やがてスーツたちの後ろ姿に追いついた。芦崎を囲む六人がぐいぐい進んでいく。だがふいに一行は足をとめ、三階への階段を上りだした。行く手に清掃中の立て看板があり、通行止めになっていたからだ。

結衣も三階に上った。屋内通路に焼き鳥の常設店舗があり、人だかりがしていた。通行を困難と見なしたのか、あるいは最初からこの外野席に向かうつもりだったのか、スーツらの背がスタンド出入口への階段を上っていく。L－5の出入口から外野スタンドにでた。結衣は追っていき、ふたたび炎天下に身をさらした。

瞬時に喧噪《けんそう》が包んだ。超満員の外野席はこのうえなく沸いていた。まだ一回表の攻撃がつづいているようだ。芦崎を囲むスーツの群れは、中腹の通路を横移動し、バックスクリーン方面へと向かっている。結衣は見失うまいと歩を速めたが、ビールの売り子が行く手をふさいだ。ユニフォームを模したカラフルな衣装に、大きな円筒形のタンクを背負っている。けれども要領をわきまえた身のこなしで、笑顔のまま階段にどいた。結衣は恐縮しながら通過した。

大観衆の興奮のなかを延々と進む。レフト外野席だけでも途方もなく横幅がある。ようやくメインスコアボードのわきまで来た。そこから先のバックスクリーンはフェンスで遮られている。ひな壇状になった櫓《やぐら》の一段ごとに、放送局用の大きなテレビカメラが据えられていた。それぞれひとりずつスタッフがモニターを覗《のぞ》きこみ、望遠でマウンドをとらえつづける。

六人のスーツは芦崎を連行したまま、L－8の出入口から階段を下った。

三階屋内通路のバックスクリーン方面は、むろん行きどまりの壁になっている。常設店舗〝銀《ぎん》だこ〟の前を、わずかに逆方向に戻ると、また下り階段があった。一行の姿は見えないが、そこを下りていったにちがいない。

結衣は階段を駆け下りた。二階屋内通路は意外にもバックスクリーン方面への通行が可能になっていた。そちらには陽が射している。辺りに人の往来はない。結衣は慎重に歩いていった。

そこは屋根のない一帯で、メインスコアボードの真下に位置していた。黄と黒のツートンカラーのアーチに、ココパークと記してある。屋外ビアガーデンのようだが、いまは営業しておらず、入口にロープが張ってあった。

ところが六人のスーツは芦崎を連れ、ココパークのなかに立ち入っていた。結衣は入口に接近すると、アーチの支柱に身を潜めた。

ココパークはバックスクリーン底部のデッドスペースを有効活用しているにすぎず、したがって面積はさほどではない。グラウンド側は高い塀にふさがれ、試合の観戦もできない。すなわちどこからも見えない谷底の死角といえる。いまビアガーデン用のテーブルや椅子、パラソルの類《たぐ》いは隅に寄せられていた。間仕切りとおぼしき正方形の板もまとめて積んである。隣接する店舗にはシャッターが下りている。従業員や警備員の姿はない。

ビアガーデン以外に、ここはアトラクション用スペースでもあるようだ。ストラックアウトの標的が設置してある。縦横三マス、計九マスに番号が振られていた。マウンドを模した投手板の位置からボールを投げ、マスを打ち抜くゲームだった。

芦崎は投手板のあたりで、途方に暮れながらたたずんでいた。六人のスーツが険しい顔で芦崎をとり囲む。割れた顎《あご》がボールの入ったカゴを運んできた。狐目がそのなかから一個を手にとり、黙って芦崎に渡した。硬球のようだった。芦崎は抵抗の素振りをしめしたが、スーツたちが強くうながした。やがて芦崎は泣きそうな顔でうなずいた。六人が後方に引きさがった。

実際のグラウンドでは、マウンドからキャッチャーまでの距離は約十八・四メートルある。ストラックアウトでは男性十メートル、女性七メートルが公式ルールだった。いま芦崎が立つのは、標的の手前十メートルの位置になる。

振りかぶった芦崎が、ストラックアウトの標的めがけ、ボールを投げた。力の入ったモーションだった。だが芦崎の投球は大きく逸《そ》れ、背後の壁に跳ねかえった。

芦崎がおろおろしながら地団駄を踏んだ。「駄目だ」

狐目は眉間《みけん》に皺《しわ》を寄せながら歩み寄った。「落ち着け。もういちどやれ」

「無理です。手が震えて」

「いいからやれ！」

びくっとした芦崎の手に、割れた顎が強引にボールを握らせた。芦崎の身体の震えは見てとれるほどだった。だが芦崎は意を決したように、また標的に向き直った。

野球部員だけにピッチングモーションはさまになっている。ところがリリースのタイミングがずれたらしい。ボールは床に叩《たた》きつけられ、大きく跳ねあがった。

芦崎は両手で頭を抱え、その場にへたりこんだ。六人がまた集まってくる。借金の取り立て屋のごとく芦崎を囲み、罵声《ばせい》に等しい怒鳴り声を浴びせた。球場内は依然として沸いているため、声がスタンドまで届くことはなさそうだった。

結衣はじれったさを嚙《か》みしめた。なにをやっているのだろう。偽刑事たちの目的がどこにあるのか、まるで見えてこない。

「嫌だ」芦崎の顔面は紅潮していた。子供のように泣きじゃくりながら、大声でわめき散らした。「もう嫌だ！」

スタンドの声援やどよめきに掻き消されたものの、芦崎は叫びながら駆けだした。

アーチへと向かってくる。結衣はあわてて身を翻し、後退するやゴミ箱の陰に隠れた。

芦崎はアーチを飛びだし、ライト方面の屋内通路へと逃げこんだ。六人のスーツが悪態をつきながら追いかけていく。

結衣は動こうとしたが、ふと妙な気配を感じた。頭上に目を向けたとたん、思わず息を呑《の》んだ。

ココパークのすぐ上、そびえ立つメインスコアボードよりは下、すなわち三階の高さにバルコニーがあった。手すりから見下ろしているのは、目出し帽をかぶった男だった。この暑さに長袖《ながそで》のパーカーを着て、手袋を嵌《は》めていた。男は身を退かせ、バルコニー上をライト方面に駆けていくと、壁の向こうに消えていった。

ここからバルコニーに上る階段はない。だがルートはどこかにあるはずだ。結衣は走りだした。二階の屋内通路に駆けこもうとして、その右手がライト外野席につながっていることに気づいた。そちらからまわりこむと、急勾配《こうばい》のスタンド席が三階の高さまで、満員の観衆で埋め尽くされていた。ビールの売り子が通路にいる。結衣はそこに上っていった。

耳をつんざく歓声のなか、結衣はビールの売り子に大声できいた。「バックスクリーン三階のバルコニーへはどう行くんですか?」

「どこですって？」

「ココパークの上、メインスコアボードの下」

「あー。あそこなら甲子園歴史館の見学コースから……」

「甲子園歴史館？　どこから入れますか」

「外にでて野球塔の向かいに受付があります。16号門と18号門のあいだです」

「ありがとう」結衣は手近な出入口に向かった。

「でも」売り子の声が背後から呼びかけた。「試合中はバックスクリーン展望台《ビュー》にはでられません！　歴史館は営業してますけど、あそこには行けないんですよ」

むろんそうだろう。あんな場所にいたら試合中継に映る。銀傘の正面に放送用の無人望遠カメラが設置されているからだ。

7

R－3の出入口を入り、階段を駆け下りながら思った。バルコニーをとらえているのはテレビカメラばかりではない、防犯カメラの視野にも入っているはずだ。これまで屋内のあちこちにドーム型防犯カメラがあった。警備室はなぜ異変に気づかない。

結衣はライト外野席裏の三階屋内通路を駆けめぐったが、芦崎や六人のスーツは見かけなかった。

二階通路に下り、黒ポロシャツの警備員にたずねてみた。ところが警備員によれば、そんな連中はまったく目にしなかったばかりか、警備室にもその種の不審者情報はないという。

耳を疑う話だった。少なくともココパークからライト方面の通路で、六人の男たちが男子生徒を追いまわす姿を、複数のカメラがとらえているはずだった。

結衣は警備員にたずねた。「警備室って三塁側の外にあるビルですよね？」

警備員が困惑のいろを浮かべた。「はあ、いえ、あのう。なんでそんなこときくんですか。いちおう警備体制は秘密になってるんですけど」

バイトだけにマニュアルどおりか。結衣は礼をいって立ち去った。あまり食いさがると、こちらが不審者扱いを受けてしまう。

いや常識的に考えれば、もう目をつけられていてもおかしくない。それでもあの六人のスーツが見逃される状況では、結衣はまだ警戒対象ではないのかもしれない。甲子園の警備はよほどザルなのか。

一階屋内通路沿いに常設店舗のスーパードライ甲子園、喫煙ルーム、高校野球グッズショップが並ぶ。反対側の壁は広告看板だった。やはりあの一行は見あたらない。ピザーラ近くの23号門から外にでた。結衣は走りだした。球場の外周をまたレフト方面へと駆けていく。灼熱《しゃくねつ》の太陽の下、人混みを掻《か》き分けながら先を急ぐ。

泉が丘高校の校歌がきこえてくる。これから二回裏の攻撃らしい。

球場の外壁を見上げる。メインスコアボードの真裏だった。トタン板の外壁が茅《かや》いろに塗られ、煉瓦《れんが》と違和感なく馴染むように工夫してある。広場の反対側には、甲子園筋という道路が走っていた。向かいは住宅街で、アソシエ薬局という看板が目に入る。ふたたび広場に視線を戻すと、記念碑らしきものが建っていた。

あれが野球塔か。結衣は球場に向き直った。アーチ型の門のひとつが、まるでショップのエントランスのごとく派手に改造されていた。甲子園歴史館の看板が掲げられている。球場内に施設があるらしい。

その手前に中学生の団体が集っていた。百人ほどいる。引率の教師が声を張った。「いまからなかに入ります。所要時間は十五分ぐらいです」

混雑する前に入館したい。結衣は歩を速めた。エントランスを入ってすぐ受付カウンターがあった。女性従業員がいった。「高校生は六百円です」

結衣は支払いを済ませた。チケットを受けとりながらたずねた。「私服のおまわりさんが来ませんでしたか。男子高校生をひとり連れて」

「さあ」女性従業員はレジに視線を落としていた。「そんな話はきいてませんけど」

妙に他人行儀な物言いだった。目を合わせようとしないのが気になる。だが時間を費やしてはいられなかった。受付カウンターのわきにある、小ぶりな自動改札機にチケットをかざした。センサーがQRコードを読みとり、ゲートが開いた。

ホテルのロビーにありそうな赤く艶《あで》やかな階段を、結衣は駆け上っていった。順路の矢印にしたがって進む。それぞれの展示室はさほど広くはないものの、内装も陳列も美術館並みの豪華さだった。随所でスポットライトがガラスケースを照らしだす。見学者はまばらで、怪しい人間も目につかない。

最初は高校野球の部屋で、強豪校の古いユニフォームや優勝旗が展示してあった。バットやボール、スパイクなどの備品も並ぶ。次いで阪神タイガースの部屋に入った。

この甲子園歴史館は、外野スタンド裏二階屋内通路を改装したようだ。よってレフトからライト方面へまっすぐ、細長く延びている。球場内であっても、野球観戦用の通路との連絡口は封鎖され、行き来はできない。歴史館のエリアのみ完全に独立している。

奥へと進むと、やけに狭い廊下に行きあたった。ここまで来ると結衣以外に来館者は誰もいない。左右の壁は展示用のボードで、甲子園にまつわる歴史年表や、タイガース選手の背番号の変遷が記してあった。

この廊下には窓ひとつないが、レフトとライト外野席をつなぐ場所のようだ。すなわちバックスクリーンの真下になる。左手の壁の向こうはココパークだろう。

結衣はさらに歩いていった。やがて外気に触れた。剝《む》きだしの鉄骨が縦横に走る、球場のバックヤード然とした場所にでた。左手のスライド式ドアが閉じている。鉄格子の向こうから陽が射していた。ドアの向こう、金属製の外階段が上方に延びる。看板があった。バックスクリーンビュー。試合中は入れません。そのように記されていた。

結衣はドアに手をかけたが、しっかり施錠してあった。ここは歴史館の見学コース内のため、どこにも抜けだせないよう、周りを鉄柵《てっさく》が囲んでいる。斜め上方に防犯カメラも設置してある。目出し帽の男がなんらかの方法でこのドアを破ったのだとしたら、やはり警備の目にとまるはずだった。男はここからバルコニーにでたわけではない。

ふいに靴音がきこえた。結衣ははっとして、レフト側の廊下を振りかえった。

ドアにスーツの男がふたり近づいてくる。狐目と割れた顎《あご》だった。ふたりが並んだだけで、幅の狭い廊下は完全にふさがれていた。

結衣は後ずさった。ライト側の廊下に駆けこんだ。そこも密閉された狭い廊下にすぎない。両側の展示ボードには、甲子園を舞台にした漫画が描かれていた。

だが小走りに進んだ末に、結衣は立ちどまらざるをえなかった。廊下は行きどまりだった。企画展示室閉鎖中との張り紙がある。突きあたりにはドアひとつなく、両側と同じ壁板が打ちつけられ、完全にふさいであった。

道理で入館者が廊下に立ち入らなかったわけだ。リピーターは知恵をつけている。バックスクリーンビューが閉鎖中のいま、袋小路の廊下に入ったところで、特に見るべきものはない。

まずいことにこの廊下には、防犯カメラひとつ見あたらない。失態に苛立《いらだ》ちながら、結衣は行きどまりを背にして立った。

ふたりのスーツは、結衣から数メートルの距離を置き、並んで立ちどまった。

狐目が表情ひとつ変えず、淡々とした口調でいった。「こりゃ驚いた。本当に優莉匡太の次女じゃないか。泉が丘高校に在学してたのか?」

結衣は臆《おく》せずたずねかえした。「芦崎君は?」

割れた顎が死んだような目つきで見つめてきた。「誰だって?」

でしょ」

「芦崎君。辰巳商業の制服に着替えさせ、ココパークで投手としての腕をたしかめた
「知らんな」

「なにが目的よ」

狐目が平然と首を横に振った。「なんの話をしてるのかわからん。優莉。そのまま後ろに下がれ。スマホなんかだすなよ」

飛びかかられるのを警戒しているらしい。だが結衣はその場に留《とど》まり、黙ってふたりを見かえした。

すると割れた顎がスーツの前をはだけ、腰のホルスターから拳銃《けんじゅう》を引き抜いた。

P230JP。シグ・ザウエル社が日本の警察向けに生産するオートマチックだった。グリップの下にランヤードリングが付いていることで識別できる。モデルガンとは思えない。

割れた顎は両手で拳銃を肩の高さに構えた。まっすぐ結衣を狙い澄ましながらささやいた。「拳銃ってもんの威力は、父親のを見て知ってるな? いわれたとおり下がれ」

発砲をためらうようすはない。横っ飛びに逃れようにも、割れた顎がトリガーを引くほうが早い。この至近距離で狙いを外すとも思えなかった。

袋小路の通路に、利用できる物はなにひとつない。打つ手なしのようだった。結衣は指示どおり、ゆっくりと慎重に後退した。

ふたりのスーツは距離を縮めようとせず、並んで立ちどまっている。狐目も同じ拳銃をとりだし、銃口を結衣に向けた。

脅威がふたりに増えた。結衣の背が突きあたりの壁に接触した。文字どおり追い詰められた。

狐目は片手のみで拳銃を構えていた。「アルプススタンドからずっと俺たちを尾《つ》けてたな。なにを狙ってる？」

結衣は表情を変えないよう努めたが、じつは内心驚いていた。尾行に気づいたようすはないはずだった。なのに結衣の行動を把握していたというのか。

割れた顎が声を荒らげた。「きこえなかったのかよ。なにが狙いか、さっさと吐け」

「狙いって」結衣は思わず鼻を鳴らした。「それがわかってりゃ苦労しない」

「どういう意味だ」

「さあ」結衣は気怠《けだる》さを漂わせながら、あえてゆっくりとつぶやいた。「思春期の迷いってやつ？　自立して大人になるための過渡期だっけ。共感、感謝、尊敬できる大人がいることが大事って本に書いてあった。でもいない。ゼロ。ならどうすればいい？」

「ほざけ」割れた顎が吐き捨てた。「人生相談なんか受ける気ねえんだよ」

「なんだ」結衣は虚空を眺めた。「答えられない大人か。世のなかにいくらでもいるよね。目障りだから消えてよ」

狐目がいっそう吊《つ》りあがった。「立場がわかってないようだな。ここを無事にでられるとでも思ったか」

「それがね」結衣はため息まじりにいった。「でられる」

結衣はおおよその時間経過を推し測っていた。ゆっくり長々と喋《しゃべ》ったのは、たんなる時間稼ぎでしかなかった。入館から約十分が過ぎた。十五分で館内を案内する場合、最深部の行きどまりに十分で到達。残り五分で戻るのが妥当。

にわかに廊下が賑《にぎ》やかになった。計算どおりだった。ふたりのスーツの向こうから、中学生の群れががやがやと押し寄せてくる。バックスクリーンビューのドアわきを通過し、ライト側の廊下に入ったとたん、生徒らの声がひときわ高くなった。『ドカベン』じゃん！　あ、これ知ってる。『タッチ』。『ダイヤのA《エース》』は？

狐目は顔をひきつらせ、ただちに拳銃をしまいこんだ。割れた顎のほうは、歯ぎしりしながらも拳銃を構えていた。接近しつつある生徒たちには背を向けている。ぎりぎりまで粘るつもりだろう。

だがふたりの背に、引率の教師が呼びかけた。「すみませんね、ちょっと失礼しますよ」

割れた顎は結衣を睨《にら》みつけたまま、苦々しげに拳銃をホルスターにおさめ、スーツの前をかきあわせた。ふたりは群衆の波に抗《あらが》いきれず、並んで壁ぎわに押しやられた。

生徒らの先頭集団が突きあたりまで来た。男子生徒が壁を叩《たた》きながらいった。「あった！『ダイヤのA』。『忘却バッテリー』はねえのかよ」

生徒の列は袋小路でUターンし、来た道を引きかえしていく。結衣は復路の流れに加わった。狐目と割れた顎は往路の列の向こうで、壁に背をつけ立ち尽くしている。ふたりのまなざしは殺意に燃えていた。だが結衣は平然と通り過ぎた。この混雑のなか、ふたりは手だしできない。引率の教師から生徒まで、ほぼ全員がスマホを持っている。

結衣は中学生の団体にまぎれながら、ふたたびレフト側の廊下を抜けていった。展示室に戻るや、結衣は全力疾走に転じた。団体がばらけた時点で、敵二名の接近を阻むすべは失われる。

そこかしこに立つ見学者らが、ぎょっとした顔を向けてくる。結衣は背後に走る靴音をきいた。ふたりが追いあげてきた。あからさまに拳銃を抜いたりはしないだろうが、ひそかに銃口を突きつけられる事態は避けねばならない。

ふと悪魔的な思考がよぎる。不意を突いて殺してしまえば。あいつらは拳銃を人目にさらせない。ならいまのうちに反撃に転じればいい。ガラスケースに体当たりし、バットを奪って、ダレッサ式棍棒《こんぼう》術で瞬時に打ちのめせ。割れたガラスの破片もナイフがわりにできる。俊敏さにも自信がある。ひとりを倒して拳銃を奪えば、ふたりを連続して射殺するぐらい造作もない。十四歳以降、人権派団体が韓国旅行をプレゼントしてくれるたび、こっそり抜けだして明洞《ミョンドン》の射撃場に通った。手が大きくなったぶん、大型の拳銃も握れるようになった。誰もが女子高生を軽視するが、十七歳のアスリートに記録保持者は多い。平成のモンスターに育てられた以上、技能を充分に生かせる歳になっていた。殺《や》るならいまだ。

昂揚《こうよう》感が思考停止寸前まで至らしめる。衝動的な行動に駆られそうになった。だがふと自制心が働く。十七歳は実刑を食らう。母校が対戦中の甲子園で殺人。狂気にとらわれた小娘と世間はなじるだろう。父親と同じく極刑がふさわしい。死刑だ、死刑。

皮肉な思いが胸の奥を凍りつかせる。人殺しになりたくて射撃場に通ったわけではない。スポーツ競技にピストル射撃があって、オリンピック種目にも選ばれていると知った。けれども警察が、文科省が、日本ライフル射撃協会が全力で阻止してきた。優莉匡太の娘に、競技への参加資格は認められなかった。

結衣は猛然と走りつづけた。入館時に上った赤い階段、その下り口に近づいた。速度を落とさず跳躍し、下り階段をまとめて飛び越え、一階に着地した。膝《ひざ》を曲げ衝撃を吸収したとき、自動改札を入ってきたカップルと目が合った。男女とも面食らって立ちすくんだ。結衣は反対側の出口にふたたび跳躍した。トライポッドゲートのバーを飛び越え、売店の床に転がるや、すぐさま起きあがった。呆気《あっけ》にとられる従業員を尻目《しりめ》に、結衣は外にでた。

煉瓦《れんが》畳の広場はさっきより人が増え、いっそう混みあっていた。朝の駅構内に似た過密ぶりだった。尾行を撒《ま》くには適しているが、先を急ぐのも難しくなった。

後方を振りかえる。狐目と割れた顎《あご》が飛びだしてきた。結衣は人混みを縫うように逃走した。球場の外周を右回りに、正面のチケット売り場方面へと向かう。追っ手のふたりは人にぶつかりながら、強引に道を切り開いてくる。

球場と三階建てビルの狭間《はざま》に差しかかった。ビルの外壁に入口らしきドアはなく、駆けこむのは不可能だった。もっとも警備室が退避所になりうるかどうか疑わしい。黒ポロシャツとは別に、制服の警備員もそこかしこにいるが、スーツのふたりはかまわず追いあげてくる。結衣はチケット売り場前の大混雑に飛びこんだ。ここから高架下をくぐって駅方面へと逃れれば、自分の安全は確保できるだろう。ただし球場に戻りにくくなる。芦崎がどうなったか不明のいま、ひとり逃げだす気にもなれなかった。

祭りに似た喧噪《けんそう》のなか、球場の外壁に沿って、右回りに駆けつづけた。すると制服警官が立っていた。近くの所轄署の出張施設らしい。迷子や拾得物の届け出に対応しているようだ。

結衣は制服警官の近くで歩を緩め、背後を振りかえった。狐目と割れた顎のふたりが駆けてきたが、制服警官を見て立ちどまった。苦虫を嚙《か》み潰《つぶ》したような顔で結衣を睨みつけ、踵《きびす》をかえし退散していった。

ため息をつき、結衣は球場の外周を歩きつづけた。右回りに三塁側アルプススタンドの入口まで向かえばいい。

球場の一塁側の外壁から、二階の高さを渡り廊下が水平に延び、体育館のように大きな別棟に接続している。この渡り廊下も屋根つきの密閉型だった。深緑いろの別棟には、英語のロゴで阪神タイガースと大書してある。あれはタイガースのクラブハウスだろう。

乱れたセーラー服の襟を整えながら、渡り廊下の下をくぐった。まだ脈拍が速く波打っている。刺々《とげとげ》しさに満ちた嫌悪感ばかりが尾を引く。どうして殺意にとらわれた。引きかえせない道だと思い知ったはずなのに。

8

甲子園警察署の刑事部屋の奥、窓のない会議室で、結衣は長テーブルを前に座っていた。

なにも喋らなかった。去年の夏のことは、ただ想起しただけでしかない。打ち明けてきかせるような話でもなかった。ここにいる全員が把握済みのことだ。

ドアが開き、サーファー顔の香村が入ってきた。緊急事案児童保護センターから京都駅まで、クルマを運転していた刑事だった。いま到着したらしい。頼りなげな中間管理職の畑野係長を除き、いかめしい面立ちばかりの五人が、いまや室内にひしめきあっている。うち最も若く見える神藤が、結衣の隣りに腰かけていた。

神藤がいった。「しばらく消えていたきみは、やがて三塁側アルプススタンドに戻った。担任の普久山先生に問いかけたな。野球部の一年生、芦崎君がどこへ行ったのかと」

結衣は思い起こした。試合の序盤というのに、３－１で負けていた。泉が丘高校の応援席は暗く沈みがちだった。

あのとき担任の普久山は結衣を見かえし、少しばかり動揺をしめした。特有のとぼけた顔で応じた。芦崎？　知らんな。

芦崎を連れていったスーツたちは誰なのか、結衣は普久山にたずねた。普久山の返事は要領を得なかった。まるでなにも見ていないような口ぶりだった。

埒《らち》があかないと判断し、結衣はスタンド座席間の階段を下りていこうとした。すると普久山があわてぎみに制した。どこに行く。結衣は野球部のそばにいる教師に問いただすつもりだった。さっき狐目と立ち話した教師だった。スーツらが芦崎を連れ去ることにも同意したはずだ。

ところが普久山は烈火のごとく怒りだした。いいから自分の席に戻れ！

近くにいたクラスメイトの桧森愛加と目が合った。カーボン用紙でのカンニングがばれた女子生徒だった。愛加は複雑な表情で結衣を見つめてきた。だが結衣が見かえすと、愛加は視線を逸《そ》らした。

結衣は黙って教師の指図に従う気になれなかった。普久山に詰め寄り小声でいった。さっきスーツの人たち、刑事を名乗ったんですよね。なぜ身分証の提示を求めなかったのか、そこんとこをあの先生にききたかったんですけど。

普久山は怖《お》じ気づいたように身を退かせた。頼むから座ってくれ、普久山がそうささやいた。応援席にトラブルがあったらめだつじゃないか。

それっきり普久山は口をつぐんだ。なにかおかしい。結衣はスタンドの階段を上ったものの、自分の席には戻らなかった。またスタンド裏への出入口に向かった。

神藤が結衣を見つめてきた。「なにか思いだしたのか」

「べつに」結衣は平然と応じた。

「さあ」

「きみはふたたびアルプススタンドを離れ、どこへともなく姿を消したな」

「なにもなけりゃ死人がでたりしない」

「死人って誰？」

沈黙が降りてきた。神藤が無言で睨《にら》みつけてくる。ほかの刑事たちも同様だった。保身を気にしているようすの畑野係長以外、全員が強硬な態度をあらわにしてくる。

結衣はいっこうに動じなかった。思わずため息が漏れる。あくまで口を割らせることが目的か。ならこちらもだんまりをきめこむだけだった。

自分が経験してきたことのすべては自分のなかにある。人に説いてきかせるための記憶ではない。

9

結衣はいったん球場の外にでた。広場から甲子園筋を横断し、アソシエ薬局でバンドエイドをひと箱買った。球場に戻ると、20号門の混雑に乗じ、ライト外野席裏の屋内通路に忍びこんだ。

歩きながらバンドエイドを一枚ずつ両手の指先に巻いた。指紋がつくのを防ぐ簡易的な方法だと父から教わった。まさか実行する日が来るとは思わなかった。けっして前向きに犯罪に関わろうとしているわけではない、そう自分にいいきかせる。ただ立入禁止区画に踏みこんだ場合、証拠を残したくなかった。

営業していないココパークに依然ひとけはない。立て看板に貼られたポスターが目に入った。さっきは気づきもしなかった。お子様はストラックアウトのほかトランポリンも楽しめます、そう書いてあった。

ココパークの隅に視線を向ける。一辺が二メートルほどの正方形の板が積み重ねてあった。よく見れば四隅に短い脚がついている。間仕切りかと思ったが、あれがトランポリンらしい。

攻守交代の静けさから、また場内が沸くのをまち、結衣はボールの入ったカゴに手を伸ばした。ボールを手にストラックアウトの投手板に立つ。女子用の七メートルではなく、芦崎と同じ十メートルの距離を選んだ。

頭上のバルコニーを仰ぎ見た。誰もいない。さっきは目出し帽の男がようすをうかがっていた。甲子園歴史館から出入りしたのでなければ、まだバルコニーに通じるバックヤードに潜んでいる可能性もあった。

結衣はストラックアウトの標的に向き直った。六人の偽刑事たちが芦崎になにをさせようとしたのか、いまのところ想像もつかない。なら同じことをやってみれば、なにかが見えてくるかもしれない。

構えに入る。セットポジションでなく、制球しやすく思えるワインドアップを選んだ。振りかぶったのち、遠心力を加えながらサイドスローで投げた。サウスポーにとって苦手なコースと高さ、左下を真っ先に狙った。無事に7番と8番を二枚抜きした。すぐに次のボールをカゴからとりあげ、ふたたび投球する。今度は右下、6番と9番を抜いた。

結衣はまたバルコニーを見上げた。人影ひとつない。この愚行に意味があるのか疑問が募りだす。さっさと片付けてしまえばいい。次のボールもワインドアップで投球し、狙いどおりに命中させた。四枚抜きを果たした。1、2、4、5番を一挙に潰《つぶ》した。最後の一枚に残すのは得意なコースときめていた。結衣の投球は3番を打ち抜いた。ノーミスでクリアした。

スタンドの歓声が響き渡るなか、結衣は三たびバルコニーを見上げた。全身に電流が駆け抜ける気がした。

目出し帽の男が立っていた。手すりに両手を這《は》わせ、身を乗りだしながら結衣を見下ろす。男はパーカーの下をまさぐり、タブレット端末をとりだした。こちらに向けた画面には、幾何学的に見える正方形、QRコードが大きく表示されていた。

戸惑いが生じたものの、まずは男の意味ありげな行動に応《こた》えねばならない。結衣は自分のスマホをとりだし、カメラモードにして男に向けた。QRコードを無事に読みとった。

スマホの画面を見た。認識したURLにブラウザの表示が切り替わる前に、バルコニーで目出し帽が身を翻した。ライト方面に逃走し姿を消した。奇妙な感覚にとらわれた。あの目出し帽の男、どこかで会ったような気がする。

茫然《ぼうぜん》とたたずんではいられない。結衣はとっさに動きだした。ココパークの隅に駆けていき、トランポリンの脚の一本をつかんで引きずる。バルコニー下の壁に極力近づけてから、ただちに後退し、助走をつけ跳躍した。結衣はトランポリンの上で跳ね、身体のバネを使い大きく伸びあがった。

バルコニーの手すりには届かないものの、狙いは壁から横方向に突きだした旗竿《はたざお》だった。両手でつかむや逆上がりの要領で身体を引き寄せた。旗竿を足場にして手すりを飛び越え、バルコニーに転がりこむ。

左右の外野スタンドから丸見えの状態になった。大半は試合に沸いているものの、近場の席の観客らが気づいたようすで、妙な顔を向けてきた。結衣は見かえすことなく駆けだした。

スタンド席の裏側に入った。鉄骨の梁《はり》と支柱ばかりの空間がひろがる。傍らの下り階段は歴史館内につづいているが、目出し帽がそちらに下りたとは思えない。結衣は鉄柵《てっさく》を乗り越え、メンテナンス用のキャットウォークを進んだ。縦横に走る鉄骨のなかを駆け抜けていった。辺りに人影はない。目出し帽はどこに消えたのか。

無人のバックヤードが巨大なジャングルジムの内部に思えてくる。一見開けているようだが、支柱に身を這わせれば隠れられる。周辺の支柱を調べたものの、いまのところ不審者は発見できなかった。

むやみに探しまわって成果を期待できる面積ではない。結衣は苛立《いらだ》ちを嚙《か》みしめながらスマホをいじった。手がかりの有無を確認しておく必要がある。

QRコードからリンクされたURLから、アプリが自動ダウンロードされ、専用チャットが立ちあがっていた。先方からのメッセージが一件のみ表示されている。

岐阜美濃学園　紺野和隆投手に150キロ　期限は二十分以内

結衣は異様な感覚にとらわれた。このメッセージはなにを意味するのだろう。返信を打つべきか迷っていると、いきなり背後からパーカーの腕が絡みついた。結衣の首を絞めあげようと力が籠《こ》もる。

とっさに身をよじりながら肘鉄《ひじてつ》を食らわし、結衣はかろうじて拘束から脱した。キャットウォークの狭い足場を転がり、距離を置いて立ちあがる。

目出し帽の男は現状を想定していなかったらしい、飛び道具ひとつ持っていなかった。それでも腰を低くし徒手格闘の構えをとる。奇妙な既視感があった。同じ闘法を教わった気がする。

男の目もとを見つめたとき、結衣は思わず驚きの声を発した。「テツ」

びくっと男が反応した。あわてぎみに目出し帽を脱ぐ。ぼさぼさ髪の下、記憶より歳を重ねた三十男の顔があった。テツは目を剝《む》いた。「まさか。結衣か」

六本木のオズヴァルドでレジをまかされていた当時、テツは二十歳そこその若手だった。本名はたしか柳詰哲雄《やなづめてつお》。優莉匡太半グレ同盟の一組織、首都連合に属していた。機動隊が突入してきたあの日も、テツは店のレジにいた。幹部クラスではなく、凶悪犯罪にも関わっていなかったとして、数年の実刑で娑婆《しゃば》に戻ったはずだ。

だが結衣は知っていた。テツは池袋《いけぶくろ》駅で通勤客を無差別襲撃し、所持金を奪う計画に加担した。首都連合の代表的な犯罪、蒲田《かまた》集団リンチ殺害の実行犯のひとりでもある。父の逮捕後も半グレから足を洗えるはずがない、結衣はテツについてそう思っていたが、どうやら予測が当たったらしい。

テツの目に再会の喜びはなかった。ただ嫌悪のいろと敵愾心《てきがいしん》をあらわにした。「おめえかよ。なんで首を突っこんできやがった」

結衣は心が冷えていくのを感じた。思えば物心ついたとき、大人といえばこんなろくでなしばかりだった。折檻《せっかん》も体罰も当たり前に横行し、それらが日常だと思いこまされた。憎しみが育つ前に、動物も同然に調教され、従順になることを強いられた。記憶がよみがえるとともに反感が募りだす。結衣はスマホの画面をしめし問いただした。「これなに？　岐阜美濃学園は第四試合でしょ。なのに二十分以内に百五十キロって？」

「おめえが知る必要のねえことだ」

QRコードでチャットアプリをインストールさせておきながら、意味不明の言動に思える。結衣はテツを睨《にら》みつけた。「芦崎君をどこへ連れてった？」

「誰だと？」

「芦崎君」

「知らねえ。結衣。そのツラを見てると、おめえの親父を思いだしてムカつくぜ。俺はもう優莉匡太の犬じゃねえ」

「あー。昔っから信念がなくて、金に翻弄《ほんろう》されてばかりの下っ端だったもんね。いまの飼い主は誰よ」

テツが苦々しげに結衣の手もとを眺めた。「指紋がつかねえよう準備してきたか？　浅はかな小娘。ままごとじゃねえんだよ」

結衣は憤りとともに詰め寄った。「なにを企《たくら》んでるのか白状しないと……」

瞬時にテツが踏みこみ、すばやく蹴《け》りを放った。結衣はあわてて身体をのけぞらせ躱《かわ》したものの、体勢が大きく崩れた。テツがすかさずローキックで足払いをかけてきた。結衣は宙に浮きあがり、キャットウォーク上に横倒しになった。だが激痛がひろがるより早く、結衣は横たわったまま両足でテツの足首を挟み、力ずくでひねり倒した。低くなったテツの顔面を、結衣は即座に蹴り飛ばした。

テツは後方に転がったのち、さも痛そうに顎《あご》に手をやりながら起きあがった。口の端から血が滴っている。侮っていた旧知の小娘に歯が立たないことに、テツは驚きを隠せずにいるようだ。

睨みあいは数秒しかつづかなかった。ふいにテツが逃走しだした。結衣は跳ね起きテツを追いかけた。キャットウォークが上下に大きくしなる。金属音がけたたましく辺りに反響した。辰巳商業の攻撃らしく、外野スタンドは依然として沸き立っている。ノイズは観客の耳に届かないだろうが、揺れが伝わらないのを祈るのみだった。

キャットウォークの行く手は球場の内壁に向かっていた。テツが突きあたりのアルミ戸を開け放った。強風が吹きこんでくる。三階相当の高さのはずだが、テツは戸口の外に身を躍らせた。

結衣も戸口に達した。縦横の鉄骨とともに外階段があった。見上げると、踊り場を小刻みに折りかえしながら、外階段は空の彼方《かなた》にまで延びている。テツがひとり駆け上がっていくのが見えた。

ここは照明塔だった。ライト外野席の背後に位置するF塔だとわかる。結衣はためらわず追跡にでた。外階段を上りだしたとき、球場の南西にひろがる住宅街を眼下にとらえた。そう遠くないところに海も見えている。上るうち潮風が吹きつけてきた。照明塔の下半分、球場側は大看板が覆っているため、いまのところテツと結衣は観衆の目に触れない。だが市街地側からは丸見えだった。いつでも不特定多数に目撃されうる。しかもこのまま上方に達すれば、大看板の陰を脱し、球場側にも全身をさらすことになる。なのにテツは躊躇《ちゅうちょ》をしめさず、どんどん階段を上っていく。

結衣はがむしゃらに階段を駆けあがった。風圧が強さを増していき、塔全体に横揺れを感じる。それでも臆《おく》している場合ではない。

すでにビルの七階か八階相当の高さに達した。これでも照明塔全体の半分でしかない。テツは大看板が覆う高さを超え、さらに上に向かった。もう球場内の誰もが目視可能な高さに至った。結衣はさすがにたじろいだが、中途半端に踏みとどまるわけにはいかない。意を決し、全力で外階段を駆け上った。

結衣も大看板の陰を脱した。視界の端に球場全体が見てとれる。冗談のような眺めだと結衣は思った。観衆のどよめきをきき、思わず足がすくんだ。だが一・二塁間を破るヒットのせいだとわかった。観衆はグラウンドを注視している。願わくはテレビ中継も引きの画《え》に切り替わらないでほしい。たちまち全国に拡散されてしまう。

照明塔の上部、無数のランプが縦横に並ぶ、巨大な長方形の陰に入った。投光器ひとつずつが途方もなく大きかった。こちらから球場を見下ろすと隙間だらけだが、観客席から見上げたとき、姿が見えづらくなっているよう祈るしかない。辰巳商業のチャンスもつづいてほしいところだ。ただしライト方面に高々と打ちあげるフライは願い下げだった。

階段は途中までしかなかった。そこから上は鉄梯子《ばしご》だった。信じがたいことに、テツが鉄梯子をよじ登っていく。塔の最上部はたしか高さ四十メートル。テツはそこに達しようとしている。

結衣も鉄梯子を登りだした。しだいに自分を突き動かす要因がはっきりしてきた。かつて父の息がかかった半グレが、いまも犯罪に加担しているなら、とうてい見過ごせるものではない。優莉匡太の脅威に怯《おび》える社会など二度とごめんだった。娘として肩身が狭いどころではない。存在そのものを否定されてしまう。

鉄梯子を登りきった。文字どおり照明塔の頂上に立った。両端に手すりはなく、ごく狭い足場がまっすぐ延びるにすぎない。結衣は高所恐怖症ではなかったが、それでもてのひらに汗が滲《にじ》んでくる。行く手でテツがしゃがみ、点検用ボックスの蓋《ふた》を開けていた。なかからとりだしたのはロープの束だった。命綱にちがいない。

地上まで四十メートル。風が甲高い音とともに吹きすさぶ。足場がぐらぐらと揺れた。長居はできない。結衣はテツとの距離を詰めようとした。

だがテツは身体を起こすと、命綱を腰に巻くこともなく、ロープの端についたフックを振りまわした。フックが結衣めがけ飛んできた。結衣は足を滑らせ転倒した。突っ伏しながらも両手で足場にしがみつき、なんとか転落をまぬがれる。

テツがフックを回転させながら、悠然と歩み寄ってくる。結衣を見下ろし、テツが鼻息荒くいった。「思い知ったか。小せえころ見よう見まねで喧嘩《けんか》を習ったからって、おめえはこんなもんだ」

結衣は恐れることなく起きあがり、テツに挑みかかった。ところがテツは両手のあいだにロープを張り、結衣の腕を巧みに撥《は》ね除《の》けた。足場から浮いた結衣の左足の下を、瞬時にロープがくぐり、左の太股《ふともも》に巻きつく。テツが両手でロープを引くと、操り人形のごとく結衣の左膝《ひだりひざ》が上がった。またも体勢を崩し、結衣は仰向《あおむ》けに倒れた。空中に放りだされるのでは。血流が凍りつくような恐怖にとらわれたものの、背を足場に打ちつけた。

テツが笑い声を発した。「ざまあねえな、結衣。無知な小娘はいまだに喧嘩殺法かよ。親父の古くせえ教育なんざ役に立たねえ。こりゃシステマのロープファイティングってやつだ」

結衣は痛みに痺《しび》れる手を振り、感覚を戻そうと躍起になった。「教わる態度がなってないって、お父さんにしばかれてばかりだったテツを、どこの道場が受けいれてくれた？」

挑発に憤然としたテツが吐き捨てた。「道場通いなんかするか！　世間知らずめ。いまどきは動画がありゃ独学で習得できるんだよ」

「あー。道理で」

「なにがだ」

「ロープを操ることに気をとられて、重心の移し方を意識してない」

テツの表情がこわばった。間髪をいれず結衣はテツの向こうずねを蹴った。脊柱《せきちゅう》を垂直にしていなかったテツは、重心を踵《かかと》に乗せきれていない。股関節《こ》が硬く、全体重が両脚のあいだに落ちてしまっている。合気道でいえば隙だらけだった。

たちまちふらつきだしたテツが、必死の形相で両手を振りかざした。ロープが投げだされ、照明塔から落下していく。焦燥がいっそう重心を失わせたらしい、テツは前のめりになったかと思うとのけぞった。そのうち空中で仰向けになった。

結衣は跳ね起き、テツの右腕をつかんだ。一緒に転落しそうになり、あわてて足場にしゃがみ、なんとか踏みとどまる。結衣の両手がテツの手首を握りしめる、落下を食いとめるのはそれだけだった。テツの全身が照明塔からぶら下がっていた。結衣は歯を食いしばったが、両手が震えだした。腕全体に激痛が走る。体重を支えきれない。

テツが死にものぐるいにわめき散らした。「落ちる！　放さないでくれ」

バットの快音がきこえる。球場の歓声がこだまする。観衆の目はこちらに向いていない。何人かが照明塔の異変に気づこうと、動揺が広がりさえしなければ、いまはとりあえずかまわない。

結衣は声を絞りだした。「芦崎君はどこ？」

「だから誰だよ。そんな奴知らねえ」

「とぼけてないで答えろよ」

「知らねえもんは知らねえ！」

てのひらにいっそう汗が滲《にじ》みだした。摩擦が失われていく。限界が近い。そう思ったとき、ふいに手が滑った。

時間の流れが滞ったようだった。見上げるテツが目を瞠《みは》り、両手で空を掻《か》きむしる。一瞬ののち、テツの身体は垂直落下した。はるか彼方《かなた》に遠ざかったかと思うと、照明塔の根元付近に叩《たた》きつけられた。コンクリートの表層で、破裂したも同然に鮮血が飛び散るさまが、ごく小さく見えた。

結衣は放心状態を自覚した。荒い呼吸を響かせながら、足場に仰向けに寝転んだ。動悸《どうき》が激しく波打つ。眩《まぶ》しい直射日光に目を閉じる。視野全体が血のいろに染まった。死なせた。いや殺した。とうとう人殺しに戻った。犯してはならないと固く誓ってきた禁を破った。

きょうと同じく暑い夏の日、初めて人の命を奪った。あの瞬間の感覚が、ありありとよみがえってくる。

木造アパート二階、いちばん端の部屋に帰るとき、いつも結衣は憂鬱《ゆううつ》になっていた。学校から帰ったあの日、部屋の奥から市村凜の呻《うめ》き声がきこえた。居間に入ったとき、結衣は目を疑った。凜が全裸で後ろ手に縛られている。口には猿ぐつわを嚙《か》まされていた。大粒の涙を滴らせ、見開いた目は真っ赤だった。同居していた榧本聡《かやもとさとし》という無職の男が、ズボンを脱ぎ、凜の背後で執拗《しつよう》に腰を振る。

乱暴な所業自体はいつもの光景といえた。榧本は酒に酔うたび結衣に襲いかかろうとする。何度も危ない目に遭ってきた。服を破られ、犯される寸前まで至ったこともある。凜がそのたび割って入り、自分が身代わりになるから結衣には手をださないで、そう懇願した。結衣の目の前で、榧本は凜を乱暴した。凜は身体じゅう痣《あざ》だらけになり、臀部《でんぶ》にも蠟燭《ろうそく》による火傷《やけど》を負いながら、けっして榧本に逆らわなかった。結衣は一緒に逃げようと凜に持ちかけたりもした。凜は力なく首を横に振るばかりだった。彼にもいいところがあるから。そんな弱々しいつぶやきを、念仏のように繰りかえした。

だがこのときはいつもと様相がちがった。榧本は結衣の不在時に凜を襲っていた。衝撃とともに立ち尽くす結衣を、榧本がじっと見つめてきた。凜がひときわ高く呻き声を発した。逃げてといってるようにきこえた。結衣は後ずさり、玄関から飛びだそうとした。

ところがそれより早く榧本が飛びかかってきた。結衣を身体ごと抱えあげ、浴室に放りこんだ。榧本はシャワーヘッドを握り、結衣の頭から全身に冷水を浴びせた。びしょ濡《ぬ》れになった結衣の制服を引き裂こうとした。結衣が抵抗すると、榧本は結衣を殴りつけてきた。それも容赦なくこぶしで殴打しつづけた。自分の鼻血が飛散するのを、結衣はまのあたりにした。

尻餅《しりもち》をついた結衣に、榧本がのしかかってきた。スカートをめくられ、太股をまさぐられたとき、不快感とともに憤怒《ふんぬ》の感情が燃えあがった。結衣のなかでなにかが弾《はじ》け飛んだ。

　反射的につかみとったのはボディソープのボトルだった。ただ闇雲に目に向け噴射したのでは効果が薄い、結衣はその事実を知っていた。敵が瞬《まばた》きをした直後、確実に角膜をとらえることが極意だった。結衣は幼少期、人体を相手に練習させられた。あのときの不幸な大人が、何者だったか知るよしもない。おそらく半グレ集団の落ちこぼれだったのだろう。

　結衣の噴射した泡は、榧本の眼球を直撃した。榧本の絶叫が浴室内に反響した。結衣は自分の太股にボディソープを噴射したうえで、榧本の首を挟みこみ、両脚の付け根で絞めあげた。滑りやすくしておけば技も深く入るからだ。

　左右の太股を上下にずらし、双方向に力を加えることで、敵の首の骨を折りにかかる。だが結衣のなかにはまだ迷いがあった。殺すほどのことはない、そんな思いがよぎった。絞めつけが不充分だったため、榧本が暴れるのを許した。握ったシャワーヘッドを振りかざし、榧本は結衣の側頭部を強打してきた。何度かの打撃でめまいがし、太股《ふともも》の力が緩んだ。榧本は起きあがり、力ずくで結衣の股を大きくひろげた。

　結衣の理性は跡形もなく吹き飛び、狂気が全身を支配した。この単細胞のゴミ、ぶっ殺してやる。

瞬時にシャワーホースを榧本の首に巻きつけた。二重巻きにし、強く引っぱったうえで、蛇口を開栓した。ホースが硬くなり榧本の首を絞めつける。榧本は顔面蒼白《そうはく》になり喘《あえ》いだが、なおも結衣を蹴《け》り飛ばそうとしてきた。結衣はバスチェアをつかみ、脚部で榧本の鼻っ柱を殴った。何度も殴るうち、血飛沫《しぶき》があがり、抉《えぐ》れた肉片が宙に舞った。

いかにダメージを与えようと、アドレナリンが敵の痛みを麻痺《まひ》させ、反撃の手は緩まない。結衣は教わったことが現実だと悟った。榧本は身をよじって抗《あらが》った。持久力ではいずれ負ける。結衣は浴室棚から榧本の鼻毛切りをつかみとった。鼻毛切りの指穴に左の人差し指と中指を入れ、こぶしを握る。細い刃がこぶしの先に突きだしている。この持ち方で殴りつければ動脈を刺せる。だが刃先が曲がるまでチャンスは三回ていどだ。結衣は榧本の首筋を殴った。外した。血は滲みだしただけだった。すぐに引き抜き、ふたたび殴打した。今度は榧本が首をすぼめたうえ、結衣の太股に爪を立ててきた。皮膚がむしりとられるような激痛が走った。結衣は右手で榧本の頭髪をつかみ、引っぱって首筋を大きく露出させ、左のこぶしで勢いよく突いた。今度こそ頸《けい》動脈を貫いた。

大量の血液が噴水のごとくぶちまけられた。浴室は内装を赤く染めたようなありさまだった。榧本は目を剝《む》いたまま、からっぽの浴槽のなかに、仰向《あおむ》けに倒れこんだ。背が排水溝をふさいだらしい、真紅の液体が浴槽に溜《た》まりだした。

結衣は乱れがちな自分の呼吸をきいた。息が切れていた。四つん這《ば》いになって居間に戻った。凜を一刻も早く拘束から解放したかった。

猿ぐつわをほどいたとき、凜の目が結衣を見上げた。静かに諭すような声が告げた。安心して。ふたりめからは楽になる。

歓声を耳にした。結衣はうっすらと目を開けた。強烈な陽射しが視野に飛びこんできた。照りつける太陽が真向かいにある。

球場の観衆はずっと沸いていたように思う。仰向けに寝ていた結衣は、わずかに身体を起こし、眼下に視線を転じた。外野席から声援が飛んでいる。グラウンドではなにごともなく試合がつづいていた。

テツが落下したのは、照明塔下部の三面広告ボードの裏だった。球場外壁とのあいだの凹《へこ》んだ区画、バックヤード内にあたる。一帯の鉄骨の梁《はり》や支柱に、赤いペンキがぶちまけられたような惨状だった。だがいまのところ誰の目にも触れていない。

三塁にランナーが見える。辰巳商業に追加点のチャンス、そんな局面のようだ。ここからスコアボードは確認できないが、観客の熱が冷めやらないうちに、急いで下りるべきだった。

結衣は鉄梯子《ばしご》に身を這わせた。聴覚が鈍りがちになる。歓声がやけに遠く感じられる。自分の乱れた息づかいだけが、やたら生々しく耳に届く。鉄梯子を下りきり、ようやく階段に達した。球場を見下ろす勇気がない。ただ階段を黙々と下っていった。

榧本の死体を運ぶのに、市村凜は軽自動車を使った。真夜中のドライブに結衣もつきあわされた。サランラップでくるんだ死体を、相模《さがみ》湖に投げ捨てた瞬間をおぼえている。ドボンとかすかな音がした。それっきりなにもかも忘れようとした。

だがそうはならなかった。のちに真実があきらかになった。じつは凜のほうが榧本をたぶらかしていた。榧本が親から継いだ遺産、一千万円余りの貯金を、凜は無断で銀行から引きだした。榧本に問い詰められ、全額をFX投資で溶かしてしまったと白状した。激しく憤った榧本に対し、凜は自分と結衣の身体で返す、そんなふうに約束していた。

結衣は階段を下りきり、バックヤード内に立った。テツの死体はほとんど原形を留《とど》めず、広範囲に散らばっていた。ごく浅い血の海のなかに、臓器が点々と浮かぶ。頭部と胴体、脚もそれぞれ離れた場所に転がっている。

ふしぎだった。死体を間近に見たら、いっそう過去の記憶に苦しめられる、さっきまでそう思っていた。だがいざ目にすると、さほど嫌悪感は生じない。むしろ冷静になりつつある。テツはただのモノと化した。死体なら幼少のころから見慣れていた。初めて自分が手にかけた男の死体だけは、異質で特別に感じられた。いまはそうでもない。市村凜のいったとおりだった。ふたりめからは楽になる。

死体よりもタブレット端末が気になった。血まみれになった部品が辺りに散乱している。完全に破壊されていた。情報は得られない。

途方に暮れてたたずむうち、ポケットのなかに微妙な振動を感じた。スマホのバイブが短く作動した。いまはもう沈黙している。妙に思いながらスマホをとりだした。強い陽射しのせいで画面が確認しづらい。鉄骨の下に生じる日陰にスマホを差しいれた。

チャットアプリに新たな受信があった。六枚の画像が送られてきた。タップして拡大する。結衣は思わず息を呑《の》んだ。

いずれの画像も偽刑事の顔を真正面からとらえていた。最初の一枚は狐目だった。妙なことに制服を身につけている。警察官が身分証の更新のため、定期的に撮影する写真とわかる。こんな物まで偽造したのか。

いや、兵庫県警の刻印が入っている。通し番号も見えていた。全国警察官オンライン・データベースのモニター画面を、デジカメで接写したらしい。氏名も記してある。柿川省造《かきかわしようぞう》巡査長。甲子園警察署刑事第二課勤務。

このデータベースのレイアウトには見覚えがある。父の仲間がよくハッキングしていた。警察組織にとっては内部の極秘文書にあたる。フェイクで作成可能とは思えない。割れた顎《あご》の氏名は宇留間清志《うるまきよし》。ほかの四名は倉木勤《くらきつとむ》、永草英治《ながくさえいじ》、鵜橋邦夫《うばしくにお》、佐潟紀彦《さがたのりひこ》。

全員が本物の刑事だったのか。たしかにP230JPの実銃を所持していた。本物と考えるほうが自然ではある。

なぜいままで偽刑事だと信じたのだろう。理由はあきらかだった。こいつらが誰に対しても、身分証をいっさい提示しなかったからだ。結衣に拳銃《けんじゆう》を突きつけたふたりの態度も、カタギの印象からはほど遠かった。もっともヤクザに見まごう刑事は、関西なら当たり前のようにいる、父がそういっていた。

送信者は死んだテツ以外の何者かになる。おそらくテツはQRコードの伝達係にすぎなかった。知能犯の中核にはけっしてなりえない男だ。やはり金で雇われた使い走りと考えるのが妥当だった。

ウグイス嬢の声がこだました。また攻守交代らしい、観衆が静かになっている。だがそのおかげで複数の靴音をききつけられた。

結衣は辺りを見まわした。背丈を上まわる位置に走る梁があった。血は付着していない。支柱に足をかけ、ただちによじ登った。梁の上にうつ伏せに横たわる。

駆けつけてきたのは六人のスーツだった。近くまで来ると、全員が怖《お》じ気づいたように踏みとどまった。やがて狐目の柿川がひとり前進してきた。靴音が水たまりを踏む音に変移した。

柿川が唸《うな》った。「ひでえな」

割れた顎の宇留間がしかめっ面で歩み寄った。「救急車を呼ぶか?」

「緊急車両は接近させられねえ」

「ビニールシートで覆うぐらいか」

「ああ。現場保存だけはしなきゃな。ここのスタッフや警備員の目に触れねえよう、しっかり囲わねえと」

宇留間が四人を振りかえった。「連絡しろ。ライト外野席の裏、バックヤードに異音をききつけ急行、死体を発見。現場一帯の封鎖を要請」

四人のなかで永草がトランシーバーのアンテナを伸ばした。ぼそぼそと小声で通信したのち、トランシーバーを柿川に手渡した。

柿川はプレスボタンを押しっぱなしにしたまま、狐目を頭上に向けてきた。結衣は全身をこわばらせた。梁に全身が隠れきっているわけではない。

だが柿川は眩《まぶ》しげに顔をしかめた。逆光でよく見えないらしい。照明塔に目が釘付《くぎづ》けになっているようだ。

宇留間も手をかざし、直射日光を避けながら、なんとか照明塔を見上げた。「ライフルはあの上か?」

「わからん」柿川は視線を落とし、血の海をうろつきまわった。ゴム手袋をとりだし両手に嵌《は》め、ひとり身をかがめた。「可能性は低そうだ」

「なんでそういえる?」

「見ろ。奴の右腕が落ちてる。画像に写ってた彫り物がねえぜ」

「ああ。手の甲から肘《ひじ》あたりまで、龍《りゅう》のタトゥーがなきゃおかしい」

「筋肉のつき方もちがう。指先は崩れてないな。どれ、照会してみるか」

柿川が右手でトランシーバーを保持したまま、左手でモバイル機器らしき物を操作した。結衣の知らないツールだった。警察に関するD5の分析をきいたのも、もう八年前のことだ。技術は進歩していて当然といえた。

宇留間の眉間《みけん》に皺《しわ》が寄った。「鑑識にまかせたほうがいいだろ。だいいちキャップや防護服もなしに動きまわって、髪の毛が落ちちゃまずいぜ」

「そんなことといってる場合か」柿川は死体のちぎれた腕にモバイル機器を近づけた。五本指の先を機器の表層に押しつけ、タッチパネルを操作した。指紋をスキャンして転送したらしい。

そういうことだったか。結衣のなかで腑《ふ》に落ちるものがあった。事情はだいたい理解できた。

甲子園球場にライフル魔が潜りこんでいる。状況が発覚したのはむろん第一試合の開始後だ。おそらく犯人から警察に画像が送りつけられたのだろう。球場内にいると明確にわかる構図だったにちがいない。実物とわかるライフルのほか、龍のタトゥーの入った腕が写っていた。観客の避難や試合中止を禁じるメッセージも届いた。警察車両の接近も、マスコミへの公表も許されなかった。守らなければ観客を無差別に狙《そ》撃《げき》する、そう脅迫されたにちがいない。よって警察は隠密《おんみつ》行動で警戒にあたり、極秘裏に捜査を進めるしかなかった。柿川らが制服警官との接触をためらったのも、犯人側に動きを察知されないためだろう。

第三試合の開始時点では、すでにゲートの係員らに事情が伝えられていた。出場校の教師らにも、事前に柿川や宇留間が直接会い、厳戒態勢下にあることを明かした。刑事による身分証の提示は、そのときおこなわれた。よって以後は提示の必要がなかった。

ただし警察も、なんのための厳戒態勢かは伏せたはずだ。ライフル魔の存在を開示したとは思えない。普久山もさほど緊張しているようには見えなかった。バイトの警備員に対しても情報は制限された。黒ポロシャツが無線で指示を仰いだ場合も、捜査に関わることは極力伏せられただろう。すなわち捜査関係者らが警備室に待機している。甲子園署を出動した覆面パトカーは人目につかないよう、三階建てビルのスロープから、二階屋内駐車場に入ったと考えられる。

柿川が立ちあがった。血のなかに横たわる死体の胴体部分を振りかえる。「パーカーを着てやがる。バックスクリーンビューからストラックアウトを見物してたのは、こいつにまちがいないな」

「ああ」宇留間が浮かない顔でうなずいた。「次の要求は優莉結衣がさらっていった。俺たちにはわからねえ」

「いや。係長がいうように、こいつはマッチポンプだろうよ。優莉匡太の娘が飛び入りするなんて、どう考えてもできすぎてる。奴らの仲間にちげえねえ」

結衣はため息をついた。どうやら犯人一味と疑われているようだ。

警備室で警察が陣頭指揮にあたっている以上、監視カメラ映像もすべて押さえている。柿川たち六人は当初、結衣の尾行に気づいていなかった。だが遠隔監視していた同僚からその事実を知らされた。つまり結衣の行動も逐一見張られていた。ゲートや歴史館の受付の態度にも納得がいく。結衣が現れる可能性がある、事前にそう知らされていた。むろん実際に結衣が姿を見せたら、ただちに通報するよう指示があったのだろう。

歴史館に柿川と宇留間が現れたのも、従業員からの通報あってのことだった。ふたりが結衣に拳銃を突きつけ、刑事らしからぬ脅し文句を口にしたのは、それだけ切羽詰まった事態だったせいだ。

ストラックアウトも犯人からの要求にちがいない。無意味に思える要求は、この手の脅迫における序盤の常套《じようとう》手段だった。父もよく用いていた。異常かつ実行困難な指示を発し、警察の従順さを見極め、捜査員の顔を確認する。犯行目的を見破られにくくする効果もある。

野球部以外の生徒にストラックアウトの全部抜き《パーフェクト》を実現させろ。それが犯人側からの要求だったと考えられる。野球経験者以外には無理、そう悟った柿川らが、泉が丘高校で最も野球部員らしくない芦崎をスカウトした。辰巳商業の制服に着替えさせたうえでココパークに連れていった。別の高校の野球部員なら犯人にばれにくいと思ったのだろう。芦崎は理由もわからず、ただ極度の緊張感のなかでストラックアウトの成功を強いられた。重圧に耐えきれなくなり芦崎は逃亡した。

代わりにストラックアウトを成功させた結衣に対し、テツがQRコードをしめした。課題をクリアすれば、犯人から次の要求が来る、警察は当初そう考えていた。ただし飛び入りしたのが優莉匡太の娘と気づき、犯人側の自作自演を疑っているようだ。

QRコードでダウンロードされたチャットアプリが、犯人の次の要求を伝えるためのものなら、送られてきた画像にはなんの意味があるのだろう。柿川たちの素性などとっくに承知ずみだ、犯人はそう主張したかったのか。

ライフル魔が誰であれ、最初から結衣を仲間に仕立てあげるつもりだったとは、到底思えない。結衣がストラックアウトに臨んだのは偶然の成りゆきでしかない。テツも結衣だとは気づいていなかった。

永草がトランシーバーでの連絡を終え、柿川に引き渡した。「五分でヘリが来る。望遠レンズでF照明塔の上を確認するそうだ」

宇留間が代わって永草に応じた。「あまり高度を下げさせるな。NHKにも異常事態を悟られたくねえからな」

スマホの着信音が短く鳴った。柿川がスマホを取りだし、左手でタッチパネルを操作する。右手はトランシーバーを握っていた。たちまち表情が険しくなった。

「おい」柿川がつぶやいた。「死体の身元が割れたぜ」

「誰だ？」宇留間がきいた。

「斉藤明人《さいとうあきひと》。道頓堀《どうとんぼり》の居酒屋カムトーに勤務。フリーターだ。平成二十九年五月、以前に働いてた店に忍びこみ、レジから金を盗み逮捕」

刑事たちは一様に反応した。倉木が硬い顔でスマホをのぞきこんだ。「前科者か」

柿川が鼻を鳴らした。「そういうこった」

「でも優莉匡太半グレ同盟とのつながりはないんだろ？」

「いまのところは見えん。だが犯罪者だぜ？　優莉結衣の飛び入りも、ライフル魔の筋書きどおりという線は捨てきれねえな」

不可解だと結衣は思った。二年前にテツは別人を装ったまま逮捕されたのだろうか。指紋を照合したのなら、首都連合の柳詰哲雄と発覚するはずだ。なのに偽名と偽の経歴が登録されているらしい。結衣が九歳のとき、テツも取り調べを受けた。指紋も採取されていて当然だった。どうやって別人を騙《かた》ったのか。

なんにせよテツの素性はいずれ発覚するだろう。優莉匡太半グレ同盟のひとつ、首都連合のメンバーだったとあきらかになれば、結衣はほぼ確実に犯人の仲間とみなされる。迷惑な話だった。いまのところテツが別人とみなされているのは、不幸中の幸いといえるかもしれない。

バックヤードがにわかに騒々しくなった。作業着の群れが駆けつけてくる。球場スタッフを装っているが、血の海を見ても動じない態度から、全員が警察官だとわかる。てきぱきと支柱にロープを張りめぐらしていく。ビニールシートで現場を目隠しし始めた。

物音がひっきりなしにこだまする。作業が落ち着いてくれば、作業着らも照明塔を見上げるだろう。いまのうちに逃げねばならない。結衣はもう一段上の梁《はり》によじ登った。支柱をつかみ、梁から梁へと横移動していった。

宇留間の声がきこえた。「蛙の子は蛙でしかねえな」

柿川が軽蔑《けいべつ》に満ちた声を響かせた。「自己愛性パーソナリティ障害、演技性パーソナリティ障害。そのうえ反社会性パーソナリティ障害のサイコパス。最低最悪の異常者、優莉匡太の血を継ぐガキらだ。野放しにしていいわけがねえ。永遠に隔離して、檻《おり》に閉じこめとくべきなんだよ。そもそも人間かどうかも怪しい生き物だからな」

ふいに涙腺《るいせん》が刺激され、目が潤みがちになる。結衣はただちに心を閉ざし、感情のいっさいを遠ざけた。

いまのが警察の評価だ。世間の見方も同じだろう。どこかまちがっているだろうか。このうえなく正当な物言いだ。きょうテツを殺した。十七になって殺人を犯した。これで法的にも立派な殺人犯になった。いまに始まったことではない。中一のときにも殺したではないか。本来の姿が露呈した、ただそれだけでしかない。こんなふうに生まれた。こういう女になる運命だった。

警察官の群れから充分に距離を置き、結衣はコンクリートの床に飛び降りた。スタンドの歓声にまぎれながら駆けだした。

心が果てしなく軽い。悲嘆に暮れるのも、わが身の不幸をかこつのも、もう過去になった。まともになろうとする自分とは、たったいま決別した。どうせふつうの十七歳ではない。中華メイクを工夫して友達とネップリでやりとりする日など永遠に来ない。わずかでも変化に期待した自分が馬鹿だった。しょせん優莉匡太の娘でしかない。良心が欠如し、人を操作し、衝動的で無責任、自分の過ちをけっして認めず、他人の権利を侵害し、なにより平気で人の命を奪う、あの父の子だ。檻に閉じこめておくべき、人間かどうかも怪しい生き物だと柿川は断じた。言いえて妙だ。きっとそれ以外の何者でもない。

ならば自身のあるべき姿を突き詰めてやる。とりあえずいま最もむかつく存在、球場に紛れこんだライフル魔をぶっ殺す。

10

神藤は甲子園署の会議室で、並んで座る結衣の横顔を眺めていた。

ずっと黙秘したままだ。だが身におぼえがないはずがない。F照明塔付近で死者がでた。斉藤明人を殺したのは結衣にちがいない。

死者の身元について刑事からは言及せず、あくまで結衣に喋《しゃべ》らせること、事前の捜査会議でそのような取り決めがなされた。むろん経緯についても同様だった。本人から自白を引きださねば意味がない。

「なあ優莉」神藤は身体ごと結衣に向き直った。「きみに事情をきく機会はこれまでにもあった。なぜきょう呼びだされたと思う?」

結衣は無表情に応じた。「さあね」

「きょうなにが起きてるか、知らぬ存ぜぬってわけか」

「なんの話?」

刑事のひとり、角刈りの豊沢班長がつぶやいた。「神藤。去年の夏のことが先だ」

「はい」神藤は居住まいを正し、慎重に切りだした。「優莉。芳窪高校の除籍が早まって気の毒だった」

「三学期が早めに終わったから」

「新型コロナウイルスの影響で休校、そのまま春休みか。春のセンバツまで中止になるとは思わなかった。泉が丘高校も出場予定だったのに、残念だったな」

「どうでもいい」

「なあ。その態度はひょっとして、病み系ってのを気どってるのか。闇落ちした振る舞いをクールと思いこむ年頃だよな。私服はピープス系か？」

「ふだんもほとんど制服で通してる。そんなに裕福じゃないし」

神藤は言葉に詰まった。たしかに施設暮らしの結衣には、ファッションを自由に追い求めるゆとりはないかもしれない。

香村がじれったそうに口をはさんだ。「優莉。なにがあったかはわかってる。自分の口からいったらどうだ」

豊沢も声を荒らげた。「そのとおりだ。さっさと吐いちまえ」

結衣は黙ってテーブルに目を落とした。ふいに孤独感とせつなさをまとった姿に見えてくる。神藤は戸惑わざるをえなかった。だがすぐに思い直した。優莉結衣は貧乏女子高生なのを逆手にとり、不憫《ふびん》さを武器に使う、注意すべし。事前の捜査会議でそう伝えられた。無言のうちに同情を誘うことで追及の手を緩めさせる。美人ゆえに可能なわざだろう。釣られている場合ではない。

優莉匡太の娘に生まれたのは、むろん結衣自身の責任ではない。正しい道をしめす保護者に恵まれず、十代にして凶悪犯と化してしまった。証拠はないがまずまちがいない。彼女がそんなふうになったのは、歪《ゆが》んだ社会のせいにほかならなかった。刑事としては断じて見過ごせない。罪を償わせる以上に、ひとりの少女として、真っ当に生きる機会をあたえたい。彼女は並みの不良ではない。少年課や生活安全課では太刀打ちできない。更生させうるとすれば刑事課の刑事だけだ。

「優莉」神藤は静かにいった。「なにがあったかわかってるってのは、けっして詭弁《きべん》じゃない。俺たちは見張ってた。あの日の試合中、きみの行方をずっと追っていたからな」

11

去年の夏、神藤は巡査部長への昇進試験に合格したものの、任官はまだだった。二十六にして快挙だと元警察官の父は喜んでくれたが、それは昔の感覚だろう。かつては幹部への第一歩となる狭き門とされたものの、いまは難易度も大幅に下がった。巡査と巡査部長の人数はほぼ同じだ。

甲子園署の刑事第二課、特務一係が覆面パトカーで出動したのは、その朝九時すぎだった。渡り廊下で球場と結ばれた別棟のビルを、捜査の拠点とすることになった。車両はスロープを上がり、二階の屋内駐車場に停めた。優れた構造だと神藤は感心した。人目につかず三階の警備室に入りこめる。

三階の警備員待機所は事務室然とし、サッシ窓から球場のチケット売り場を見下ろせる。警備室はその隣りだった。こちらには窓がない。薄暗い室内はいくつかのブースに分かれている。壁ぎわを無数の監視用モニターが覆い尽くす。球場内のあらゆる場所がリアルタイムで映しだされていた。異常を察知しだい、現場近くの警備員に無線で指示し、対応にあたらせる。増援が必要な場合は、ただちに渡り廊下から球場内に送りこむという。

そこまでは問題がない。だが甲子園球場はとてつもなく広く、複数の警備会社が関わっていた。チケット売り場の周辺に立つ、警官に似た制服は中高年のベテラン勢だが、球場内の黒いポロシャツは大半が若手のバイトだった。情報はこの警備室に集約されるものの、各社の警備員どうしは横のつながりが希薄で、連携をとりあう体制は確立できていない。

より頭が痛いのは、捜査陣と警備責任者とのあいだに意識のずれがあることだった。係長の畑野がやんわりといった。「江熊《えくま》さん。このように捜査令状もでている状況ですし、どうか全面的にご協力をですね……」

白髪頭に荒削りの彫刻のような面立ち、痩《や》せた身体に青い制服姿の警備長、江熊敏久《としひさ》がしかめっ面で見かえした。「もちろん協力はさせていただきます。しかし警備責任は私たち警備会社にあります。この警備室は保安の要《かなめ》です。私たちは誰ひとり職務を放棄できません」

「職務放棄だなんて、そんなことはお願いしておりませんよ。ただこれは事件でして、警察のほうで情報を集約できないことには、なんとも」

「ですから情報はきちんとお伝えします。ここにおられれば、私たちと同じ情報を得られるでしょう」

腰が低いばかりの畑野係長では、話が通らないと思ったのだろう。班長の豊沢は愛想笑いひとつ見せず、江熊に歩み寄った。「警備それ自体を警察におまかせいただきたいんです。非常事態ですから」

「できません」江熊が頑固に突っぱねた。「私たちは球場の運営会社から委託を受けています。なにか起きた場合は私たちの責任になりますので」

神藤は口をはさんだ。「江熊さん。捜査には特殊な警備体制が必要です。議論の余地はないでしょう。四万七千人の観客の安全を考えたうえで……」

江熊が遮った。「議論の余地はないとおっしゃるが、私にとってはおおいにあります。捜査令状を持ってこられたからこそ、あなたがたをここにお迎えしたんです。とはいえ警備の指揮をお譲りするわけにはいかんのです。私たちが通常どおり警備をつづけても、捜査に支障はないでしょう」

香村が顔をしかめた。「支障があるからお願いしてるんじゃないですか」

すると江熊は憤りのいろを浮かべた。「あなたは私どもの警備が邪魔になるとおっしゃるんですか」

蓮波が小走りに駆けてきた。「球場長がお越しになりました。高野連の事務局長も」

高齢のスーツがふたり、困惑顔で入室した。ふくよかな顔に眼鏡が浜塚彬《はまづかあきら》球場長。皺《しわ》の多い面長が青笹幸司《あおざさこうじ》事務局長だった。それぞれおじぎをし、捜査陣と挨拶《あいさつ》を交わす。

浜塚球場長は真っ先に江熊警備長に問いかけた。「重大事件だとか？」

自分の地位を誇示するかのように、江熊が鼻息荒くいった。「甲子園署の方々が捜査令状を持参なさったので、ここに立ち入る許可を与えました」

畑野がハンカチで額の汗を拭《ぬぐ》い、浜塚と青笹をかわるがわる見た。「そのう、けさ第一試合の開始後、署のほうに匿名のメールが送られてきまして。不穏な画像が添付してありました。蓮波君、だせるかな」

蓮波はUSBメモリーを手に、ブースをうろついていた。「よろしければモニターのひとつを使わせてもらいたいんですが」

ブースの真面目そうな男性職員が江熊に目でたずねる。胸のネームプレートには堀《ほり》部《べ》とあった。浜塚がうなずくと、江熊もブースにうなずき、ようやくUSBメモリーが堀部に渡された。

神藤はもやっとしたものを感じた。今後もずっとこんな調子か。

未使用のモニター画面一基に電源が入った。表示された静止画の背景に、ピザーラの看板が写りこんでいた。手前に置かれたゴルフバッグはジッパーが開き、なかに横たわるライフルがのぞいている。AR‐15。M16自動小銃の派生型で、遠距離の狙撃《そげき》が可能だった。画面の縁から突きだされた右腕が、折りたたんだ新聞を保持する。見出しからきょうの朝刊とわかる。右腕は長袖《ながそで》をまくりあげていた。龍《りゅう》のタトゥーがあった。

江熊が浜塚にいった。「このピザーラは球場内の常設店舗のひとつです。外野スタンド裏の屋内通路一階、一塁寄りにあります。さっき行って確認しました」

「なんと」浜塚が愕然《がくぜん》とした。「あの銃……。ライフルですか。あれは本物なんでしょうか」

神藤は応じた。「銃の専門家によれば、本物のAR－15に見えるとのことです。画像と同じ外観のモデルガンやガスガンは販売されていません」

青笹事務局長が血相を変えた。「とんでもない話だ！　すぐに試合を中止し、観客の避難を……」

畑野が恐縮したように首を横に振った。「それがですね。現状では難しいかと」

「なぜですか。球児や応援の生徒たちもいるというのに」

蓮波がブースの堀部にささやいた。「もうひとつのファイルを開けてください」

マウスをクリックする音がきこえた。モニターの画像が切り替わった。黒い背景に白抜きの字が並んでいた。

甲子園球場に緊急車両を近づけるな。試合の中断も中止も許さん。球場内にいる人間は、誰ひとり避難させるな。マスコミに情報を漏らすな。ルールを破ったらスタンド席の観客が死ぬ。

・8:12　8/11(sun)　2019

第三試合が始まったな。野球部以外の高校生に、ココパークのストラックアウトでパーフェクトを達成させろ。期限は三十分以内。成功したら次の要求を伝える。

13:46　8/11(sun)　2019

浜塚と青笹はそろって絶句した。警備室に重苦しい空気が漂う。犯人が異常者か否か判別がつかない、神藤はそう感じていた。メールは二通のみ、いずれもすでにメアドは無効になっている。IPも不明、アクセス元はたどれない。用意周到さからも知能犯と考えられる。いったいなにが目的なのか。

青笹がきいた。「ストラックアウトをやらせたのか、高校生に?」

江熊は表情を険しくした。「私は反対したんです」

畑野がおずおずと青笹にいった。「どうかご理解ください。緊急事態ですので。むろん私どもの捜査員が、生徒の安全をしっかり守っておりました」

「なら」青笹が畑野を見かえした。「その生徒は無事なんですね？」

「いえ。無事と思いますがね、あのう」

「なんだね。どうしたというんです」

隠したところで始まらない。神藤は青笹を見つめた。「当該の生徒は泉が丘高校野球部一年、芦崎境人《さかひと》君です。辰巳商業の制服を着せ、ココパークに連れていきました。芦崎君には詳しい事情を報《しら》せなかったのですが、捜査員が見守るなか、過度な緊張に耐えられなくなったんでしょう。逃げだしたまま行方不明です」

「行方不明！」青笹は額に青筋を立てた。「これは警察の責任問題だ」

浜塚がなだめるようにいった。「青笹さん。その生徒ならたぶんだいじょうぶです。球場内のどこかにいるでしょう。いまはもっと重大な事態が懸念されるときです」

神藤はつづけた。「直後に別の女子生徒が、誰の要請も受けずストラックアウトを成功させました。映像の記録もあると思いますが」

江熊が渋い顔で神藤を一瞥《いちべつ》してから、ブースの堀部に指示を発した。「ココパークの録画映像をだせ」

別のモニターが消え、また映像が現れた。録画が巻き戻されたうえで、通常再生に戻る。時刻は十四時八分。固定カメラの映像だった。ココパークにあるストラックアウトのレーンを、斜め上方からとらえている。セーラー服の少女がフレームインした。カメラに背を向けた状態で投球を開始する。ワインドアップのサイドスローで次々に投げた。二枚抜きを連続成功させ、次いで四枚抜き、最後に一枚。一球も外さず、たった四球でクリアした。

青笹が感心したように唸《うな》った。「たいした肩だ。筋もいい」

映像のなかの少女はいったんフレームアウトすると、子供用トランポリンを引きずりながら、カメラの前を横切った。画面の縁ぎりぎりにトランポリンを静止させる。その上で少女が跳ねたのがわかる。それっきりまた画面の外に消えた。

浜塚が当惑ぎみにきいた。「どこへ行った?」

さらに別のモニターが明滅し、録画映像が再生された。今度の固定カメラはロングショットで、メインスコアボード全体を真正面からとらえている。マウスのカーソルが躍り、画面の下方が拡大されていく。しだいに画質が荒くなり、ブロックノイズというよりモザイクに近くなった。だがバックスクリーンの展望バルコニーに、パーカー姿の男が立っているのが見てとれる。ほどなく男はライト方面に逃げ去った。やがて画面の下端から、セーラー服の少女がよじ登ってきた。手すりを乗り越え、男の消えたほうに走っていった。

神藤はいった。「この少女は通路などの録画映像から、泉が丘高校二年二組、優莉結衣と判明してます」

「優莉!?」青笹はめまいをおぼえたようにふらついた。「なんてことだ。危惧《きぐ》が現実になった」

畑野が慌て顔で青笹に駆け寄った。「どうかお掛けください。あのですね、優莉結衣がストラックアウトに臨んだからといって、事件に関与しているときまったわけじゃありません」

豊沢はほかの捜査員同様、係長の読みが甘いと感じているようだ。険しい表情で豊沢がいった。「要請されてもいないのに飛び入りしてきて、ストラックアウトを難なく成功。怪しすぎますよ。犯人の仲間である可能性が高いでしょう」

浜塚は眉《まゆ》をひそめた。「だが彼女が犯人側なら、なんのために要求どおりの行動をとった?」

「不明です」豊沢は咳《せき》ばらいをした。「しかし彼女の父、優莉匡太は愉快犯としても知られていました。自己愛性パーソナリティ障害で演技性パーソナリティ障害。劇場型犯罪を好む傾向があったんです」

蓮波が眼鏡の眉間《みけん》を指で押さえた。「我々の果たせなかった課題をあっさりこなし、警察を嘲笑《あざわら》ったのかも」

「では」浜塚が途方に暮れたようにたずねた。「優莉結衣はどこへ行った？　バックスクリーンビューからライト方面に向かったのなら、階段を下りて甲子園歴史館に入ったか、スタンドの裏側に潜りこんだかだ」

豊沢が苦い顔になった。「すでにお耳に入っていると思いますが、F照明塔から斉藤明人という前科者が転落死しました。腕にタトゥーがなく、ライフル魔とは別人とみなされています。現場に赴いた柿川以下、六人の捜査員から報告を受け、録画映像をチェックしようとしたんですが……」

「どうかしたのか」

刑事たちの目が江熊警備長に注がれた。江熊が気まずそうな面持ちになった。

「そのう」江熊は制帽を脱ぎ、白髪頭を掻《か》きむしった。「メインスコアボードの固定カメラが、F照明塔全体をとらえているんですが、なぜか再生できなくて」

堀部がブースから立ちあがり、モニターのひとつを指さした。「それぞれのモニターの下にあるのがハードディスクドライブです。どれも常時録画中ですが、F照明塔の映像のみ、HDDがエラーを起こし再生できません。右から二列目、上から三つ目のモニターです。赤ランプが点滅してるでしょう」

浜塚は堀部を見つめた。「原因は？」

「不明です……。いまメーカーに問いあわせています。こんなことは過去にいちどもありませんでした」

香村が醒《さ》めた顔でつぶやいた。「壁に埋めこまれたHDDなんて、どうにかできるもんじゃない。ブースでマウスとキーボードをいじってる人間以外には」

堀部が表情をこわばらせた。「それは……。たしかにそうなんですが……」

隣りのブースの女性職員もたじろぐ反応をしめした。ネームプレートには米倉《よねくら》とある。

「おい」江熊が香村に詰め寄った。「いまのはどういう意味だ。うちの職員に言いがかりをつける気か」

外にでていた捜査員のひとり、吉瀬が戻ってきた。丸々とした顔に大粒の汗が浮かんでいる。「SATが配置につきました」

浜塚の怪訝《けげん》な目が畑野に向いた。「SAT？　なにが始まるんですか」

「どうかおまかせを」畑野が応じた。「みな私服に変装したうえで球場入りし、配置に移動してから装備を身につけています。つきましては、浜塚さん。一時的に球場内の警備の権限を、我々警察に移管させてもらえないかと……」

江熊が割って入った。「浜塚さん、私は反対です！　SATというのは特殊急襲部隊です。犯人を発見しだい射殺する前提でしょう。撃ち合いになるかもしれんのに、警備の権限をすべて警察に委《ゆだ》ねるなど、まるっきり倫理に反してます」

豊沢が江熊に食ってかかった。「警備長さんの立場はわかりますけどね、よく考えてくださいよ。このままじゃいつ発砲があってもおかしくない。球場内にいる人たちを見殺しにするつもりですか」

「浜塚さん、青笹さん！」江熊は嘆くようにうったえた。「私は警備会社に入る前、警察署に勤務していました。彼らのやり方なら知っています」

「警察署に勤務」豊沢が小馬鹿にするような態度をしめした。「その言い方からすると元警察官じゃなく、警察事務の経験者ってだけでしょう。失礼ですが、警察官のなにをご存じですか。人事給与管理の担当だったとしたら、全国警察官データベースにアクセスして、顔見知りだけは大勢いるかもしれませんね。あなたが一方的に知ってるだけでしょうが」

江熊が憤怒《ふんぬ》をあらわにした。「私の知り合いには、あんたのような無作法者はいなかった！」

議論はたちまちヒートアップし、双方が声を張りあげんばかりになった。ふたりがなにを喋《しゃべ》っているのかさえ、ろくにききとれないありさまだった。

青笹が怒鳴った。「よせ！　どちらもやめてくれ。高校生がいるんだぞ。グラウンドにも、ベンチにも、アルプススタンドにもだ。いまは互いに協力しあって、冷静かつ慎重に行動するときだ」

警備室内は静まりかえった。ＨＤＤのガリガリという作動音だけが、壁面のそこかしこでこだまする。

浜塚が深刻な顔で畑野にきいた。「ＳＡＴは照明塔にも上らせるんですか」

「いえ」畑野が首を横に振った。「それじゃ目立ちすぎるので」

「よかった」浜塚はため息をついた。「パニックは避けたい。でも今後はどうするんです？　これだけカメラがあるんだから、優莉結衣の居場所もそのうち特定できるでしょう」

「そのう、しばらくは泳がせようかと。犯人に到達する手がかりになるかもしれないので」

江熊が納得いかないという口ぶりでいった。「優莉結衣であれ誰であれ、規則に従わない高校生は、ただちに警備員が補導すべきです。そういう原則ですよ」

さっきのような声高な議論にはならない。代わりに睨《にら》み合いが始まった。香村が冷やかな目で江熊を凝視した。江熊も苦々しげに香村を見かえした。

畑野が狼狽《ろうばい》をしめし、神藤にささやいてきた。「いつまでも手をこまねいてはいられん。どうすればいい」

これは甲子園署始まって以来の一大事にちがいない。神藤は小声で応じた。「犠牲者はだせません。でも犯人を野放しにもできない。いざというときは実力行使あるのみです」

12

結衣はまた炎天下の広場にでた。人混みのなかを外周に沿って歩く。警備室のある三階建てビルと、球場とを連結する渡り廊下が見えてきた。私服が辺りの雑踏にまぎれている可能性が濃厚だった。刑事らしき振る舞いを警戒しながら進んでいく。

12号門は渡り廊下のほぼ真下に位置する。三塁側アルプスタンドと、内野寄りの隣り、ブリーズシートの狭間《はざま》にあたる。教師や生徒らが大勢群がっていた。

次の試合に出場する高校の練習に、三塁側屋内ブルペンが使われる、鈴花がそういった。犯人からの要求で名指しされた、岐阜美濃学園の紺野和隆投手はそこにいるはずだ。入口は12号門。一般客の出入りがないためか、受付はおざなりで、通行が増えるたび混乱の様相を呈した。半ば無秩序な猥雑《わいざつ》さに乗じ、結衣はなかに滑りこんだ。こういうときセーラー服は周りに溶けこみやすく重宝する。

白塗りの壁が囲む通路を進んでいくと、片側のドアに張り紙がしてあった。立売スタッフ用更衣室とある。ドアが開き、ビールの売り子がでてきた。まちがいなくここは観客の立ち入れない舞台裏の区画だった。

通路は右に左にと折れたのち、鉄骨の梁《はり》と支柱がひろがるバックヤードにでた。さっきテツが死んだ場所とのちがいは、ここが一階だという事実のみだろう。往来する生徒らは野球部員やマネージャーのようだが、進んでいくルートは大きくふた手に分かれている。左は整然とした廊下に入る。右は工場か倉庫に似た煩雑な空間につづく。

黒ポロシャツがそこかしこをうろついていた。立ちどまって迷うわけにはいかない、警備の目を引いてしまう。結衣は左を選び、新たな廊下に足を踏みいれた。

今度の廊下は清潔で、内装もわりと新しかった。企業の社屋内に似た印象がある。ドアのプレートに三塁側食堂と記してあった。次いで三塁側監督室。半開きになったドアの奥に、校長室のようなソファセットと木製デスクが見える。さらにいくつかの角を折れていった。先行する生徒たちは、三塁側ロッカールームというプレートのかかったドアに入った。

結衣もそれにつづいたが、とたんに当惑した。そこは窓のない、広々とした多目的ルームで、報道陣がひしめきあっていた。記者用のデスクが並ぶ一角もあれば、壁ぎわにはカメラの三脚が無数に密集している。ロッカーらしき物はまったく見当たらない。高校野球の開催時には撤去されるのかもしれない。

こっそり壁づたいに移動した。洗面台のわきにドアがあった。誰も自分を注視していないのを確認し、結衣はドアをすばやく開け放った。

向こう側はまた屋内通路だった。人の姿はなかったが、角を折れた先からざわめきがきこえる。結衣は臆《おく》せず進んでいった。短い階段を上る。傍らにトイレの入口があった。

おかしい。前方に陽射しが降り注いでいる。あれはグラウンドではないか。観衆の声援もはっきりきこえてくる。

左手の戸口を覗《のぞ》いた。室内の片側の壁は全面鏡張りになっている。泉が丘高校のユニフォームがふたり、バットを手に素振りをしていた。ジャージ姿の女子マネージャーふたりも立ち話をしている。

鈴花の目がこちらを向いた。とたんに驚きのいろがひろがる。「優莉さん⁉」

まずい。結衣は身を翻し、ただちに逃走した。来た通路を全速力で引きかえす。ドアを開け放った。マスコミで賑《にぎ》わう大部屋を足ばやに抜ける。ふたたび廊下にでた。結衣はすれちがう生徒らに目もくれず、ひたすら走りつづけた。

梁と支柱ばかりのバックヤードに戻る。さっき選び損ねたもう一方のルートに向かった。照明もなく薄暗い一帯だった。古びたコンクリート壁と土間からなる、やたら広大な空洞に足を踏みいれた。壁には無数の配管が走り、高い天井は剝《む》きだしの鉄骨が覆う。案内板らしき物は見あたらない。さらにあちこちの行く手に分岐するが、生徒らの往来も途絶えている。どこへ行くべきか見当もつかない。

うろつくばかりでは効率が悪い。ライフル魔がいつ乱射してもおかしくない状況下で、悠長に散歩してはいられない。いったん柱の陰に身を潜め、スマホで検索した。甲子園、三塁側ブルペン。

はっきりした場所はネット上にも情報がなかった。三塁側アルプススタンド下というが、この周辺はすべてそうだろう。それ以外の記述となると歴史ばかりだった。もとは昭和七年、屋内温水プールとして造られ、のちにビジターチーム用ブルペンに改築されたという。

無意味なうんちくに思えたものの、結衣のなかに特殊な感触が生じた。プールがあったのなら循環浄化装置が必要になる。機械室に隣接したはずだ。更衣室やトイレも付近にあった。それらの施設が失われようと、間取りだけは残る。

柱の陰を抜けだし、結衣は慎重に移動していった。スタンド席の谷間とおぼしき一帯に、かなり幅広な通用口がある。フェンスは閉じた状態だが、向こうにグラウンドがのぞいていた。プロ野球でリリーフカーが出入りするゲートのようだ。

新たな空洞はさらに広かった。ビニールシートの巨大なロールが横たわる。雨天のときに芝生を保護するためのカバーだとわかる。駐車場に似た区画には、水いろのツーシーター、小型オープンカーが停めてあった。ビジターチーム用のリリーフカーだった。

隣りの区画にはスキューバ用酸素ボンベのような物体が転がっている。背負えるよう二本のショルダーハーネスが付いていた。剝きだしのチューブや配管が外側を這《は》っている。本体は埃《ほこり》をかぶっていながら、新しめの高濃度過酸化水素水カートリッジが装着してある。

ポスターの写真にもあったイベント用のジェットパックだった。いちどしか使われなかった無用の長物でも、燃料のカートリッジは定期的に交換が必要になる。ときどきエンジンを始動し、水蒸気を噴出しないと、内部機構が錆《さ》びついてしまうからだ。

結衣はそのあたりの事情に詳しかった。むかしD5の手製ジェットパックに触れたのを思いだす。背負って空を飛べるときいたときには興奮したが、三十秒しか燃料が持たず、大人たちによる実験でも死傷者が続出した。市販品ですらイベントのパフォーマンスぐらいしか用途がない。球場も高くついた買い物だけに、スクラップにするわけにもいかず、いまも維持しつづけているようだ。

リリーフカーに雨天用カバー、ジェットパック。グラウンドに搬出される物の保管庫だと判明した。ならリリーフの投手も近くに待機するはずだ。辺りを見渡すと、やけに配管の多く走る通路の入口があった。結衣はそこに近づいた。バットでボールを打つ音がきこえてきた。

にわかに脈拍が亢進《こうしん》する。結衣は歩を速めた。二重三重になった通路は、たしかに公共のプール施設に似た構造をしめしている。開放された扉のなか、小ぶりな体育館に似た室内に入った。

テレビのプロ野球中継で、控えのピッチャーが肩を慣らす屋内施設が映るが、ここがそうだと一見してわかった。いまは岐阜美濃学園のナインが練習に励んでいる。対戦相手となる新潟西川《にしかわ》高校のナインも待機していた。ピッチングには奥のレーン一本だけが使われ、ネットのカーテンで仕切ってある。ほかの選手らは柔軟体操と素振りだった。監督や責任教師、顧問とおぼしき大人たちが見守る。女子マネージャーも複数いて、それぞれ雑用に追われていた。

背番号1の紺野は人工芝の上にしゃがみ、グラブにオイルを塗りつけている。ピッチングのレーンで投球練習するのは別の選手だった。そこにはスピードガンも設置してある。

紺野に百五十キロ、期限は二十分以内。マウンド上だとかココパークだとか、特に場所は指定されていない。ならこの場で紺野が投げ、スピードガンが百五十キロを記録すれば、ライフル魔の要求を果たしうる。犯人はここで状況を見届けようとしているのではないか。

駆け寄ってくる靴音がした。鈴花の声がきこえた。「いた！　優莉さん。こんなところでなにしてるの。立入禁止でしょ」

足ばやに近づいてきた鈴花を、結衣は片手をあげ立ちどまらせた。高い天井を眺め渡す。年季の入ったアーチ型の天井には、たしかに屋内プールの名残があった。ブルペンのキャッチャー方面に位置する壁、その上方に固定カメラが取り付けられていた。

結衣はつぶやいた。「あのカメラがとらえた映像、プロ野球中継でよく観る。テレビ局用だから第三者は使えない。壁のインターホンはおそらく三塁ベンチにつながってて、リリーフピッチャーの呼びだし用」

「ちょっと」鈴花が結衣の腕をつかんだ。「怒られるでしょ。ルール違反にもなる」

だが結衣は鈴花の手を振りほどいた。「なにもかも一般には非公開、外部から監視できない。なら犯人の要求が実現したかどうか、ここにいなきゃわからない」

「はあ？　犯人？　要求ってなによ」

結衣は壁ぎわを観察した。ここに敷かれる人工芝は定期的に交換されるらしい、ロールがいくつも立てかけてある。うち何本かがわずかに手前に引きだされていた。向こう側に身を小さくして潜めるていどのスペースが生じている。

黒ポロシャツが三人近づいてきて、結衣と鈴花を囲んだ。ひとりが高圧的にたずねた。「きみら、どこの高校の生徒だ？　誰の許可を得てこんなところにいる？」

ふと気づくと、監督や女子マネージャーらの射るような視線があった。他校の不審な生徒が紛れこんでいると通報したのだろう。

「あ」鈴花がたじたじになって応じた。「あのですね、わたしはいま試合中の泉が丘高校のマネージャーで……。いえ、お邪魔するつもりは本当になかったんですよ」

結衣はかまわず歩きだした。ナインの練習のなかを突っきり、ネットのカーテンを払いのける。投球練習のなかを横切ると、立てかけられた人工芝ロールに近づいた。

足をとめ、結衣は声をかけた。「なにしてんの」

　ロールに囲まれた狭い空間から、短髪にサングラスがのぞいた。ひっと声をあげ、すぐにまた隠れた。だが緊張に耐えかねたのか、男はばつの悪そうな顔で立ちあがった。年齢は三十代、黒のTシャツにリュックを背負っている。首から下げているのはバックヤードの通行証らしい。「いや。僕はその、怪しい者ってわけじゃなくて」

　警備員の三人が駆け寄ってきた。最も屈強そうなひとりが憤怒《ふんぬ》の声を発した。「なんだ⁉ 次から次へと、いったいなんのつもりだ。あんた出場校の関係者か？　ちがうだろ？」

「すみません。いますぐ立ち去りますから。どうもお邪魔しました」

「退去だけで済むか。警備室に来い」

「それは困ります」男があわてた反応をしめしだした。「妻と子供がコロワ甲子園のフードコートでまってまして」

「所帯持ちならいっそう勝手な真似は許されんだろ。いいから一緒に来い」

　男は凍りついてたたずんでいたが、いきなり人工芝ロールを警備員に突き飛ばし、逃走を図った。だが応援の警備員たちが駆けつけ、男のもとに殺到した。鈴花がすくみあがって悲鳴をあげた。男は身をよじって抵抗しながら、必死にわめき散らしたが、声量は警備員らの怒号が上まわった。屋内ブルペンの一角は大混乱になった。

結衣はとっくに喧噪《けんそう》から抜けだしていた。茫然《ぼうぜん》とたたずむ両チームナインの隙間を縫い、足ばやにブルペンをあとにする。

あの男はライフル魔ではない。仲間ですらない。ただの囮《おとり》だ。人殺しの目ではなかった。サングラス越しでも、一般人のまなざしは見ればわかる。

13

神藤は食いいるようにモニター画面を見つめた。三塁側屋内ブルペンをとらえたリアルタイム映像だった。十数人の警備員がもつれあっている。練習中のナインまでも巻きこみ、すっかり混乱の様相を呈していた。

警備室内も喧噪に包まれている。豊沢がトランシーバーに怒鳴った。「柿川！　いまどこだ」

ノイズにまみれた柿川の声が応答した。走っているらしく息が弾んでいた。「12号門を入った通路です。間もなく着きます」

豊沢がプレスボタンを押した。「不審者の確保を最優先にしろ。優莉結衣もとり押さえろ」

ブースでは女性職員の米倉が受話器で通話していた。江熊警備長が駆け寄っていき、受話器をひったくった。「いいから捕まえろ。付近の手が空いてる者は全員、三塁側ブルペンに行け。勝手に立ち入った者を逃がすな。優莉結衣という女子生徒もだ」

米倉は困惑のいろを浮かべた。男性職員の堀部も戸惑いがちに、米倉に視線を向ける。

モニターの映像に柿川と宇留間が駆けこんできた。倉木や永草もつづいて現れた。鶴橋と佐潟が出入口を固めた。

ところが黒ポロシャツたちの動きは鈍くなっていた。やがてみな途方に暮れたようにたたずんだ。混乱はにわかに収束しだした。

不審な男は無数の手に確保され、床にへたりこんでいた。サングラスがずれ、情けない面持ちがあらわになっている。だが優莉結衣の姿はどこにもない。

神藤は唸《うな》った。警備員が男に殺到したとき、まんまと混乱に乗じてセーラー服が包囲網を脱した、そのように見えた。すばやい身のこなしに目を疑ったが、やはり消えていたか。

畑野係長がため息とともに指示した。「男を事情聴取」

豊沢は失態に顔をしかめながらトランシーバーに告げた。「その場で事情聴取しろ。なんでもいいから重要なことをききだせ」

香村が江熊に歩み寄り、脅すような低い声を響かせた。「バイトの警備員たちを下がらせてもらえませんか」

さも苛立《いらだ》たしげに豊沢がトランシーバーをデスクに叩《たた》きつけた。「素人どもが殺到したからだ」

江熊がむっとした。「あそこは部外者立入禁止区画だ。他校の生徒が足を踏みいれたのなら、ただちに連れだすのが義務だ」

浜塚球場長は疲労感を漂わせながら椅子に腰かけた。「やむをえんことです。高野連との取り決めにもある」

「高野連」香村が鼻を鳴らした。「優莉結衣を応援に参加させるかどうか、有識者を呼んで意見をきいたとか。その結果がこれですか」

青笹事務局長は不満のいろを浮かべた。「きみ。言葉を慎んでもらえるか。高野連は裁判所じゃないんだ。本部を知ってるか。中沢佐伯《なかざわさえき》記念野球会館のなかにある、ちっぽけな事務室にすぎん。やれどこかの生徒がタバコを吸ってるだの、やれ態度が悪いだのと、告げ口の電話が山ほどかかってくる。だがそんな問題は、各家庭や学校が解決すべきことだ」

香村は嘲《あざけ》るようにいった。「高校野球を商業的に利用しないってのが、高野連のモットーだそうですね。資産十四億円以上、毎年一億円の利益をだす超潤沢法人なのに」

「嫌味な物言いはよしてくれ！　いまは関係ない話だ」

神藤は先輩刑事をなだめにかかった。「よしましょう。ライフル魔と優莉結衣を捜さないと」

だが香村は醒《さ》めた目を向けてきた。「じきに巡査部長さんだもんな。せいぜい各界の大物さんに媚《こ》び売っとけ」

香村がぶらりと離れていった。なんともすっきりしないものが残る。前代未聞の危機的状況だ。神経質になるのは当然だが、捜査陣はもっと冷静であるべきだった。

畑野が憔悴《しょうすい》しきった顔でつぶやいた。「優莉結衣はどこへ消えたんだ」

女性職員の米倉がブースから声を張った。「見つけました！　五分前の映像です」

モニターのひとつが明滅し、録画映像が巻き戻った。球場の外が映しだされた。人がごったがえす煉瓦《れんが》畳の広場を、優莉結衣が足ばやに抜けていく。

江熊がいった。「ここのすぐ外、三塁側アルプススタンドの裏です。14号門のほうに向かってる」

「よし」畑野がわずかに色めき立った。「ふたり行かせよう」

豊沢がトランシーバーをつかんだ。「倉木、永草。球場の外にでろ。14号門方面だ。柿川、そいつはなにか吐いたか」

神藤は屋内ブルペンのリアルタイム映像に目を戻した。監督らしき男が宇留間に詰め寄っている。さっさとでてけとか、これでは練習にならんとか、抗議の内容はそんなところだろう。倉木と永草が室外に駆けだしていった。黒ポロシャツの群れは立ち去り、いまは人工芝にへたりこんだ男を、刑事たちが囲んでいる。

画面のなかで柿川がトランシーバーを口もとに近づけた。音声は豊沢のトランシーバーからきこえてくる。「氏名は徳差《とくさ》要一《よういち》、年齢三十四歳。チケットが買えず、奥さんと子供をコロワ甲子園に残し、ひとりで球場周辺をぶらついてたそうです。知らない男から通行証を渡され、練習が見られるという話だったので、ナインが交代する隙に忍びこんで隠れたとか」

豊沢は腑《ふ》に落ちない顔でトランシーバーにいった。「ずいぶんべらべら喋《しゃべ》る男だな」

「ええ。嘘つきか小心者かのどちらかです」

「所持品は調べたか」

「免許証が確認できました。通行証と一緒に渡された、我々へのメッセージらしき物も」

「メッセージ?」

柿川が鶏橋の手から一枚の紙を受けとった。固定カメラのほうに柿川が歩み寄ってくる。カメラレンズに紙を突きつけた。プリンターで一文のみ印字してある。


〝ヘリを上空に飛ばすな〟


豊沢がやれやれという態度でつぶやいた。「わかった。そいつを署に連行しろ」

神藤は鬱屈《うっくつ》した気分のなかで熟考した。徳差という男は、ライフル魔や優莉結衣と同格の仲間ではなく、ただ利用されたにすぎないのか。結衣が捕まりそうになった場合、囮にするため配置しておいたのか。だがそもそもなぜ結衣は、屋内ブルペンに行く必要があったのか。

ストラックアウトにつづき、犯人の要求をこなしているというゼスチャーかもしれない。結衣は犯人一味ではない、そうアピールしたがっているのか。仮に捜査員側が信頼をしめしたとして、その先にはなにがまっているのだろう。

「係長」神藤は畑野に声をかけた。「次に優莉結衣の居場所がわかったら、いちど接触してみるべきじゃないでしょうか」

「接触?」畑野が意外そうに見かえした。「父親が死刑になって以来、警察官に対する憎悪を募らせる一方だと、公安からの報告にあるぞ」

「なら刑事であることは、ひとまず伏せるべきです」

「柿川たち六人の面は割れてるだろうし」畑野はふと思いついたような目で、神藤をじっと見つめた。「優秀な若手こそ適任だろう」

神藤は驚いた。「俺ですか?」

豊沢がからかうようにいった。「フェイカー持ってきてんだろ。がんばれ漆田」

思わずため息が漏れる。神藤はサイフを取りだした。自分の運転免許証を引き抜いた。代わりにカード類のいちばん奥にしまってあった一枚をとりだす。

フェイカー、刑事課の隠語でフェイクカードの略。偽名の運転免許証だった。公安警察は常時携帯しているらしいが、刑事警察では有印公文書偽造罪や偽造公文書行使罪に問われるため、堂々とは使用できない。重要参考人のクルマにこっそりGPS発信器を取り付ける行為に似ている。報告書にはけっして記載できないが、捜査が行き詰まった場合の打開策として、必要悪の一手段となる。

自分の顔写真の入った免許証を、神藤はしばし眺めた。漆田亮《りょう》。この男は優莉結衣の信用を得られるだろうか。

14

結衣は14号門を入り、三塁側アルプススタンド裏の通路に戻った。泉が丘高校の生徒として、堂々と支障なく立ち入れるエリアとなると、結局ここにかぎられる。

3－Pの出入口からスタンドを眺めた。泉が丘高校の生徒たちは総立ちになっていた。吹奏楽のリズムに合わせメガホンを振る。結衣の両隣りだった麗奈と津田は、いまやぴたりと肩を寄せ合っていた。結衣に戻るスペースもない。メインスコアボードに目を向けた。六回の裏、4－2。依然として辰巳商業のリードがつづく。

焦りに心が掻《か》きむしられる。岐阜美濃学園の紺野に百五十キロを投げさせる、それが犯人からの要求のはずだった。だが犯人には本気で監視する意思がなかった。あのサングラスの男がライフル魔とつながっていたとは思えない。当初は見張り役かと疑ったものの、ただ混乱が生じただけに終わった。

犯人側の監視要員はいなかったが、要求が実現しなかったのはたしかだ。いつライフルの乱射があってもおかしくない。しかしいまのところ銃声のひとつもきこえない。

当初はストラックアウトをテツに見張らせ、QRコードでチャットアプリをダウンロードさせるなど、それなりの計画性が感じられた。ところが突然、犯人が段取りを放棄したようにも思える。優莉結衣だと気づいたからか。テツが死んだからか。そもそも犯人は最終的にどんな要求をするつもりだったのだろう。

チャットアプリは沈黙していた。新たな要求はない。見せしめにいつ狙撃《そげき》がなされてもおかしくない。

結衣は空を見上げた。点のようなヘリが旋回している。かなりの高度を保っていた。望遠カメラで照明塔の頂上は確認できただろう。メインスコアボードや銀傘の上にも、ライフル魔はいないと考えるべきだった。

銀傘のすぐ下に連なる、ガラス張りの個室に目を凝らした。無人のはずのロイヤルスイートに複数の人影が蠢《うごめ》く。独特の形状のヘルメット、アサルトスーツにタクティカルベストを身につける。大阪府警のSATにちがいない。個室からバルコニーに繰りだし、座席や手すりの陰に身を潜める。射程の長そうなスナイパーライフルを携えていた。

おそらくSATはほかにもあちこちに配置されている。だがライフル魔が発見できたとして、先制の狙撃許可は下りるだろうか。乱射が始まったら、犯人射殺もやむなしの命令も下るだろうが、そうなれば球場じゅうがパニック状態におちいる。逃げ惑う観客のなか、犯人に狙いを定めるのが難しくなる。

結衣はスタンド裏の屋内通路に戻り、内野席方面へと歩きだした。アルプススタンドと内野席は、二階と三階の屋内通路で結ばれている。

内野席への出入口には、すべて係員や警備員が待機し、チケットの確認をおこなっていた。そんな出入口に差しかかるたび、黒ポロシャツの視線が気になる。ひどく歩きにくかったが、ライフル魔がこの辺りにいないともかぎらない。

ふいに背後が騒がしくなった。男の怒鳴り声が響いた。「いたぞ!」

結衣ははっとして振りかえった。大勢の黒ポロシャツが通路いっぱいにひろがり押し寄せる。あきらかに結衣を追っていた。結衣は前方に向き直り駆けだした。立ちすくむ通行人の隙間をすり抜け、追っ手を引き離しにかかった。

ところがめざす方向にも、黒ポロシャツの群れが立ちふさがった。結衣はとっさに下り階段に飛びこんだ。二階通路に下りたものの、出入口ごとに配置された黒ポロシャツが騒動をききつけ、なにごとかと向き直る。結衣は内野席裏の屋内通路を、ひたすら一塁方面に駆け抜けていった。あわただしさがより多くの警備の注意を引く。また行く手をふさがれ三階通路に上った。

そこはフードコートだった。結衣はなおも走りつづけたが、前後の階段から黒ポロシャツが続々と通路に入ってくる。いったん混雑にまぎれたものの、発見されるのは時間の問題に思える。しだいに包囲網が狭められていく。内野席にはでられず、逃げ場はどこにもない。

男の声が近くから呼びかけた。「優莉さん」

スタンドへの出入口に、スーツを着た二十代半ばの男が立っている。髪を七三に分け、ネクタイを締めていた。なぜか警備員や係員の姿がない。結衣が目を向けると、男が手招きした。

迷ってはいられない。結衣は男に駆け寄った。男は結衣の腕をつかみ、出入口の階段を上った。ただちに内野席のスタンドにでた。

そこはバックネットの真裏にあたり、しかもスタンドの最上段に近かった。メインスコアボードも真正面に見える。一帯はボックス席で、低いフェンスに囲まれ、周りの内野席よりやや高く位置していた。座席には男性の後頭部ばかりが連なる。いずれの手もとにもモバイル機器やメモ帳があった。

どうやら新聞記者席のようだ。聖域なのか黒ポロシャツも姿を現わさない。

結衣はスーツの男に向き直った。「誰？」

「礼をいってくれてもいいと思うけどね」男が苦笑した。「漆田。大阪律盟《りつめい》スポーツで記者をやってる。きみが泉が丘高校の応援に来るときいて、ぜひインタビューしたかったんだが、学校にも高野連にも反対されちゃって」

「名刺ありますか」

「あいにく名刺は切らしてるけど、この席にはプレスしか入れないよ」

「偽名かも」

「まいったな」漆田と名乗った男がサイフを取りだした。「なにかあったかかな。運転免許証でいいか。ほら」

免許証がしめされた。漆田亮、住所は大阪府摂津《せっつ》市。結衣はきいた。「こどおじ?」

「実家暮らしかって? なんでそんなこときく? 親は滋賀に住んでるよ」

数列の最初の二桁《ふたけた》が60。初めて免許証の交付を受けたのはたしかに滋賀だとわかる。

結衣は瞬時に暗算した。先頭から十桁に対し、二、三、四、五、六、七、二、三、四、五をそれぞれかける。合計を十一で割り、答えの余りを十一から引く。チェックディジットは3。十一桁目の数字と一致していないとおかしい。だが十一桁目は問題なく3だった。本物の免許証らしい。

そこまでは数秒しかかからなかった。結衣はなにげなく首をかしげた。漆田のかざした免許証を、太陽光線に透かし見るためだった。偽造防止の透かしも確認できた。結衣はあえてなにも知らないふりをした。「原付免許も持ってないから、本物かどうかわからない」

漆田が頭を掻いた。「そっか。あとでうちのデスクに電話して、僕について問いただすといい。もちろんきみが電話番号をたしかめたうえで」

怪しいところはないように思える。どことなくずうずうしい態度だが、記者とはそういう人種かもしれない。結衣は漆田を見つめた。「わたしになにをききたいんですか」

「いろいろとね。きみが甲子園に来てるだけでも注目に値するのに、勝手に応援席を離れたうえ、警備員に追われてたろ。いったいなにがあった?」

スマホが短く振動したのを感じる。結衣はぶらりと漆田から離れた。さも女子高生ならではの癖のごとくスマホをいじる。「べつに。野球とかよくわかんないし、学校にあんまり思いいれもないし」

チャットアプリに受信があった。表情を変えないよう努めながら、メッセージの内容をたしかめる。また警察官の顔写真が送られてきた。いま目の前にいる漆田が、警官の制服を着ている。本名は神藤光昭巡査、甲子園警察署刑事第二課勤務。

結衣は顔をあげ、球場を見渡した。アルプススタンドから外野席まで、超満員の観衆に埋め尽くされている。望遠レンズを通せば、あらゆる場所から結衣の姿が監視できるだろう。神藤なる刑事と接触したとたん、その素性を知らせるデータが送られてきた。柿川ら六人のときと一緒だ。

まわりくどいやりとりは苦手だった。時間が経てば経つほど、警備による包囲網も狭められる。結衣はいった。「神藤さん」

神藤が表情をひきつらせた。わずかな変化でしかなかったが、その一瞬の反応だけで充分だった。

ボールがレフトに打ちあげられ、観客席がいっせいに沸いた。結衣はとっさに駆けだした。ボックス席を囲む低いフェンスを踏みこえ、一般内野席に飛び降りた。グリーンシートの観客はみな試合に釘付《くぎづ》けだが、例によって至近の人々のみ、妙な顔で見つめてくる。結衣はかまわずスタンド座席間の階段を駆け下りた。ビールの売り子を躱《かわ》しながら背後を振りかえる。神藤がフェンスを乗り越え、追跡にかかろうとしていた。

歓声がおさまるより早く、結衣は2－Fの出入口に駆けこんだ。屋内通路の黒ポロシャツが向き直る前に、列のできていない女子トイレに突入する。結衣は個室のなかに隠れるや、ドアを内側から施錠した。

ため息をつき、静寂に耳をすます。ここに駆けこむのを目撃されていたのなら、すぐにでも女性警備員が飛んでくるだろう。いまのところそんな気配はない。

落ち着きをとり戻してくると、自分の迂闊《うかつ》さに腹が立ってきた。昔から精巧な偽造免許証は公安の専売特許だったが、所轄の刑事も用いないとはかぎらない。猜疑《さいぎ》心を抱いてしかるべきだ。

またスマホが振動した。画面を見たとたん緊張が走った。チャットアプリがメッセージを受信していた。

〝偽記者だとわかってよかった〟

しばらくのあいだ結衣は黙って画面を眺めていた。つづけてメッセージが表示されるのをまった。だが相手は結衣からの返事を期待しているのか、ただ沈黙しつづけている。

結衣はタッチパネルに触れた。フリック入力用のテンキーが現れた。短い文章を打ちこんでみた。

〝誰？〟

ほとんど間を置かず、相手から返信があった。

〝優莉結衣のドタ参を歓迎する者〟

結衣はまた手をとめた。ドタ参というからには、結衣が関わるのを事前には想定していなかったと解釈できる。あるいはそこもとぼけているだけなのか。結衣はまた質問を入力した。

〝目的は？〟

今度はかなりの間があった。じれったく思いながら画面を眺めていると、静止画をともなうメッセージが現れた。

〝Q・これ何だ？〟

画像には文庫本サイズの物体が写っていた。結衣は瞬間冷凍されるも同然に、唐突な寒気に見舞われた。

物体の大部分は紙に包装されたC４爆薬だとわかる。直方体の塊がふたつ横に並べてあった。ビニールテープで一緒に巻かれているのはスマホで、配線はいっさい外にでていない。

粘土状のプラスチック爆薬は、それ自体に火をつけたり衝撃を与えたりしても爆発しない。雷管となる金属を深々と刺し、通電させれば起爆に至る。だが世に携帯電話という物がでまわってから、起爆装置はいとも簡単に作れるようになった、父はそういった。悪いことにスマホのスピーカー配線を突っこんでおくだけで、充分に効果が発揮されると実証済みだった。アラームやタイマーをセットすれば時限式になり、スマホの番号に電話すれば遠隔操作で爆破できる。

チャットアプリに相手からのメッセージが表示された。

〝席を離れちゃ困る　おまえは死ぬ運命なのに〟

衝動的に全身が突き動かされる。結衣はドアを解錠し開け放った。ただちにトイレから駆けだし、混雑する屋内通路を三塁方面へと全力疾走した。黒ポロシャツが凝視してきたが、結衣は突進し、瞬時に警備員のわきを抜けた。結衣はなおもがむしゃらに走りつづけた。

内野席グリーンシートと三塁側アルプススタンドの中間、ブリーズシート裏に差しかかる。焼き鳥の常設店舗に人だかりしていた。結衣は店の端にある通用口から、カウンターのなかに踏みこんだ。

「おい⁉」従業員が面食らったようすで怒鳴った。「お嬢さん、入ってこられちゃ困るよ」

「借りる」結衣はアルミホイルの箱をつかみとると、通用口から飛びだした。

なおも屋内通路を疾走していく。階段を上って三階に移動した。ブリーズシートとアルプススタンドの接ぎ目、渡り廊下の出入口に、またしても黒ポロシャツが集合している。ごていねいに柵《さく》を並べ通行禁止にしていた。

だが結衣は速度を落とさず突っこんでいった。パルクールで唯一体得済みの技、ダッシュヴォルトで両脚を前方に蹴《け》りだし、瞬時に柵を跳び越えた。結衣は床に転がりながら、脚に遠心力をつけ水平に振りまわし、黒ポロシャツの群れに足払いをかけた。警備員がいっせいに転倒するや、結衣は身体を弓のように反らせ、背筋の力で跳躍しながら起きあがった。

結衣はまたも屋内通路を走りだした。手近な3－Nの出入口に駆けこむ。短い階段を上るとアルプススタンドにでた。辰巳商業の攻撃らしい、生徒全員が着席している。

客席内の通路を、結衣はわざと這《は》いつくばって進んだ。ほとんど匍匐《ほふく》前進も同然に、自分の席まで達する。津田が怪訝《けげん》そうな顔で見下ろした。隣りの麗奈も面食らったようすだった。いまさら戻ってきたのかよ、ふたりともそういいたげな態度だった。

どう思われようがかまいはしない。結衣はいった。「どいて」

ふたりの狭間《はざま》に両手をねじこみ、ベンチの裏側をさする。爆発物が貼りつけられている可能性が高い。ところがなにひとつ指先に触れなかった。

「ああ」津田がおずおずと告げてきた。「なんかこれ、さっき小学生が持ってきた」

津田の手には、サランラップにくるまれた洋書のハードカバーがあった。結衣は息を吞《の》んでひったくると、ただちに包装を破りとった。感触でわかる。本ではなくブックボックスだ。表紙を開くと、刳《く》り抜かれた内部に、さっき画像で見たままの物体がおさまっていた。C4爆薬二本とスマホが、ビニールテープに巻かれた状態で一体化している。

心臓の脈打つ音が内耳に反響する。スマホの電源をオフにするボタンは、どうせ無効化されている。結衣はアルミホイルを引っぱりだし、物体をすっぽり包んだ。縁を折りたたみ隙間を極力ふさぎにかかる。

周りの生徒たちは薄気味悪く思ったのか、みな席を離れていき、遠巻きに見守りだした。あいにくそのていどの距離では、爆発から逃れられはしない。これだけの量のC4があれば、アルプススタンド全体が一瞬にして吹き飛んでしまう。

犯人が遠目に監視しているのなら、いまになってようやく結衣が席に戻ったと気づいたはずだ。遠隔操作で起爆させるべく電話をかけたとして、このスマホに着信の電流が発生するまで、六秒から七秒はかかる。混線を防ぐため、球場に近い基地局では接続を遅らせる仕組みだからだ。結衣はそれより早く、四秒から五秒ていどで包み終えた。

アルミホイルはケータイ電波を遮断する。むろんアラームかタイマーがセット済みなら、こんな小細工は徒労に終わる。だが結衣は時限式でなく遠隔操作による爆破だと踏んでいた。でなければ結衣が席に戻るタイミングを推し測れない。

いきなり肩をつかまれた。結衣はびくっとして振りかえった。教師の普久山が硬い顔でため息をついた。

「優莉」普久山がいった。「なんだそれは？　弁当の持ちこみは禁止だといっ……」

結衣は身体ごと普久山にぶつかっていき、強引に突き飛ばした。どよめきがアルプススタンドにひろがる。アルミホイルに包んだ爆発物を、セーラー服の下に押しこんで隠しながら、結衣は座席間の階段を駆け上った。

3－Pの出入口から屋内通路に戻る。その先の数メートルは防犯カメラの死角になっていた。常設店舗の甲子園カレーに駆け寄り、食器返却口の奥にブツを投げこむ。皿洗い中のシンクに水飛沫《しぶき》があがった。エプロン姿の従業員が唖然《あぜん》とする。通路に並ぶ客たちも同様だった。結衣はやっと落ち着き、額の汗を拭《ぬぐ》いながらその場を立ち去った。

アルミホイルに直径一センチ大の穴がひとつあれば、スマホの電波は通り抜けてしまう。そうならないよう隙間なく包んだものの、完全な密閉状態には至らない。水没させればたちまち中身はずぶ濡《ぬ》れになる。スマホの背面は、配線をとりだすために開けてあるため、瞬時にショートし駄目になる。従業員がシンクから拾いあげても、もう通電しない。

通路を歩くうち、結衣のスマホが振動した。画面を見ると、チャットアプリにメッセージが表示されていた。

〝やるな　お父さんの教育の成果か〟

結衣は歩を緩めることなく、スマホをすばやく操作し返信した。

〝ライフル魔の殺し方も知ってる〟

ただちにスマホの電源をオフにし、ポケットにおさめた。結衣は通路を足ばやに歩きつづけた。この先はもう携帯キャリアに位置を知られたくない。こんな人生だ、どうせ世のなかと健全には関われない。

15

神藤はネクタイを緩め、ワイシャツの襟もとのボタンを外し、警備室の隅に着席していた。先輩の刑事らはなにもいわない。同情か軽蔑《けいべつ》か、深く考えたくもなかった。

失態は自分の責任でしかない。

　畑野係長だけは気遣いをしめしてくれた。「そう悔やむな。きみのミスで素性がばれたわけじゃないんだ。スマホを見たとたん、優莉結衣の態度が変わったんだな？　たしかか」

「はい」神藤は応じた。「ほかに彼女が情報を得る手段はなかったと思います。直前までは疑いを持っていなかったようですし」

　香村がモニターを眺めながらつぶやいた。「どうだか」

　神藤はむっとして立ちあがった。「まちがいありません。最初から敵意を抱いていたのなら、免許証の真偽なんか気にかけなかったでしょう」

「真偽？」

「番号の最初の二桁《ふたけた》が滋賀を表わすと知ってました。チェックディジットも暗算してたようです。透かしも確認してました」

「ほんとかよ」香村が笑った。「ここでモニターを観てたが、優莉結衣は免許証を数秒見ただけだぞ」

「目の動きでわかりました。たしかですよ」

　香村が皮肉っぽくいった。「女子高生に翻弄《ほんろう》されただけってのを認めたくなくて、知能犯が相手だったとうそぶきたいのか」

「よせ」畑野が制した。「優莉匡太の子だ。それぐらいの知識は叩《たた》きこまれてる可能性もあるだろう」

豊沢が不満げな顔でうろつきだした。「なんにせよ情報が漏れたのはたしかだ。それも神藤がでかけたとたんにこうなった。ここは本当に警備室か？　広報室のまちがいじゃないのか。内緒話が筒抜けになって当然のな」

江熊が硬い顔になった。「なにがいいたい」

「いまいったとおりですけどね」

香村が豊沢に加勢し、ぞんざいな物言いで江熊に絡んだ。「警備長さん。屋内ブルペンにいた徳差って男、あれ警備長さんの甥《おい》っ子かなんかですか。金を積まれて情報提供頼まれたとして、断りきれますかね。警察事務だったころもいまも、安いんでしょ、給料」

とたんに空気が張り詰めた。江熊が顔を真っ赤にし、香村につかみかかった。「このクズ刑事が。おまえみたいなのが警察官だなんて世も末だ」

豊沢が声を荒らげた。「香村から手を放せ。公務執行妨害になるぞ」

浜塚球場長があわてたように仲裁に入った。「やめるんだ。いまは仲間割れしてる場合じゃないだろ」

高野連の青笹事務局長も怒鳴った。「何度もいわせるな！　それでも警察官と警備長か。いざこざばかり起こすなら、いますぐでていけ。高校生たちの命がかかってるんだぞ」

沈黙がひろがった。江熊は反省したように頭《こうべ》を垂れた。豊沢は体裁が悪そうな顔をしたものの、香村のほうは苦々しげに視線を逸《そ》らすのみだった。

ブースの職員、堀部が受話器を片手にいった。「常設店舗から警備連絡です」

全員がいっせいにモニターを振りかえった。畑野がきいた。「どこかね」

「甲子園カレー。三階アルプススタンド、3－Nを入ってすぐです。左上隅のモニターになります」

神藤はモニターを見つめた。屋内通路沿いの店舗に人だかりがしている。野次馬も多い。黒ポロシャツらが従業員と話しこんでいた。

江熊が堀部を振りかえった。「なにがあった？」

「女子生徒が店舗内のシンクになにか投げこんだと……」堀部がマウスを操作した。

録画映像が巻き戻された。店の前で客が驚くようすは映っていたものの、視線の先はフレームアウトしていた。さも残念そうに堀部がいった。「食器返却口は画面の外です。女子生徒も映ってません」

豊沢がトランシーバーを手にした。「柿川」

ノイズにまみれた音声が応じた。「永草です。柿川と宇留間は、徳差を署に連行中です」

「鶴橋と佐潟を連れて甲子園カレーに行け。三塁側アルプススタンド裏、屋内通路三階だ。優莉結衣がなにかブツをシンクに投げいれたらしい」

「了解」

本来ならもっと慎重に対処すべきだが、ほかに方法がない。試合中止も観客の避難も、緊急車両の接近さえも禁じられている。ライフル魔の所在はいまだ突きとめられず、いつでも無差別乱射に至る危険がある。

畑野がふらふらとモニター画面に歩み寄った。神藤は畑野の尻《しり》に、潰《つぶ》れた空き缶がひっかかっているのに気づいた。デスクに寄りかかったときにそうなったのだろう。ほかの刑事たちも目を向けたが、互いに顔を見合わすばかりで、みななにもいわない。係長のだらしなさをからかう気にもなれないようだ。

神藤は近づいて耳打ちした。「係長。空き缶が……」

「あん？」畑野は神藤の視線を追い、尻に手をまわした。苦笑すら浮かべず、空き缶をズボンから引き剝《は》がすと、ゴミ箱に投げこんだ。力なくささやいた。「耄碌《もうろく》したよ」

耄碌するような歳ではない。誰もが疲弊し、憔悴《しょうすい》しきっている、それが正しい。神藤は思いのままをつぶやいた。「十年は寿命が縮まった気がします」

するとと畑野が物憂げにこぼした。「あと十年もすぐだな」

16

結衣はまた球場の外にでてから、18号門から外野席へと入りこんだ。アルプスタンドから内野席にかけての区画は、警備員がやたら数を増やし、動きまわるのも困難になった。外野席もライト側はバックヤードに死体がある。警察が警戒を強めているとみるべきだった。それなりに身を隠しうるのはここレフト外野席ぐらいになる。

八回の表、辰巳商業が一点を追加したが、それまでに泉が丘高校も追いあげていた。5－4。僅差《きんさ》のため観衆がいっそう沸き立っていた。結衣は座席間の急な階段を上っていき、スタンドの最上段をめざした。

警察は甲子園カレーのシンクから爆発物を発見しただろう。本来なら試合など中止して、観客全員を避難させる状況だが、おそらく犯人からの要求で禁じられている。

いっそう結衣に疑いの目を向けていると考えられるが、あの食器返却口は防犯カメラの視界から外れていた。アルミホイルにも中身にも指紋はなく、付着した汗や皮膚片も、水没により流れ落ちている。結衣と爆発物を結びつける決定的な物証がなければ、とりあえずはかまわない。

津田はどこかの小学生がブツを届けたといった。その子はただ頼まれたにすぎないのだろう。犯人が球場内にいることはあきらかだった。なんらかの要求を通そうとする目論見《もくろみ》が、結衣の飛び入りで台無しになったのだとすれば、いつライフルの乱射が起きてもおかしくない。

ここからは内野席全体が眺め渡せる。グリーンシート最上段よりさらに上、ロイヤルスイートのバルコニーを観察した。SATが数を増やしている。だが依然として待機状態のようだった。作戦行動にでる気配はない。警察はまだライフル魔の所在を突きとめられないのか。

ヒッティングに沸いた観衆が、ピッチャーゴロという結果にため息を漏らした。少しばかり静かになった。きこえてくるはずの音もきこえない。結衣は妙に思い、空を見上げた。ヘリがいない。遠ざけるよう犯人から要求があったのだろうか。

結衣は球場に視線を戻した。ふと内野席全体を覆う大屋根、銀傘の上に注意を引かれた。

SATの潜伏場所は銀傘の下、ロイヤルスイートのバルコニーだが、ひとりだけ銀傘の上にうつ伏せている。バックネット裏の真正面ではなく、やや三塁寄り、手前ぎりぎりに位置する。

ここからではごく小さくしか見えない。結衣は周りの席に目を向けた。外野席の最上段は、さして試合の行方に興味のない人々が、広告看板の落とす日陰で涼むにすぎない。男性が退屈そうに双眼鏡を覗《のぞ》いている。結衣は声をかけた。「すみません。ちょっと貸してもらえませんか」

男性があっさりと応じた。「どうぞ」

受けとった双眼鏡で銀傘の上を観察する。たしかにSATのひとりが腹這《はらば》いになっていた。

いや、ほかのSATとは武器がちがう。二脚銃架《じゅうか》に据えているのはAR－15ライフルのようだ。しかも上部にビデオカメラに似たスコープハウジングを備えている。

おそらく最新鋭のスマートライフルだった。スキルのない射手でも命中させられる恐怖のテクノロジーと報じられている。レーザー測距儀《そっきょぎ》やジャイロ、加速度センサー、磁気センサーにデータ処理システムを内蔵。スコープ内の液晶画面に視界をズームし、標的をロックオンすれば、瞬時にあらゆる射撃諸元が計算される。発射にともなう反動、重力、空気抵抗、コリオリの力など、すべてを考慮したうえで発射角を導きだす。素人がライフルを撃つと、トリガーを引く動作だけで狙いがずれるが、スマートライフルは一発必中だった。未経験者だろうと、標的が動いていようと、絶対に外しようがない。

双眼鏡のなかで、銀傘の上に寝そべる男が身じろぎした。AR-15の向きを変える。銃口がこちらを狙い澄ました。

鳥肌が立った。結衣は双眼鏡を男性に投げ渡し、姿勢を低くしながらスタンド最上段を横切った。階段ではなく急勾配《こうばい》の客席のなかを、観客の狭間《はざま》に身をねじこませ下りていく。L-8の出入口に達するや、屋内通路に飛びこんだ。

心臓が張り裂けそうなほど脈拍が激しく波打つ。結衣は階段を一気に駆け下り、球場の外にでた。外周を右回りに三塁側へと疾走する。

信じがたい状況だった。ライフルの銃口がしっかりこちらを向いた。あんなに大勢の観客のなかで、犯人はどうやって結衣の居場所を察知したのか。スマートライフルが結衣を狙っている。銀傘の上に陣どった犯人は、アルプススタンドから外野席まで、広範囲を狙撃しうる。銀傘の真下、内野席にいれば避けられるものの、そちらは警戒が厳重になっている。いま立ち入って屋内通路を往来できるとも思えない。

だがライフル魔を放置できなかった。このまま結衣がいっさいスタンドに姿を見せなければ、犯人が逆上しないともかぎらない。無差別乱射はいつでも起こりうる。

銀傘の上に到達する手段はあるのか。ロイヤルスイートの裏に、メンテ用らしき鉄梯子《ばしご》があるのは見てとれた。だがロイヤルスイートにはＳＡＴがひしめきあっている。なにごともなく突破できるとは思えない。

警備室のある三階建てビルが見えてきた。広場の混雑のなかに紛れ、黒ポロシャツを避けながら、さらに先を急いだ。渡り廊下の真下に達した。12号門の前は、次の試合が近いからか、より大勢の生徒らでごったがえしていた。結衣は隙を突き、なかに滑りこんだ。ここもさっき無断で侵入した以上、警備が厳しくなっているだろうが、内野席周辺ほどではないだろう。

行く手にさっそく黒ポロシャツが現れた。結衣はわきのドアに飛びついた。立売スタッフ用更衣室の貼り紙がある。室内に踏みこんだときには、すべきことを心にきめていた。

狭いロッカールームだった。着替えを終えたビールの売り子がひとり、いれちがいに外へでていった。

結衣がロッカーを開けると、売り子のユニフォームがハンガーにかけてあった。ピンクいろのキャップとアウターは、野球のユニフォームを模したうえで、可愛さと派手さを強調したデザインになっている。結衣の趣味とはかけ離れていたがやむをえない。セーラー服の上にアウターを羽織った。襟もとのボタンまでしっかりとめる。ボトムは同じくピンクの短パンで、黒のニーハイソックスと組みあわせる。スカートは脱いで折りたたみ、アウターの下に押しこんだ。本当は靴もスニーカーに履き替えねばならないが、そこは無視する。鏡の前に立つと、すっかりビールの売り子に変身した結衣がいた。

みずからのおこないに狂気を感じながら退室した。自然に歩が速まった。次になにをするか考えるまでもない。

三塁側ブルペンに近いコンクリートの空洞に向かう。往来が途絶えたのを確認し、土間に横たわる銀いろの物体、ジェットパックに近づいた。

持ちあげるとかなりの重量があったが、幼少期の記憶ほどではなかった。ショルダーハーネスに両腕を通し、肩に背負ってみる。スキューバ用酸素ボンベよりはずっと大きかった。腰と両脚の付け根をそれぞれ専用のハーネスで縛る。

父の半グレ集団のひとつD5が製造したのは、一九八四年のLAオリンピック開会式で飛んだジェットパックのコピー品だった。あれよりは小ぶりに感じるものの、単に自分の身体が成長しただけかもしれない。操作は手もとに突きだしたアームの先、ジョイスティックとボタンでおこなう。ゲーム然とした冗談のような操縦桿《かん》だが、これが国際規格だときかされた。起動と操縦の方法は、D5の実験を見学し知っている。新しめの高濃度過酸化水素水カートリッジが装着してあるため、燃料も充分にちがいない。

結衣はスマホをとりだした。自撮りしてから容姿を確認する。思わず鼻を鳴らした。ビールのタンクを背負った売り子にうりふたつだった。よく見なければ違和感も生じないだろう。

キャップを深くかぶり、梁《はり》と支柱ばかりのバックヤードを引きかえす。黒のポロシャツが立っていたが、結衣には一瞥《いちべつ》もくれなかった。ほかの売り子が階段を上っていく。結衣はそれを追っていった。

階段を上りきり、鉄製のドアを押し開けると、人で賑《にぎ》わう屋内通路にでた。3－Mの出入口がすぐ近くにあった。結衣は大歓声に沸くスタンドを歩きだした。ここは内野席と三塁側アルプススタンドの中間、ブリーズシートのエリアだった。頭上を銀傘が覆う。ここならライフル魔に狙われる心配もない。アルプススタンドとはフェンスで隔てられているが、内野席のほうへは移動できる。結衣はそちらに向かった。ライフル魔は銀傘の上で腹這いになっているものの、位置は三塁寄りだ。奇襲をかけるなら逆側から上る必要がある。

試合も終盤のせいか、内野席の興奮は最高潮だった。声援の音量に関するギネス記録は、たしかNFLの一四二・二デシベル。ジェットパックの噴射音は約一三五デシベル。アローヘッド・スタジアム並みの熱狂を期待するしかないが、鼓膜の痛みに現状でもいい線いっていると感じる。

結衣は喧噪《けんそう》のなかを横切っていった。スコアボードを眺める暇もない。足ばやに突き進んでいくと、目の前で客が手を振った。ビールを買いたがっているのだろうが、結衣はほかをあたるよう指で合図した。客は妙な顔をしたものの、結衣の背負うジェットパックを注視するようすはなかった。よく見ればタンクとはまったくちがうのだが、人の思いこみはこんなものだった。

内野席を一塁方面に横断し、アイビーシートのエリアに入った。この先は一塁側アルプススタンドだが、やはり境界はフェンスで仕切られている。高校野球ではプロ野球よりフェンスが高く継ぎ足される。打球から吹奏楽部を守るためだろう。結衣はフェンス沿いに階段を上っていった。頭上に目を向ける。銀傘が覆うのはアイビーシートまでだった。ちょうど真上に大屋根の端がある。

3ーD出入口よりさらに上、スタンドの隅は、アイビーシートより一段高いボックス席になっていた。企画席と呼ばれる区画だが、いまは使用されていない。アルプススタンド寄りのフェンスと、企画席の狭間の階段を上る。結衣は最上段に達した。

誰もこちらを見ていない。結衣は背中に手を伸ばした。ジェットパックの燃料バルブを開け、安全装置を外す。ふたたび場内が大歓声に沸くと同時に、エンジン起動レバーを押し上げ、ジョイスティックのトリガーを引き絞った。

異常としか思えない体験にちがいない。耳をつんざく爆音とともに、身体が垂直方向に打ちあげられた。両足が地面を離れた。すさまじい振動だった。脳幹が激しく揺さぶられる。ハーネスが全身を締めつけてくる。あわててジョイスティックを握り直した。上昇速度はすさまじく、たちまちスタンド席が眼下に遠ざかった。風圧に周辺の観客が振りかえる。だがその視線の先にもう結衣はいなかった。高度がぐんぐん上がる。ロイヤルスイートのフロアも、SATが斜め後方を振りかえる間も与えず、ほんの一瞬で通過した。

もともとジェット機の推進エンジンを背負っただけに等しい。打ち上げ自体は難しくないが、その後のことはわからない。前のめりになりかけたため、焦燥とともにジョイスティックを引くと、今度は後方にバク転しそうになった。空中で直立姿勢を維持するのが困難だった。だが時間をやけに長く感じるのは、結衣自身が当事者だからにちがいない。実際には数秒しか経っていないはずだ。高度はすでに銀傘の上に達している。大屋根の表面にソーラーパネルが並んでいるのが見てとれた。古びたボールもあちこちに転がっている。試合中に打ちあげたのだろう。

横移動は不可能に近かった。ジョイスティックを倒しても、思うように進路を変えられない。速度も抑えられずにいる。背中が熱を帯びると同時に、身体が錐《きり》もみ状に回転しだした。このままでは大屋根を斜めに突っきり、縁から外に飛びだしてしまう。結衣はジョイスティックのトリガーを解除した。全身がソーラーパネルに叩《たた》きつけられた。ガラスの割れる音がきこえ、破片が辺りに飛び散った。噴射はおさまったものの、ジェットパックを背負ったまま、結衣は激しく転がった。大屋根の縁が眼前に迫る。身体に対し腕と脚を直角に伸ばし、抵抗を増やして回転をとめようとする。市街地が視野にひろがった。ひやりとしたとき、ようやく全身が静止した。なんとか銀傘の縁ぎりぎりに留《とど》まった。

すっかり目がまわっていた。嘔吐《おうと》感も生じている。結衣は横たわったままのけぞり、三塁方面に視線を向けた。広大な銀傘の上で、ＳＡＴの装備に身を包んだ男がひとり、腹這《はらば》いの体勢から上半身を起こしている。ゴーグルをかけた目が結衣を見つめていた。手袋を嵌《は》めているが、まくった袖《そで》に入れ墨らしきものがのぞく。

距離はそれなりにあるものの、結衣のキャップはすでに飛び去り、長い髪が風に泳いでいた。素性がばれたのはあきらかだった。男が二脚付きのAR－15ライフルをとりあげ、向きをこちらに変えようとする。

スマートライフルに狙われたらひとたまりもない。結衣は起きあがろうとしたが、ジェットパックが重すぎて身動きがとれない。急ぎハーネスを外しにかかった。男がライフルを銀傘の上に据え、うつ伏せになってスコープをのぞく。結衣は腰のハーネスをほどいたものの、右の太股《ふともも》がまだだった。汗でてのひらが滑る。指先にバンドエイドを巻いているせいで、なおさら外しにくい。留め具にベルトを滑らせ、なんとかほどききった。

銀傘に横たわったジェットパックを、結衣はすかさず水平方向に回転させ、頭をライフル魔に向けた。ジョイスティックのトリガーを引いた状態でロックした。観衆の大歓声のなか、噴射音はほとんど掻《か》き消されていた。ジェットパックは無人のまま銀傘の上を滑っていき、ライフル魔を直撃しそうになった。男が泡を食ったように脇へと飛び退く。だが手もとが接触した。ライフルが放りだされ、銀傘の上を何度か跳ねたのち、男から離れた場所に転がった。ジェットパックは瞬時に銀傘の外へと飛びだし、外野スタンドを越えるや、はるか空の彼方《かなた》に飛び去った。その方角には海がひろがっている。鉄の焼け焦げたようなにおいだけが残された。

男は仰向《あおむ》けに倒れたものの、失神したようすはない。結衣は猛然と駆けだした。ただちに起きあがった男が、ライフルを拾おうと走る。だが男の伸ばした手がライフルに達する寸前、結衣は身体ごとぶつかった。ふたりはもつれあいながら銀傘の上を転がった。

ヒッティングの音が響き、球場全体がどよめいた。外野スタンドの最上段近くからは見えるかもしれないが、点のように小さいはずだ。試合の進行に気をとられていれば注目される可能性も低い。だがそれもグラウンドが攻守交代になるまでだろう。場内が静かになれば、バックスクリーンのテレビカメラが、夏の風物詩とばかりに大きく引いた画《え》をとらえてしまう。銀傘の上でビールの売り子とSATが殺しあうさまが、全国に生中継される。

結衣が立ちあがったとき、敵はすでに直立していた。斜《はす》にかまえ、腰を深く落とす。男の脚が鞭《むち》のように唸《うな》りながら蹴撃《しゅうげき》してきた。結衣は胸部と横っ腹をつづけて強打され、さらに回し蹴《げ》りをまともに浴び、後方へと吹き飛んだ。かなりの滞空時間ののち、背が銀傘の上に叩きつけられた。感電したような痺《しび》れが全身にひろがる。

男が間髪をいれず駆け寄ってきた。結衣の両脚をつかみあげ、男の腰の左右に這わせると、ジャイアントスイングの体勢に入った。結衣は抵抗しきれず、水平方向に振りまわされたあげく、空中に投げだされた。今度はグラウンド方向の銀傘の縁に落下した。危うく転落しそうになる。頭はもう縁から外にでていた。起きあがろうとしたが、全身は麻痺《まひ》状態に近かった。筋肉に力がまるで入らない。

いまはまだテレビカメラがロングショットに切り替わらないと知ってか、男は悠然と歩み寄ってきた。結衣の上にのしかかると、両手で首を絞めてくる。結衣は息ができず、ひたすら手足をばたつかせた。男が顔を近づけた。ゴーグルに結衣の苦しげな表情が映りこんでいる。

男が低くつぶやいた。「余裕のねえ小娘だ。テツの話じゃ、優莉匡太はガキに組み手を教えてたそうじゃねえか。窒息するまで一分かかるって習わなかったのか」

七歳のころ習った。実際に首を絞められもした。理屈ではわかっていても、実戦では勝手がちがう。訓練を積んだ大人が敵ではなすすべがない。男は両手に全体重をかけている。左右均等に力が加わっているため、横方向に逃れることもできない。もがくうち意識が朦朧《もうろう》としてきた。

なおも強烈な圧迫が結衣の喉《のど》もとを絞めあげる。男の唸るような声が耳に届いた。

「アルプススタンドで吹っ飛ばしてやりたかったが、ここで死ぬのも同じだな」

一発必中のライフルを手にしながら、結衣に対しては爆発物を使った。なにか理由があるのか。標的は別にいるのだろうか。

男が左手のみ結衣の首から放した。胸倉をつかみユニフォームを引きちぎろうとした。荒い息づかいとともに男が吐き捨てた。「NHKの中継に裸をさらしな」

だが右腕一本で首を絞めようとすれば、重心は真上から横にずれる。気管への圧迫がわずかに緩んだのを結衣は実感した。斜め右に首を振ってから、男の側頭部に頭突きを食らわせた。ヘルメットで保護されているため、痛みは結衣のほうが大きい。しかし男の右肘《みぎひじ》が折れ、体勢が崩れた。結衣は男の腹を膝蹴《ひざげ》りで突きあげた。男が呻《うめ》き声を発し、身体をくの字に曲げた。ただちに左の手刀で打撃を浴びせると、男の身体が浮きあがった。結衣は横方向に転がり脱した。

瞬時に悟った。大の男でも左利きには勝手がちがうようだ。右利きは左利きの敵に慣れていない。めったに戦う機会がないからだ。けれども左利きの結衣にとって、喧《けん》嘩《か》相手はいつも右利きだった。経験では明確に勝る。

敵は身体を起こしたものの、結衣に対峙《たいじ》しようとはせず、ライフルに駆けだした。

結衣はとっさに追いかけた。だが男がライフルに到達するほうが早かった。銃底が水平に振られ、結衣は頰を強打された。脳震盪《しんとう》を起こしたらしい、激しいめまいが襲った。結衣は銀傘の上に横倒しになった。男が駆け寄ってきた。無防備になった結衣の腹に、容赦なくローキックが浴びせられた。結衣は身体を丸め咳《せ》きこんだ。口のなかに血の味を感じた。

男は実戦経験が豊かなようだった。女子高生が腕力で対抗するなど不可能に思える。しかも敵はいまライフルを手にした。銃殺されるまで間もない。

鈍りがちな思考が、ただちにひとつのかたちをとりだした。市村凜ならどうするか。その行動がはっきりと思い描けた。結衣は感覚の喪失しかけた手を無理に動かし、ポケットからスマホをとりだした。自分のスマホではない、屋内通路で拾った落とし物だった。

スマホをいじるふりをすると、男が結衣の腕を強く踏みつけた。結衣は苦痛に呻いた。指先からスマホが転がり落ちた。男はすばやくそれを拾いあげ、タクティカルベストのポケットにおさめた。

ライフルを携えながら男が後ずさった。「通報なんかさせねえ。いまぶち殺してやる」

近くに立って見下ろしながら撃たなかったのは、弾丸が銀傘を貫通するのを防ぐためだろう。アルプススタンドにいる結衣を爆殺しようとしておきながら、いまは騒ぎが起きるのを嫌っている。この男は捨て身ではない、捕まらず逃げおおせるつもりだ。

結衣は痛みを堪《こら》えながら起きあがった。片膝を立てた姿勢で、落ちていたボールを拾いあげた。

男が不敵に笑った。「おまえライフル魔の殺し方を知ってるとかほざいてたな。そのボールが答えか？」

「あんたの考えなんか読めてる」結衣はつぶやいた。「爆発が起きてパニックになってからでも、スマートライフルなら移動中の標的を自動で追える。そのために準備した銃でしょ」

最初から暗殺対象を狙って撃ったのでは、狙撃手《そげき》の位置がばれてしまう。それを防ぐため、寸前に爆破騒ぎを起こそうとした。暗殺後は騒ぎに乗じ、速やかに逃げる。銀傘からロイヤルスイートに下りるだけで、SATに紛れられる。

男が鼻で笑った。「誰を狙ってるか見当もつかねえだろうが」

「爆発物を直接届けられない相手」

「それが何者だってんだ。わかりゃたいしたもんだが、おまえが気づくはずがねえ」

「この近距離でライフルをかまえて、わたしを撃つなんて大げさ。時間もかかる」

「ほんの数秒だ。頭を吹き飛ばされる前に、せいぜい怖がれ」男は直立したまま、ライフルで狙い澄ましてきた。「あばよ。間抜けな飛び入り小娘」

時間稼ぎは大観衆の歓声をまつためだった。いま球場じゅうに熱狂の声が渦巻いた。結衣は満身の力をこめ、サイドスローでボールを投げつけた。男は動じず、ただ口もとを歪《ゆが》めた。ボールは男の胸もと、タクティカルベストに命中した。

次の瞬間、けたたましい音とともにタクティカルベストが小爆発を起こし、粉々に破裂した。男の胸もとが銃弾を食らったも同然に弾《はじ》け飛び、血と肉片を撒《ま》き散らす。苦痛の叫びを発し、男はその場に両膝《りょうひざ》をついた。両手からライフルが転がり落ちた。

結衣は立ちあがった。あのスマホは液晶画面から文字表示が浮いていた。リチウムイオンバッテリー内にガスが溜《た》まり、膨張しているとわかった。さほど稀《まれ》な事態ではない。非正規品のバッテリーを長く使用した場合に起こりうる、きわめて危険な現象だった。強い衝撃を与えると爆発する。簡易爆弾がわりに使えると幼少のころ習った。

男は血まみれの手で、なんとかライフルを持ちあげようと躍起になった。結衣は割れたソーラーパネルからガラスの破片を拾い、つかつかと男に歩み寄った。

「畜生」男が震える声を発した。「ド素人の小娘なんかに俺が」

「おかげで自信が持てた」結衣はガラスの破片を水平に振り、男の頸《けい》動脈に突き刺した。大量の鮮血が噴出し、銀傘の上を真っ赤に染めていった。

絶命したばかりの死体が転がった。身体を鍛えあげ、訓練を積んだ大の男を、いま自分の手で仕留めた。

結衣は深く長いため息をついた。男のゴーグルをつかみ、引きちぎるも同然に取り払う。見知らぬ男だった。三十代半ばの日焼けした顔が、目を剝《む》いたまま固まっている。

なぜか腕のタトゥーが薄らいでいた。結衣が手でこすってみると、本物のタトゥーではないとわかった。見せかけだけのボディペイントだ。どうしてこんなものを施したのか。

声援とともに吹奏楽が耳に届く。テンポアップしているのは最終回の攻撃だからだろう。結衣はゴーグルを放りだし、銀傘の上にまっすぐ立った。

甲子園球場が沸き立っている。無数の青春がそこにある。事件が発覚すれば、試合は中止となり、全員の心に暗い思い出を残すのみになる。

高校野球か。十代の平和な日々の代名詞。結衣はひとり隔てられた。ずっと殺しあいの渦中にあった。それがほかの高校生と、自分とのちがいだと知った。

結衣はグラウンドに背を向け、銀傘の上を歩いた。こちらの方角なら、ＳＡＴも観衆もいっさい気にかけてはいまい。球場の外、市街地の眺めがひろがる。阪神電鉄の甲子園駅、バスが停まるロータリー、コロワ甲子園の屋上駐車場が見える。

球場の外壁ぎりぎりに迫る位置、銀傘から見下ろせる高さを、阪神高速3号神戸線が走っている。大阪から神戸へと流れる二車線だった。球場との狭間《はざま》は、最も近いところでわずか二メートルほど。車高の高い大型車の屋根は、ほとんど目の前を通り抜けていく。

十トントラックが走ってくるのが見えた。結衣は銀傘の上を後ずさると、助走をつけ跳躍した。慣性の法則を意識し、進行方向へと斜めに飛んだ。風圧を全身に受けながら宙を舞う。荷台の屋根に落下する寸前、結衣は柔道の受け身をとった。衝撃とともに身体が跳ねあがり、たちまち転落しそうになる。だが隣りの車線を並行して走るトラックが目についた。ふたたび横っ飛びに乗り移った。幌《ほろ》の荷台は柔らかく、さっきのトラックほどは痛みを感じなかった。

このまま屋根に乗っていれば、やがて高速道路の監視カメラに映ってしまう。後方にクルマがいないのをたしかめてから、結衣は屋根の後方へと移動していった。幌骨を両手でつかみ、鉄棒の要領で身体を回転させ、荷台のなかに飛びこんだ。

建築資材の積みあげられた隙間に、結衣は仰向《あおむ》けに寝そべった。とたんに疲労感が襲ってくる。自然に手足を投げだした。風に波打つ幌の天井を仰いだ。

どこへ向かうか知るよしもない。はるか彼方《かなた》に連れ去ってほしい、そんな願いにもとらわれる。

試合終了のサイレンがかすかにきこえた。自分のなかでもなにかが終わった、結衣はぼんやりとそう思った。

17

角刈りの豊沢が身を乗りだしてきた。「優莉。なにがあったか話せ」

結衣はぼんやりと我にかえった。目の前の氷が溶け去ったように感じる。甲子園署の会議室、刑事たちが結衣を見つめてくる。

香村が歩み寄ってきて、結衣の胸倉をつかみあげた。「さっさと口を割れってんだよ！」

神藤はあわてたように腰を浮かせ、香村を制止にかかった。「やめてください。まだ被疑者じゃないんですし、そこまでしなくても」

だが香村は手を放さなかった。「神藤。おまえ状況わかってんのか。緊急事態なんだよ。未成年だからって悠長にしてられっか」

豊沢も同調し、結衣に凄《すご》んできた。「去年の夏、甲子園で監視から逃げまわり、どこでなにをしてた。この場で洗いざらい自白しろ」

刑事たちは無言で状況を見守っている。手荒なやり方に抗議するのは神藤ひとりだけだった。畑野係長はすっかり腰が引けたかのように、臆《おく》した顔で見て見ぬふりをきめこんでいる。

香村に突き飛ばされ、結衣は椅子に沈んだ。背を強く打ちつけたものの、痛みに顔をしかめるほどではなかった。

神藤が困惑のいろとともにきいた。「だいじょうぶか？　優莉。経験したことを正直に話してくれるだけでいいんだ。まだ一年も経ってない。記憶が曖昧《あいまい》になるはずもないだろ？」

結衣は神藤の言葉をほとんどきいていなかった。霞《かすみ》のかかったような視野が、オレンジいろに染まっていく気がする。あの日の傾きかけた陽射しが照らすようだった。

幌トラックは三十分ほど走ったのち、一般道に下りて停車した。隙間から外をのぞくと、信号待ちだとわかった。後続のクルマはいたものの、結衣はかまわず荷台を下りた。

着替えはとっくに済ませていた。セーラー服に戻った結衣は、血まみれのユニフォームをゴミ箱に捨て、あてもなく歩きだした。

そこは高速道路の出口に近いオフィス街だった。最寄りのビルに、コーセー化粧品の看板がかかっている。大通りの向かいは神戸三宮《さんのみや》ユニオンホテル。スマホの電源をオンにし、現在地を表示した。神戸市中央《ちゅうおう》区磯上通《いそがみどおり》一丁目付近とわかった。

ネットで最寄りの人権支援団体を検索する。神戸に拠点を置くNPO法人に、優莉結衣といいます、そう名乗った。

磯上公園のサッカー場に面したベンチに座り、弁護士の到着をまった。現れたのはニットブラウスを着た白髪の婦人だった。差しだされた名刺には〝神戸女性支援センター　DV被害者救済プログラム担当　弁護士　成宮悦子《なるみやえつこ》〟とあった。

痣《あざ》と擦り傷だらけの顔を見たからだろう、悦子は同情に満ちた表情になり、壊れものを扱うような態度できいた。なにがあったのか話して。

大人はみな役割演技《ロールプレイング》に徹する。支援団体の弁護士もボランティアではない、国から報酬を得る。親身になってくれるように見えても、じつは仕事でしかない。けれどもわずかであろうと良心も備えているだろう。

結衣はいつも気を張り、反発しながら生きてきた。だがこのときばかりは、思いのすべてをぶちまけたくなった。誰かにすがりつくなど甘えでしかない。どうせ裏切られる。そうわかっていても抑えられなかった。気づけば泣きじゃくりながら大声でわめき散らしていた。

わからないよ。なんにもわからない。どうしてこんな目に遭うの。なんでやらなきゃいけなかったの。嫌だってあんなにいったのに。もう小さかったころのことなんて忘れかけてたのに。大人たちはみんな、お父さんのもとから引き離しといて、もう安心だからってそればっかり。どうしたらいいか全然教えてくれなかった。泣かないのは立派だとか、そんなふうに褒めてほしくなかった。泣けなくなるじゃん。なんで誰も受けいれてくれないの。キモいとか黴菌《ばいきん》とか、ゴミを見る目で見て、ひとりの人間としてなんか扱ってもくれない。やりたくなかった。なのにやらなきゃいけなくなった。あんな奴らがまた現れたから。ほかにどうしようもなかった。

癇癪《かんしゃく》を起こしたのは、あのときが最後だった。すべてを告白したわけではない。むしろ曖昧な物言いばかりに終始した。

やるとはすなわち、殺《や》るという意味だった。できるだけきわどい表現で弁護士を試そうとした。示唆のなかに真実を悟ってくれるのを期待した。なぜあんな危うい真似をしたのだろう。先のことをろくに考えもせず、衝動にまかせた結果だった。しかしぎりぎりで自制心が働いた。本音はなにも伝えずにいた。

悦子は幸い、やるという言葉について深く追及してこなかった。きょうなにがあったか、最初から説明してみて。そういった。答えられるわけがない。

しだいに冷静さを取り戻してきた。あきらめの感情が支配しつつあった、そんな表現こそ適切かもしれない。甲子園球場に応援に来たものの、そのうちスタンドにいるのが嫌になり、ひとりで飛びだした。結衣はそれだけを告げた。

すると悦子がいっそう心配そうにきいた。甲子園で誰かと喧嘩《けんか》した？　結衣は首を横に振った。悦子はなにかを察したような表情になった。こっちに知り合いがいたの？　怒らないできいてほしいんだけど、病院に行く気ある？　検査を受けても平気？

結衣はうつむくしかなかった。やけを起こした不良少女が男に走り、DV被害に遭った。弁護士の想像しうる範囲はそのていどらしい。あるいはそう思いたがっているのかもしれない。なるべく小さな状況におさめようとする。すなわち優莉匡太の娘という事実から目を背けている。

悦子の運転する軽自動車で、結衣は甲子園球場に送りかえされた。担任の普久山にはもう連絡済みだという。

夕陽に赤く染まる球場の外に、無数のパトランプが波打っていた。ただでさえ混雑する球場周辺に、大勢の制服警官が繰りだしている。観客は全員、出口で持ち物検査を受け、氏名を確認されるようだ。でてきた中年のグループが悪態をついていた。

第四試合も終わり、きょうの日程はすべて終了した。結衣は到着前に試合結果をカーラジオで知った。5－4で泉が丘高校は敗退した。立派な戦いぶりだったとアナウンサーが褒めていた。

甲子園駅のバスロータリーに行くと、泉が丘高校のバスが連なっていた。クラスメイトたちが手持ち無沙汰《ぶさた》に降車しては、はしゃぎまわるのが見える。負けたわりに明るい。いや捨てばちの笑顔かもしれなかった。

みな結衣を露骨に無視した。あからさまに他人行儀な態度をしめしてくる。バスの出発が遅れた苛立《いらだ》ちも当然あるだろう。敗戦の不満をぶつける相手が、自然と結衣になったらしい。

ナインは宿に引き揚げたにちがいないが、野球部のユニフォームは大勢群れていた。そのなかに芦崎の姿もあった。どうやら無事だったようだ。球場内のどこかに隠れていたのだろうか。いま芦崎も仲間からハブられ、ひとり途方に暮れながらたたずんでいる。

普久山がバスから降りてきた。悦子は普久山に深々と頭を下げ、結衣を責めないよう懇願した。甲子園駅から神戸三宮駅まで、電車で移動したらしいんです、悦子はそういった。詳しくはきいてませんけど、ずっと神戸にいたみたいで。

するとと普久山がうなずいた。お話はよくわかりました。じつは途中から姿が見えなくなって、私たち教員も気にかけてたんです。さも気遣わしそうに普久山がたずねてきた。優莉、なにがあったんだ？　その傷はどうした。学校に帰ってから、きちんと事情をきくからな。

悦子は球場の物々しい警戒ぶりが気になったらしい。普久山が説明した。けさから警戒態勢にあったとかで、その一環らしいです。優莉のこともきかれましたけど、弁護士の先生から電話があったと伝えておきましたよ。優莉がひとり抜けだしたのは、誠に遺憾なことですが、あとで責任をもって指導しておきますと。でも球場内でなにか起きたにせよ、優莉は神戸に行ってたんだから、関係ないでしょう。弁当みたいな物を持ちこんだのは知ってますが、その後どうなったかわかりません。ああ、ひょっとして優莉、あれを先生が怒ったから、気にして逃げたのか。そんなたいしたことじゃなかったのに。

あのできごとからまだ八か月か。結衣はぼんやりと思った。遠い昔のことだったように感じられる。いろいろなことがありすぎた。警察が訪ねてくるのではと不安にさいなまれ、日々のニュースにも怯《おび》えながら過ごした。ところがなぜか事情聴取すらなく、球場の事件も報じられなかった。それでも泉が丘高校を放校になり、神奈川県川《かわ》崎《さき》市の児童養護施設に引っ越すことになった。武蔵小杉高校に編入されるころには、恐怖心が薄らいでいた。むしろ新たな衝動が芽生えだした。

銀傘の上でクズをぶち殺した、あの瞬間の快感が忘れられない。結衣は社会というものを急速に学んでいった。大人たちの築きあげた世界など、しょせん猥雑《わいざつ》な作りものの集合体にすぎない。見せかけばかりで、なにもかも醜悪で汚い。事なかれ主義に徹し、面倒を避けてまわりながら、表層のみ円満を装い取り繕う。偽善者だらけのせいで犯罪が蔓延《はびこ》りやすい。事実を悟られようと、深くは追及されない。すべてが歪《ゆが》んでいる。なら遠慮はいらない。

香村が背後にまわり、結衣の髪をつかんで後ろに引っぱった。頭皮の剥《む》けそうな激痛が走る。結衣は強引に天井を仰がされた。

「吐けよ」香村の憤怒《ふんぬ》に満ちた顔がのぞきこんだ。「てめえ高校生だからって許されると思うな。もう被疑者と同じ扱いだ。弁護士に泣きつくなんて真似はできねえんだよ」

神藤が立ちあがった。「香村さん。やめてください」

豊沢の怒鳴り声が響いた。「神藤！　邪魔するな」

肥え太った丸顔の吉瀬が、結衣に歩み寄ってきた。「喋《しゃべ》る気あんのか」

香村が結衣の頭から手を放した。結衣は乱れた髪の隙間から吉瀬を睨《にら》みつけた。

それが気にいらなかったらしい、吉瀬は結衣の頬を張った。顔の半分に痺《しび》れるような痛みがひろがる。反射的に両腕でガードしたが、蓮波が結衣の背後にまわり、左右の手首をつかんだ。無防備になった結衣の顔に、繰りかえし平手打ちが浴びせられた。

神藤が抗議した。「手荒すぎます！　係長、やめさせてください」

ふだん弱腰な畑野は、どこか居直ったような態度でつぶやいた。「しょうがないんだ、神藤。切羽詰まった状況はわかるだろ。あるていどのことは許される」

「そうはいっても」神藤が当惑を深めた。「彼女は未成年ですよ。一刻を争う事態と解釈できなくもないですが、犯行声明もないし、的外れかもしれません」

「おい神藤」豊沢が咎《とが》めるようにいった。「黙ってろ。情報はいっさい口にするな。被疑者に喋らせなきゃ意味がないと、あれほどいったろ」

「すみません。でも暴力による自白は、あとで弁護士にひっくりかえされます。彼女はまだ被疑者でもないですし」

「なあ巡査部長。いいかげん警察の本分をわきまえたらどうだ。いまは最悪の事態をいかに回避するかが重要だろう」

　結衣は頬を張られながら思った。巡査や巡査長だらけの刑事のなかで、神藤は若くして巡査部長か。取り調べにおいて警官は、圧力をかける役割と、懐柔する役割とに分かれる。神藤はひとり結衣の味方を演じる立場ではないのか、当初はそう疑った。だが真実はちがったようだ。

　考えがそこに及び、結衣はかえって愉快な気分になった。頬の筋肉が張るとよけいに痛みが増す。それでも思わず、ふふっと笑った。

　吉瀬が手をとめた。奇異なものを見るまなざしを向けてくる。ほかの刑事たちの目も同じだった。神藤が心配げな態度でようすをうかがう。精神に変調をきたしたのでは、そんなふうに思ったかもしれない。

　異常か。きっとそうだろう。微笑せずにはいられない。振りかえってみれば滑稽《こっけい》な十七年だった。まともになりたいと切望した日々はなんだったのか。なにをもって、まともな高校生と呼ぶのか。

「漆田さん」結衣はあえて神藤をそう呼んだ。「テツはわたしが殺した。あいつはF照明塔から真っ逆さまに転落して死んだ」

　神藤がぎょっとした。「誰だって?」

「柳詰哲雄。首都連合のひとりで、オズヴァルドのレジ係」

刑事たちがにわかに動きだした。やけに拙速な行動に思える。あらかじめきめられていたかのように、そろって結衣への包囲を狭めにかかる。間髪をいれず豊沢が早口にいった。「殺人の自白だ。通常逮捕とする。時刻は十三時十七分」

吉瀬と蓮波が結衣を引き立てる。後ろにまわした結衣の手首に、香村が手錠をかけようとした。けれども神藤が香村を制した。

「まってください」神藤がまた抗議した。「ここは署内ですよ。しかも彼女は未成年です。手錠や腰縄は必要ないでしょう」

香村が憤然とした態度をしめした。「どけ、神藤。優莉結衣を留置場に入れとく」

「緊急事態なのはわかりますが、いまのを自白とみなしていいんですか。彼女が口にしたのは……」

畑野係長がきっぱりといった。「別の殺人に関する自白かもしれん。だが人を殺したと打ち明けた以上、我々としては無視できん。わかるだろう。取り調べはあとだ。現場に急ぐ必要がある。おまえは居残って彼女を見張れ」

神藤が当惑のいろを濃くした。「現場なら柿川さんたちで充分でしょう。いまのがなぜ現場に急行する理由になるんですか？　彼女の自白は意味不明です。事実にも合致しません。死んだのは……」

「事実の追及はあとだといったろ。あくまで妨害するようなら懲戒処分になるぞ」

まだ手錠を嵌《は》められていない。結衣は蓮波の手を振りほどいた。「神藤さん、捜査会議でいわれたんでしょ。刑事のほうからは被害者の名をだすな、自発的に喋らせなきゃならないって。でもそれって、わたしが口を割らない前提での話。黙秘するよう仕向け、留置場に放りこむ。神藤さんひとりに留守番させ、係長以下全員が甲子園に急ぐつもりだった」

神藤が目を剝き、結衣から同僚たちに向き直った。「どういうことなんです」

刑事たちは無反応だった。そろって威圧的なまなざしを神藤に向ける。畑野が冷やかにいった。「神藤。優莉結衣は犯罪者だ。自供に真実との食いちがいがあっても、いま自分で殺人犯だと認めた」

「いいえ」神藤は首を横に振った。「事実が未確認の自白内容では逮捕できません。逃亡の恐れがない署内ならなおさらです。斉藤明人を殺したというのなら問題ありませんが、別人の名がでた以上、補強証拠が必要になります」

畑野の表情は変わらなかった。「名はまちがって記憶している可能性がある。被害者が優莉に偽名を名乗ったのかもしれん」

結衣は神藤にきいた。「死体を見た？」

「斉藤明人のか？」神藤がうなずいた。「日没後、観客が退避したあとの現場検証でな。表向き事件と事故の両面で捜査が進められた」

「報道があった記憶はないけど」

「高野連との協議の結果、高校球児らに動揺を与えないよう、報道が控えられた。転落死それ自体はニュースになったが、現場がどこだったかは警察発表にない」

豊沢が苛立《いらだ》たしげな態度をしめした。「神藤。なにを勝手に被疑者と喋《しゃべ》りあってる。共犯と見なされたいのか」

結衣は豊沢を無視してつぶやいた。「顔面の損壊が激しかった。あとで死体を見ただろうけど、身元もろくにたしかめられなかったでしょ」

神藤は腑に落ちないようすでいった。「鑑識が調べた。身元はＤＮＡ型で確認できる。それ以前に指紋の照合で……」

「あなたは立ち会ってないじゃん。柿川って刑事がやったことでしょ。あいつ、ずっとトランシーバーのプレスボタンを押しっぱなしにして、警備室に会話をきかせてた。まだわかんない？　あなたにきかせてたんだよ。じつは照合結果と別の名前を口にしてたら？」

「柿川さんや宇留間さんが嘘をついたってのか？　俺は斉藤明人について捜査した。事件後の失踪も確認済みだ」

結衣も八か月前に知っていた。甲子園から栃木に戻ったのち、道頓堀の居酒屋カムトーに電話してきいた。斉藤明人は前日まで出勤していたが、なぜか無断で店を休み、それっきり連絡がつかないという。顔の特徴を詳細にたずねると、テツに似たところはあるものの、やはり別人だとわかった。

斉藤明人には身寄りがなく、失踪の影響もほとんどなかった。ほどなく存在そのものを忘れ去られた。突然のテツの死を受け、捨て石にできそうな前科者が身代わりに仕立てられた。それが事実にちがいない。

結衣は神藤にいった。「死体がテツだとあなたにばれたら、あなたが捜査を進めるうち、過去の人間関係から不都合な真相が発覚する。それを恐れた奴らが、別の被害者をでっちあげた。本物の斉藤明人はおそらく事件の直後に殺され、死体は安置所ですり替えられた。あなたが見たのはすり替え後の死体」

あの夕方、観客は手荷物検査のみで解放された。たった一件、事故かもしれない転落死があっただけだと、兵庫県警と甲子園署の大半が信じたからだ。よって神戸から戻った結衣を、刑事が待ち構えることさえなかった。〝斉藤明人〟の死はパニックを避けるため伏せられたが、捜査の詳細は特務一係が握った。銀傘の上で死んだもうひとりについては、事件それ自体、神藤を含むほとんどの捜査陣に知らされないままだった。公的な捜査がおこなわれなかったため、結衣が容疑者になることもなかった。

香村が憤慨したようすで詰め寄った。「戯言はそれぐらいにしろ。取り調べはあとだ。神藤、この小娘を連行するぞ。早く手を貸せ」

結衣は神藤を見つめた。「監視カメラで気づかなかった？」

神藤がこわばった顔で応じた。「F照明塔に向けられたカメラのHDDが故障してた」

そうだろうと予想はついていた。結衣はため息をついてみせた。「銀傘の上まで映る引きのカメラも、試合の終盤はHDDが再生できなかったんじゃなくて？」

「どうして知ってる？　HDDはそう頻繁に壊れるはずがないんだが」

「ネオジム磁石を持ってうろつく人が警備室にいなかった？　小型で超強力だけど東急ハンズにも売ってる」

「それを隠し持った手をHDDに近づけたから、録画データが破損しちまったってのか」

「昔からパチンコのゴト師は、磁石をズボンの尻《しり》ポケットにしまう。上着のポケットにおさめると、財布のなかの磁気カードが駄目になるから。それらしい人間の記憶は？」

神藤ははっとした顔になった。「係長。そういえばあのとき尻に空き缶が」

畑野が不愉快そうに吐き捨てた。「なにを馬鹿な」

「いえ。ズボンにひっかかるなんて、どうもおかしいと思ってた。尻ポケットに磁石をいれてたんじゃないですか」

結衣は鼻を鳴らした。「よくある。尻に金属がくっついても気づかない。ゴト師特有のヘマで、俗に尻マグニートーと呼ばれてる」

豊沢が怒鳴った。「神藤！　優莉結衣は殺人の被疑者だぞ。なにをためらう」

「納得できません！」神藤が豊沢にうったえた。「被害者は斉藤明人のはずです」

「俺たちの知らない新事実が浮上したからって、同僚をなぜ疑う」

結衣は顔をしかめてみせた。「新事実？　テツはあんたたちの仲間。いま甲子園に行ってる六人が、F照明塔の下に駆けつけて、テツの死体を確認するのを見た。ここでわたしに会わせなきゃ波風立たないと思った？」

畑野が目を怒らせた。「六人が甲子園だと？」

「部署の机が十二。ここに六人。あとは去年の夏、球場内を駆けまわっていた奴ら。

柿川に宇留間、倉木、永草、鵜橋、佐潟」

「名前まで知ってるとは、筋金入りの知能犯だな」

「あんたたちが送りつけてきたじゃん。QRコードでダウンロードさせたチャットアプリに、警察官データベースの画像を」

神藤が驚きのいろを浮かべた。「それが係長たちのしわざだって？」

「わかるでしょ。警察官だからこそ、難なくデータベースにアクセスして、画面を撮影できた」

「警備長らの情報漏洩《ろうえい》じゃなかったのか」

「そんな疑惑を残そうとしただけ」

畑野の顔面が紅潮しだした。「おい神藤。被疑者の虚言に惑わされるな。そいつは戦後最大の凶悪犯の次女だぞ。我々はこの緊急事態への迅速な対処を……」

結衣は鼻で笑った。「緊急事態。ライフル魔のときと同じ。けさ箕面市の草野球場で爆発があったあと、犯行声明が送られてきた？　甲子園のホームベースに爆弾を仕掛けたって」

甲子園のホームベースは厚さ十六センチ、重さ三十五キロ。スポーツ用品を扱うミズノのカタログにも、甲子園仕様として商品が掲載されている。爆発物を仕込んだとの犯行声明があれば、甲子園署は警戒せざるをえない。

ホームベースは年に一回、春のセンバツの開幕前、阪神園芸により新品に交換される。夏の高校野球大会の前にはいちど掘り起こし、上下をひっくりかえして埋める。今年のセンバツは、新型コロナウイルスの大流行により中止になったが、決定したのは三月十一日。つい先日のことだ。新しいホームベースはもうグラウンドに埋められている。よってけさ刑事部屋で、阪神園芸のスタッフが事情聴取を受けていた。

神藤がじれったそうにいった。「たしかに犯行声明が寄せられたが、ホームベースに異状はなかった」

結衣は平然と応じた。「異状がなかったから、爆発物処理班は朝のうちに撤収、試合もない日だし増援は必要ないとされた。でも草野球場で爆発が起きてる以上、ただのいたずらでは片付けられない」

「まさか」神藤が愕然《がくぜん》とした。「去年の騒ぎはきょうのために……」

「そう。きょうはそれなりの緊急事態。甲子園署の刑事二課特務一係が警備を仕切る。去年のライフル魔の教訓を生かしたうえで」

ライフル魔騒動は、警備室からの情報漏洩という前例をつくらんがための、畑野係長らの自作自演だったと考えられる。畑野は県警に上申しただろう。警備室に警備長らが居座ったせいで、観客の生命が危険にさらされたと。

結衣はいった。「もともと球場の一塁側外壁に、甲子園署の出張施設がある。警備室も緊急時には同じ扱いになった。西宮市議会の令和元年十二月定例会で、特別地域条例が可決。甲子園球場の警備室は、捜査令状がでた時点で必要に応じ、所轄署の捜査担当者が指揮権を得る。要するに警備員を追いだし、警備室を占有できる」

神藤が唸った。「さっき俺が口にしたとき、係長が話を逸らそうとしたのは……」

計画の中核をなす重要な法令だけに、神藤に意識されては困るからだ。いま畑野の落ち着かなげな態度がすべてを明白に物語っている。

この半年ほど、ずっと気にかけていた。特別地域条例の可決も、市の公式サイトでファイルを閲覧し承知済みだった。けさ甲子園署から迎えがきて、いよいよだと思った。結衣は神藤にきいた。「SATの一員が失踪《しっそう》してない？」

「なに？　たしかに去年の夏、隊員一名が無断欠勤のまま免職になってる。その後行方不明だと発覚してるが」

「それも報道されてないけど」

「勤務中のことじゃないからな。一警察官の失踪として、行方不明者届がだされただだけだ」

銀傘の上にライフル魔が現れる直前、ヘリは球場上空から遠ざかった。犯人から要求があったという体《てい》で、畑野がそう指示したのだろう。

ライフル魔はロイヤルスイートのフロア裏から、鉄梯子《ばしご》を上るしかなかった。だがあの日、ロイヤルスイートの個室もバルコニーも、SATが埋め尽くしていた。部外者が忍びこめるはずもない。したがって銀傘の上にいたのはSATの一員だった。道理でタトゥーが偽物だったわけだ。

あいつもテツと同じく、畑野一派に金で雇われただけの男にすぎない。こっそり銀傘に上り、ライフル魔として振る舞う役割だったのだろう。柿川らが怪しい人影として発見、騒ぎ立てて周りの観客にも目撃させ、いたずらでないという証明にするつもりだった。実際に犯人がいたという脅威がなければ、条例可決の緊急性に欠けるからだ。ただし録画があったのでは、映像解析により誰だか特定されてしまう。よって畑野がここもHDDを破壊した。ところがそのせいで結衣による殺害の証拠も残らなかった。

ライフル魔は結衣に対し、狙撃《そげき》対象がいるようにほのめかしたが、口からでまかせにすぎない。事件後、結衣は腑《ふ》に落ちた。プロは相手を殺すつもりでも、けっして意図をあきらかにしない。相手が盗聴マイクか録音機器を所持している可能性がある、それゆえの掟《おきて》だった。スマートライフルも明確なターゲットがいると示唆するためのアイテムにすぎない。

神藤が頭を掻《か》きむしった。「なぜ八月十一日の第三試合だったんだ？　いつでもよかったじゃないか」

結衣は応じた。「人出の多い日曜日。第三試合は地元の兵庫代表、辰巳商業が出場。超満員になれば緊急性が上がる」

なのに事件に対処するのが特務一係の十二人のみ、うち球場内の捜索にあたるのが六人だけとは、頭数が少なすぎる。低予算の刑事ドラマかと突っこみたくなる。畑野は上司に対し、真逆の理由づけをし、少人数体制を維持したのだろう。捜査員を多く投入したのではかえってめだつ、そう説明したにちがいない。球場には警備員が大勢いて、警備会社からも全面的な協力を得ていると。

畑野の声が怨嗟《えんさ》の響きを帯びだした。「神藤」

「まってください」神藤は刑事たちに警戒の視線を配った。「まだ結論はでてません」

結衣は動じることなく神藤にたずねた。「爆発物についてきいた？」

「爆発物？」

「甲子園カレーのシンクに放りこんだ」

「攪乱《かくらん》するためのゴミじゃなかったのか。柿川さんが無線でそう伝えてきたのに」

やはり警備室への報告はなされていなかった。知らぬは神藤ひとりだけだった。あの爆発物はライフル魔の存在と同様、切羽詰まった事態をつくりだすための小道具でしかない。爆破する意思は最初からなかった。結局悲劇は起きずに終わり、犯人は行方知れずのまま、警備への課題のみが残る予定だった。

ところが番狂わせが起きた。ふたりの死者がでた。殺人事件が発覚すれば、県警が大々的に捜査に乗りだし、畑野の自作自演がばれる恐れがあった。よって隠蔽《いんぺい》が図られた。計画にはもともと特務一係だけでなく、複数の署員が加担している。テツの死体に駆けつけた鑑識だけでも、かなりの人数がいたからだ。

神藤が信じられないという顔で畑野を見つめた。「係長……。けさ甲子園に爆弾を仕掛けたという犯行声明を受け、大事をとって優莉結衣を取り調べたんじゃなかったんですか」

結衣はあえて口をはさんだ。「前回わたしが走りまわって、計画が危うくなったから、今回は球場から隔離しただけ」

畑野が仏頂面でほかの刑事たちに目くばせした。四人の刑事がいっせいに詰め寄ってきた。複数の手が容赦なく結衣の身体を撫《な》でまわし、スマホを奪った。豊沢も神藤のポケットからスマホを引き抜いた。神藤が抵抗をしめした。すると刑事たちがそれぞれ自分の懐に手を滑りこませた。

この場に拳銃《けんじゅう》の携帯などありうるはずがない。署内の会議室、しかも被疑者ですらない未成年者への事情聴取だ。だが常識は通じない。スーツからのぞいたホルスターを見ればあきらかだった。室内にいる刑事で拳銃を所持していないのは、畑野係長と神藤のみのようだ。

神藤はいち早く動いた。手近な蓮波に肘鉄《ひじてつ》を食らわせると、オートマチック拳銃を奪いとった。ベレッタ92ヴァーテックだった。神藤がスライドを引き、拳銃に弾丸を装塡《そうてん》する。三人の刑事たちも同じ行動をとり、神藤と結衣に銃口を向けてきた。神藤は畑野のほか、刑事らをかわるがわる狙いすまし威嚇した。

室内はにわかに騒然となった。三人の刑事らが怒鳴り散らす。全員が神藤に銃を捨てるよう呼びかけていた。

神藤も血相を変え怒鳴りかえした。「銃を下ろしてください! 係長、なぜみんな武装してるんですか。拳銃の携帯許可が下りるのは出動時のはずです」

畑野が冷淡なまなざしで見かえした。「いまから出動するんだ。神藤、いいから銃を捨てろ」

「できません！」神藤が叫んだ。「係長、なにが目的なんですか。警備室から警備員を追いだし、監視カメラを独占したところで、球場内にはほかにも従業員がいるでしょう」

結衣は思いのままをつぶやいた。「春のセンバツが中止、阪神のオープン戦はもともと高校野球の期間内、別の場所ときまってる」

神藤が声を震わせた。「完全オフのきょうび、当直の警備員ぐらいしかいないのか」

「ええ」結衣は醒《さ》めた気分でうなずいた。「ウイルス騒動のせいで甲子園歴史館は長期休業中。スタジアム見学ツアーもないし、前売り券を扱う窓口も閉まってる。球場を完全に支配下に置ける」

「係長」神藤がたまりかねたように語気を強めた。「答えてください。なにをしようというんです」

畑野が哀れむような目つきになった。「神藤。俺たちはな、野球がしたかったんだ」

「野球？」

「いちどぐらい広々とした甲子園のグラウンドでな」

「ふざけないでください。ウイルス騒動の影響で、グラウンドの水はけ改良工事が中断したままです。センバツの中止を受け工事期間も延期して、まだ整備が終わってない」

結衣はため息をついた。「草野球場の陥没と、犯行声明に留《とど》めるなんて、絶妙なさじ加減。これ以上の事態なら県警が出張ってくる。これ以下なら緊急事態にみなされない。特務一係だけで球場全体を独占できるのは、この段取りしかなかった」

神藤が声を張りあげた。「豊沢さん、香村さん！　なぜ係長に与《くみ》するんです。警備員を不正に追い払うなんて、警察がやることじゃありません。なんらかの違法行為が前提でしょう。考え直してください」

豊沢が冷淡にいった。「おまえなにか忘れてないか。そこにいる小娘は、殺人を自供したんだぞ」

「それについてはちゃんと調べます。でも逮捕には早すぎます。あなたたちの不審な行動こそ、いま追及が必要です」

「追及か。立場がわかってねえな」

香村の尖《とが》ったまなざしが神藤を見つめた。「せっかくおまえを生かさず殺さずにしといたんだ。薄々勘づいたとしても、最後まで大人しくしていられなかったのか」

「どういう意味ですか」

結衣は神藤にささやいた。「内部調査班対策でしょ。組織ぐるみで不正をおこなう部署は、全員を共犯にしない。出世が見こまれる若手ひとりだけを蚊帳《かや》の外に置く。部署が疑われたとき、信頼度の高い人間が真っ先に事情聴取を受けるから」

畑野が目を細めて苦笑した。「こりゃまいった。さすが優莉匡太の娘だ。俺らの内情にも詳しいな」

「権力の塊みたいな警察組織が清廉潔白なわけないでしょ。不正と隠蔽が日課のくせに」

神藤が額に青筋を浮きあがらせ吐き捨てた。「俺はちがうぞ」

豊沢が呆《あき》れたようにいった。「だから飼い殺しにしといてやったんだろうが。おまえ去年の夏、寿命が十年縮まったとかいってたな。きょうはもっと縮めたぞ」

「銃を下ろしてください。本当に撃ちますよ」

「ああ、かまわん。撃て。おまえは優莉結衣と一緒に蜂の巣だが」

張り詰めた空気が室内に充満する。神藤の拳銃を握る手は尋常でないほど震えていた。好ましくない状態だと結衣は思った。元ワルのくせに良心を捨てきれていない。あれでは敵が発砲しても、なお撃ちかえすのをためらうだろう。

吉瀬が拳銃を神藤に向けながら後ずさった。ドアを開け放ち、刑事部屋に声を張った。「非常事態だ。神藤刑事が同僚に拳銃を向けてる」

ざわっとした驚きの反応が結衣の耳に届いた。私服たちが戸口に殺到してくる。刑事部屋にとって返した者から順に、拳銃を手に戻ってきた。ほどなく制服警官も交ざりだした。刺叉《さすまた》が何本も突きだされる。

まずい事態にちがいない。部屋の出入口を完全に固められた。そもそもドアの外は刑事課だった。これほど不利な状況はめったにない。

畑野が余裕を漂わせながら、戸口を固める私服のひとりにいった。「植松《うえまつ》。現状を目視したな。神藤を現行犯逮捕しろ。優莉結衣も殺人を自供した。通常逮捕だ。留置場に連行しておけ。特務一係は球場に向かわなきゃならん」

「了解」精悍《せいかん》な顔のスーツが、両手で拳銃をかまえながら応じた。まさに刑事の鑑《かがみ》だ、結衣は皮肉にそう思った。

特務一係の刑事たちが拳銃を下ろし、勝ち誇った顔でドアの外にでていく。畑野もそれにつづきながら、ふとなにか思いついたように足をとめた。

「ああ」畑野が蔑視《べっし》に似たまなざしを結衣に向けた。「そういえば、きょうのゲストはきみだけじゃないんだ。きみと関わりがあった泉が丘高校の生徒さんたち、それに担任の先生な。念のため呼んでおいた」

結衣は動揺を顔に表わすまいとした。「なんのために?」

「去年の夏の甲子園、優莉結衣について事情をききたいと伝えた。通常そんなことはしないが、旅費もだしてあげたよ。球場内をめぐりながら話そうといったら、喜んで飛んできた。センバツが中止になって悔しい思いをしていた以上、当然の反応だろうな」

球場内に人質をとった。畑野はそうほのめかしている。結衣が強硬手段にうったえるのを防ぐためだろう。所轄署の汚職係長のくせに、思いのほか切れ者だった。

結衣は畑野にきいた。「逆転劇があると思わない？　甲子園だけに」

「そりゃ楽しみだ」畑野はドアに向かう途中で足をとめ、結衣におじぎをした。「優莉結衣を逮捕できたとは警察官冥利《みょうり》に尽きる。試合はワンサイドゲームで面白みにかけたがな。留置場でまってってくれ。戻ってきたら取り調べを始める」

18

山海鈴花は三塁ベンチをでて、甲子園のグラウンドを見渡した。自然に感慨がこみあげてくる。ほどなく涙が滲《にじ》みそうになった。

午後の明るい陽射しが球場全体に降り注ぐ。青空の下、グラウンド一帯はオレンジいろのシートに覆われていた。土も芝生もほとんど見えない。ひとけもなかった。空席のスタンドばかりがひろがっている。

父の山海俊成は、ずんぐりした身体に4XLサイズのスタジャンを着こみ、ふらふらとグラウンドに歩みでた。「いやあ、懐かしいな。俺らのころよりずっと新しくなってる」

ふたりの刑事が同伴している。そのうちのひとり、永草が声をかけた。「すみません。そこから先は立入禁止で」

「おう、すまん。つい昔の癖で、マウンドに向かうところだった」

担任教師の普久山だけが笑った。五人の生徒らは無反応だった。鈴花は気恥ずかしくなった。はしゃぐ父について、ただひたすら申しわけなく感じる。

永草が俊成にいった。「単純に危険なんですよ。水はけ工事中で、シートの下がすぐそこまで掘られてるんです」

「あー、新聞で見たな。地下二メートルから五メートルが割栗石層《わりぐりいし》になってて、そこに太い配管を通すとか」

「ええ。ゲリラ豪雨対策で」

「そうか。雨も増えたからなぁ。表面の土も取り替えるんだよな。夏は鹿児島の黒土が六割、京都の陸砂《おかずな》が四割だったな。春は逆になるとか」

「阪神園芸が毎年二トンも土を補充するんです」

「俺も持ち帰った。なあ鈴花。いまだに近所の親子連れがたずねてきたりするよな、甲子園の土に触らせてくれって」

鈴花は父を無視した。父は甲子園に関する記事を読みあさっている。どうでもいい知識自慢もいつものことだった。相槌《あいづち》など打ちたくない。

周りに目を向けた。鈴花を含め、生徒たちはみな制服姿だった。野球部のエース、滝本のたたずむ背がある。ひたすらマウンドのほうを眺めていた。

歩み寄りながら鈴花はいった。「また来れてよかったね」

滝本は力なく微笑した。「いまごろあそこで投げてるはずだった」

無観客か中止か、高野連の判断が先延ばしになるあいだ、野球部はみな練習に励んできた。中止の報を受け、部員全員が涙に暮れた。滝本の無念を知ればこそ、安易なことは口にできない、鈴花はそう思った。

それでもいうべきことはひとつしかなかった。鈴花はささやいた。「きっと夏にまた」

「三年になる俺たちにはラストチャンスだよな」

肥え太ったスタジャンが、刑事らの白い目にもおかまいなしに、ピッチングのフォームを繰りかえしている。俊成が笑いながら呼びかけた。「滝本君、どうだ。泉が丘高校のグラウンドより、ここでやるほうがさまになってるだろ」

滝本は愛想よく笑った。「そうですね」

エースに気を遣わせるとは無神経な。鈴花は腹を立てた。「お父さん。やめてよ」

だが滝本は鈴花を制してきた。「いいから。山海も残念だったよな。今回のセンバツはベンチ入りする予定だったんだろ?」

少しばかり心が沈みかけたものの、鈴花は笑顔を取り繕った。「夏に一緒に来ようね」

「そうだな」滝本の目が芦崎に向けられた。「なあ。おまえは新学期から二年だろ。うらやましいよ」

芦崎は近くに立ち尽くしていたが、あわてぎみに姿勢を正した。「あ、はい。でも、補欠ですから」

「せっかくだからここの土を踏めるよう頑張ったほうがいい」

「はい」芦崎が弱々しく応じた。「無理とは思いますけど、なんとか」

二年二組の女子生徒、飯塚麗奈が近づいてきた。「ここに来ると五回表の攻防を思いだすね。滝本君、クリーンナップを三者連続で抑えて」

滝本は頭を掻《か》いた。「六回でまた追加点を食らったよ」

「かっこよかった。最終回も抑えきって一点差を維持してたし」

同じく二組の男子生徒、津田秀照は麗奈に気があるのだろう。長距離バスの車中、鈴花は津田の態度を見て悟った。いまも津田は、麗奈が滝本と話すうち、ひとり落ち着かなくなったらしい。そそくさと歩み寄ってきた。

「なあ」津田がいった。「きょうって、優莉結衣について話をきかれるんだよな。俺も飯塚も、優莉の両隣りに座ってただけで、特になにもねえんだけど」

鈴花は困惑をおぼえた。「わたしがいちばん関わったのかな……。優莉さんがベンチのすぐ裏まで入りこんできたから」

滝本が首を横に振った。「俺は見なかったな。無関係なのについてきて、なんだか申しわけないよ。山海から甲子園ってきいて、どうしても来たくなって」

「だいじょうぶです」鈴花は笑ってみせた。「うちのお父さんもそうだし」

自然に目がベンチに向いた。女子生徒がひとりグラウンドにあがらず、ずっとダグアウトのなかをうろついている。二年二組の桧森愛加。長距離バスで挨拶《あいさつ》したが、極度の人見知りのようだ。

鈴花は声をかけた。「ねえ、桧森さん。優莉さんとどんなふうに関わったの？」

「え？」愛加は戸惑いのいろを浮かべた。「さあ。あまりおぼえてない……」

すると刑事のひとり、倉木が告げてきた。「彼女はアルプススタンドで優莉さんと目が合ったんだよ。互いを意識しあうような顔だったので、いちおう事情をきかせてもらおうと思って」

愛加がうつむいた。鈴花は複雑な感情を抱いた。警察は望遠カメラかなにかで、試合中ずっとアルプススタンドを見張っていたのだろうか。優莉結衣を観察するのが目的だったのはわかるが、あまりいい気分はしない。

津田が鈴花にきいてきた。「優莉がなにか、おかしなことをするのを見た？」

「おかしなことっていうか、勝手に他校の練習を妨害したのは、ほんとにびっくりした。でもあれって……」

「なに？」麗奈がきいた。

「ブルペンの隅に不審者が隠れててさ。優莉さんは最初からわかってたみたいだった。結果論かもしれないけど、ほっといたらなにかやばいことが起きそうだったのを、優莉さんが防いだっていうか……」

「ああ」津田が色めき立った。「俺たちも似たような状況だった。小学生が持ってきた荷物、いま思いかえすとやばくてさ。粘土みたいなのは爆弾だったんじゃないかって」

麗奈が目を瞠《みは》った。「爆弾？　あれが？」

津田はうなずいた。「映画でああいうの見たことがある。スマホがくっついてたけど、起爆装置ってやつかも」

「そんなことなんでわかるの」

「優莉がアルミホイルでくるんでた。このあいだ『ターミネーター　ニューフェイト』ってのを観たら、受信を妨害するためにそうしてた」

滝本が真顔になった。「俺は優莉のことをよく知らないが、ニュースじゃいろいろ噂されてるよな。武蔵小杉高校ではテロリストの仲間なんてささやかれたけど、飛行機が墜落しかけたときには、ハイジャックに率先して立ち向かったとか」

鈴花はいった。「それも噂だとかニュースできいたけど……」。乗りあわせた生徒がみんな言葉を濁しがちで、真相はまだあきらかじゃないって」

永草刑事が布袋をひろげながら近づいてきた。「忘れてた。みなさん、スマホや携帯電話をお持ちなら、いま回収します。休業日の球場内で使用するのは、規則で禁じられてるので」

思わず苦笑した。懐かしい甲子園名物の白い布袋。試合直前に女子マネージャーが持ちまわり、選手たちからスマホを集める段取りだった。

津田が不満そうにこぼした。「なにも回収しなくても……」

普久山が歩み寄ってきて、スマホを袋に投げいれた。「みんな規則には従えよ」父の俊成もいわれたとおりにするのを見て、鈴花は同じようにした。全員がスマホを提出する。どうも、と永草が頭をさげ、袋を携えながら立ち去った。

倉木刑事が声を張った。「みなさん。そろそろなかに入りましょう。優莉結衣と接触した状況について、個別に詳しく話をききます」

「おお」山海俊成は小走りにベンチに駆けていった。「ありがたい。グラウンドはいいが、やっぱちょっと寒いな。いまさらウイルスにやられたくもないし」

生徒たちは互いに視線を交錯させた。どの顔にも当惑のいろがある。優莉結衣は不審人物、そういう前提の事情聴取なのはあきらかだ。

しかしどう答えるべきだろう。津田の話が本当なら、結衣はアルプススタンドを惨劇から救ったのかもしれない。三塁側ベンチ裏やブルペンを駆けまわったのも、悪意があったわけではない可能性がある。結衣には善悪両方の噂がささやかれる。元死刑囚の娘だけに、いまだ悪い噂のほうが優勢に思える。だがそちらのほうがまちがっていたとしたら。

ふたりの刑事にうながされ、鈴花たちはベンチに向かった。なんとなく気が重い。押されぎみの試合で守備から引き揚げるナインは、こんな心境だろうか。

19

警備長の江熊敏久はきょう非番だったが、副球場長から電話で話をきき、じっとしていられなくなった。私服のまま球場に赴き、別棟のビルの三階、警備室に向かった。

ドアは開放されていた。ほの暗い室内にふたりの刑事がいる。去年の夏にも会った。名前はたしか柿川と宇留間だった。当直の男性警備員、菊本《きくもと》がブースに居残り、柿川に操作方法を教えている。

「次に」菊本がマウスを滑らせながらいった。「これがモニターの切り替えです。メニュー画面で録画のオンオフも可能です」

柿川が壁のモニター群を眺め渡した。「屋内通路はほとんどモノクロ映像になってるな」

「いま球場内は全消灯の状態なので、窓から陽射しが入らない場所は、暗視カメラに切り替わってます」

「球場の外も映ってる。クラブハウスは?」

「阪神タイガースのクラブハウスですか。あそこは球場と渡り廊下で結ばれてますけど、警備はここと別です。モニターもつながれてません。きょうは休業ですし、誰もいませんよ」

「なるほど。わかりやすい説明だった」

「どうも」菊本がブースをでて、ドアに向かってきた。江熊と目が合い、表情に困惑のいろが浮かぶ。「ああ、警備長」

江熊は苛立《いらだ》ちとともにいった。「持ち場を離れるのか。勤務中だろう」

ふたりの刑事が振りかえった。宇留間がやれやれという態度で書類をしめしてきた。「令状だ。けさの大阪府箕面市の騒ぎはきいてるな？　犯行声明を受け、西宮市長が緊急事態と解釈。特別地域条例に基づき、ここは我々が仕切る」

「市長を丸めこんだのはあんたらだろう。私を嵌《は》めたな」

柿川が悠然とした態度をとった。「なんのことかわからんな」

「とぼけるな。去年の夏のことだ。あの騒動はあんたらのしわざだ。きょうなにを企《たくら》んでるか知らんが、甲子園で勝手な真似は許さんぞ」

宇留間は手錠をとりだすと、腕時計を眺めながらつぶやいた。「午後一時四十一分。公務執行妨害により逮捕。あとひとことでも屁理屈《へりくつ》をこねたらそうなるが、家族に申しわけが立つか？　まさかその歳で独り身じゃないよな？」

菊本はおどおどしながら立ちすくんでいた。柿川が目でうながすと、菊本は恐縮の面持ちで江熊におじぎをし、ドアへと立ち去った。

腹立たしい刑事どもだ。江熊はふたりを睨《にら》みつけた。「常設店舗の皿ひとつ割れただけでも承知せんぞ」

「それは心がけるが、ピザーラのピールは失くしちまうかもな」

刑事ふたりが下品な笑い声を発した。江熊は憤りとともに踵《きびす》をかえし、警備室をあとにした。

誰もいないビルを一階まで下り、江熊は屋外にでた。ビルと球場の谷間を足ばやに抜けていく。煉瓦《れんが》畳の広場にひとけはない。チケット売り場前も同様だった。窓口は閉鎖されている。球場周辺はどこも閑散としていた。新型コロナウイルスのせいで、みな外出を控えるようになって久しい。兵庫は東京に次ぐ感染クラスター数と報じられてしまった。いまごろは春のセンバツで賑《にぎ》わうはずが、ゴーストタウンのようなありさまだった。

この歳になって愚弄《ぐろう》されるとは思わなかった。帰ってビールを呷《あお》らねば気がおさまらない。コロワ甲子園で買っていくか。

高架下に向かおうとしたとき、広場の一塁方面を、十トントラックが徐行していった。荷台はアルミの密閉型だった。車体が球場の陰に消えていく。試合でもないのに、あんな大型車両が乗りいれるとはめずらしい。警備長としてなにもきいていないが。

ふしぎに思いながら、外周に沿って一塁側へと歩きだした。球場周辺の煉瓦畳の広場は、常に緊急車両の進入が可能なよう、全域を空けておくきまりだった。無許可でクルマを停めさせるわけにいかない。

トラックは球場の外壁に寄りつかなかった。代わりに深緑いろの大きな建物、阪神タイガースと英字のロゴが記されたクラブハウスに向かっていく。あの内部にはタイガースの屋内練習場やロッカールームがある。二棟が並列に連結された構造だが、片方は宅配便センターや郵便局のように、手前側の間口全幅がトラック専用ガレージになっていた。積み卸し用のプラットホームと倉庫を備えるが、いま倉庫の出入口にはシャッターが下りている。

にもかかわらず十トントラックが五台、プラットホーム側に尻《しり》を向け、並んで駐車していた。エンジンはかかっていない。運転席にも人の姿はなかった。建物は沈黙し、積み卸し作業がおこなわれる気配もない。

江熊は不審に思いながら歩み寄った。トラックの狭間《はざま》に作業着がひとりいた。身をかがめ、タイヤをチェックしているようだ。

ドライバーかもしれない。江熊は声をかけた。「すみません。このトラックは……」

ふいに後頭部に打撃を受けた。意識を喪失しないまでも激痛が襲う。江熊はめまいに襲われ、平衡感覚を維持できなくなった。その場に膝《ひざ》をつき、前方に突っ伏した。

20

結衣は甲子園署の会議室で、ひしめきあう刑事らに囲まれていた。私服の女性警察官が手錠をかざしながら歩み寄ってくる。「両手をだして」

隣りで神藤はなおも拳銃《けんじゅう》をかまえていた。「おい！　まさか同僚の俺に、手錠を嵌める気じゃねえだろうな」

植松という刑事が表情を硬くし、自身の拳銃をホルスターに戻した。「わかったから銃を下ろせ」

一般人が相手なら、まずありえない温情がしめされる。警察官に手錠はよほど屈辱なのだろう。署内を留置場へ移動するだけなのに、過剰な拘束は必要ない、そんな判断もあるようだ。

女性警察官も不服そうな顔で手錠をしまいこんだ。ふたりを逮捕するにあたり、ひとりだけ手錠というわけにはいかないらしい。

ところが次の瞬間、神藤の左腕が結衣の首に絡みついた。ほとんどプロレス技のヘッドロックも同然に引き寄せられる。神藤は結衣を抱えこんだまま、こめかみに銃口を突きつけてきた。

室内がどよめいた。刑事たちが狼狽《ろうばい》しながら、ふたたび拳銃を神藤に向ける。誰もが口々に怒鳴った。人質を放せ。馬鹿な真似はやめろ。ただちに銃を捨てろ。

結衣はしらけた気分で身を任せていた。本来ならこんなぶざまを許すはずもない。だがいまは神藤の呼吸を理解できた。結衣も武蔵小杉高校で同じ手を使った。包囲する敵を退かせるため、矢幡総理の頭に銃を突きつけ、人質をとるふりをした。

決断と行動に結衣との共通項がみられる。神藤という男の二面性が浮き彫りになってきた。模範的な公僕は、たいてい真意を内に秘めている。偽りとは少しちがう。職務への信念は変わらない。ただ純粋に不正を憎む心が、警察組織の無責任さに耐えきれなくなる。不良だったころの反抗心がふたたび頭をもたげ、素顔が浮かびあがってくる。

神藤が怒鳴った。「刑事部屋に戻れ！　全員だ。窓際に立ってなにもするな。ひとりでもうろちょろしてたら、署内に女子高生の死体が横たわるぞ」

植松がうろたえる反応をしめした。「よせ。逮捕前に被疑者を射殺するなんて前代未聞だ。それも未成年者を……」

「署内で優莉匡太の次女を死なせたら、さすがに隠蔽《いんぺい》なんか無理だよな。わかったらさがれ。余計な真似をするなよ。刺叉《さすまた》をひっこめろ。早くでてけ!」

刑事たちは緊張の面持ちで後ずさり、次々と戸口から消えていった。最後に植松がゆっくりと退いた。

会議室内に誰もいなくなった。神藤は結衣を抱きかかえ、慎重に戸口へと近づいていった。なおも銃口が結衣のこめかみに突きつけられている。

神藤が耳もとでささやいた。「ようすを見てくれ」

結衣は人質にとられたまま、戸口の向こうに目を向けた。刑事たちはいわれたとおり窓ぎわに整列している。だがここから廊下にでるまでの進路沿い、事務机の下に男がひとり潜んでいた。片脚がわずかにのぞいている。

窓ぎわの顔ぶれを確認してから、結衣は神藤に小声で告げた。「さっき部屋に押し寄せた刑事のうち、ひとりだけ机の下に隠れてる」

「どんなやつだ」

「四角い顔に黒縁眼鏡、生えぎわが後退してる。たぶん三十代だけど老けて見える」

神藤が声を張りあげた。「小渕《おぶち》！　優莉結衣が頭をぶち抜かれるのはてめえのせいだ、警察の歴史に汚名を刻みやがれ」

小渕と呼ばれた刑事が、泡を食って事務机の下から飛びだし、窓ぎわへと駆けていった。

やっと進路が開けた。神藤は結衣を盾にしながら、ゆっくりと刑事部屋に踏みだした。廊下に面した戸口へと一歩ずつ進む。ドアは開け放たれた状態だった。

結衣は神藤の耳にのみ届く、微妙な声量でささやいた。「五歩進むたびに立ちどまって、窓ぎわの端から端まで目を向けて。スマホで応援を呼ばれないよう、早めに釘《くぎ》を刺しとくべき」

「そうだな」神藤はいわれたとおり五歩で制止した。「おい！　スマホをいじるな。ちゃんと見てるからな。指一本でも動かしたらこいつを殺す」

刑事たちがすくみあがり、一様に表情を凍りつかせた。神藤に引きずられながら結衣は戸口に近づいた。

廊下の床に落ちた影を見てとった。結衣は小声でいった。「ドアの外、右側にひとり潜んでる。戸口に迫ったら、廊下に向けて二発威嚇発砲、すぐまたわたしのこめかみに銃口を戻して」

「飛びかかられるんじゃないのか」

「間近に銃声をきいて動じない人間は警察官にもいない」

神藤は戸口の手前に達すると、片手撃ちで廊下に発砲した。銃声が二度つづけて耳をつんざく。室内の刑事たちがいっせいにびくついた。

ふたたび結衣のこめかみに銃口が接した。結衣は小さくつぶやいた。「熱《あつ》っ」

「すまない」神藤も小声で応じた。廊下をあわてて走り去る靴音がきこえる。結衣を人質にしたまま、神藤は廊下へと滑りでた。

銃声が轟《とどろ》いた直後だからだろう、廊下は蜘蛛《くも》の子を散らしたように、完全な無人状態と化していた。戸口から制服警官らが怯《おび》えた顔をのぞかせる。

「さがれ」神藤が歩を速めながら怒鳴った。「部屋の奥に遠ざかれ。飛びだしてきたら引き金を引く」

ふたりで階段に飛びこむや、ただちに駆け下りていった。神藤の腕の圧迫が緩みがちになったため、結衣は手で引き寄せ、銃口をしっかりこめかみに当てさせた。一階廊下でも警官や来署者らがあわてたようすで退いていく。結衣は神藤に歩調を合わせていたが、ほとんど駆け足となり、仕舞いには疾走していた。勢いにまかせロビーを突っきり、そろって玄関を飛びだした。

玄関前の短い外階段を駆け下りると、一方通行の狭い道路を横断した。高架下の駐車場に駆けこんだ。パトカーが数台停車している。結衣は走りながらきいた。「キーは?」「ない」神藤は結衣を解放し、ひとり駆けていった。「球場はすぐそこだ。自分の脚で走ればいい」

結衣も神藤に併走した。ふたりで駐車場を突っきり、向こう側の金網フェンスを乗り越えた。後方を一瞥《いちべつ》する。追っ手の警察官の群れは、まだ玄関をでたところだった。

高架沿いを甲子園筋方面へと走りつづける。交差点の信号は赤だったが、かまわず駆け抜けていった。周りにクラクションが鳴り響く。球場外周の広場に入った。神藤が三塁方面に向かおうとしたため、結衣は腕をつかみ引き留めた。反対方向のライト外野席方面を指差す。神藤は理解したようだった。三塁方面には警備室のあるビルが建つ。直接そちらに向かえば迎撃される恐れがある。逆回りに別の入口を探したほうがいい。どこにいようが監視カメラには映る。それでも敵の要塞《ようさい》に直進するよりは、迂回《うかい》ルートを見いだすほうが、いくらかましな戦術に思える。

甲子園歴史館の入口は固く閉ざされていた。ほかのゲートも同様だった。煉瓦《れんが》畳の広場は、神社との狭間《はざま》に差しかかると幅が縮小していた。追っ手から見えづらくなるのは都合がいい。そこを駆け抜け、なおも球場外周を疾走しつづけた。

結衣は走りながらきいた。「どこの暴走族だった？」

　ふたりで競いあうがごとく走りつつ、神藤が苦笑ぎみにいった。「京都。修羅宇都《シュラウド》にいた」

「ああ」結衣は応じた。「クロッセスが暴走族時代に、西への遠征でぶつかったっていう」

「血みどろの闘争だった。公にはなってないけどな」

「刑事になってからは不祥事がない？」

「いや」神藤の横顔に翳《かげ》がさした。「宇治《うじ》市に住む三人が、女子高生をレイプして殺した。俺は三人とも射殺した」

　冗談のようにあっさりした物言いにきこえた。結衣はつぶやいた。「きかなかったことにする？」

「いや。そいつらは俺が抜けたあとのシュラウドのメンバーだった」

「理由があるんでしょ」

「三人とも中一だった」

　微量の電流が背筋を駆け抜けた。結衣は猛然と走りつづけることで平静を保った。

「十三歳？」

「三人ともな。犯人は割れていたが、十四未満じゃ裁けない。被害者の葬式で、棺《ひつぎ》にすがりついて泣く両親を見たとき、俺のなかで吹っきれるものがあった」

「ばれなかった？」

「ばれたら刑事なんかやってない。死体は炭になるまで燃やした。DNA鑑定で身元は判明したが、弾丸は俺の手で摘出済みで、物証は皆無だった」

「後悔は……」

「してない。わかるだろ。きみの素顔を知ったいま、一部共感してる」

「わたしなんか買いかぶらないほうがいい」

「きょう気づいた。きみと俺は近い」

「犯罪者なら畑野係長の仲間になったほうが楽でしょ」

「ありえない。俺はクズを殺す。犯罪をすべて憎む」

「殺人も犯罪だけど」

「いや。クズを見逃す法律のほうが犯罪だ。集団でひとりを嵌《は》めようとする卑劣な奴らはよくいる。シュラウドもそうだった。真実に気づかせてくれて感謝してる」

「いまいったでしょ。買いかぶらないでよ」

結衣は黙って走りつづけた。父も警察官の仲間を多く引きこんだ。こんなやりとりがあったのだろうか。サイコパスは人を魅了するという。あんなに暴力的な父だったのに、ときおりみせるやさしい笑顔がたまらなく好きだった。あれもサイコパスのなせるわざか。だとすれば神藤の見ている結衣の素顔とは、偽りの仮面にすぎなくなる。

仲間などいらない。半グレ集団の結成につなげたくない。それ以上に、自分がサイコパスだと認めたくない。中一、十三歳で殺人を犯した自分が。

ライト外野席の外周を走破し、一塁側アルプススタンド裏に差しかかろうとした。結衣ははっとして立ちどまった。神藤も制止した。ふたりで球場の外壁に身を這《は》わせる。

クラブハウスに五台の大型トラックが停まっていた。積載量は十トンクラスだった。試合もない日だというのに怪しい。

神藤が息を弾ませながらささやいた。「奴らが球場を独占してなにを狙ってるか、見当がつくか？」

「わからない。でもどうせ金でしょ」

「どうやって儲《もう》ける？」

「ボロ倉庫を所有してるだけでも、麻薬取引に貸せる。これだけ広い球場を、監視もなく一定時間独占できる権限を、犯罪市場で売りにだせば高値がつく」

「需要はなんらかの取引か？　でも広すぎるだろ。京セラドームのほうが屋根もあるし、上空から見られる心配もないだろうに」

スマホで情報を検索したいところだが、あいにくふたりとも奪われてしまった。真実は自分たちの目でたしかめるしかない。

クラブハウスのほうから、男の荒っぽい声がきこえてきた。「いいからさっさと歩け」

トラックの狭間から人影が現れた。ふらつきながら歩を進めるのは、白髪頭にベージュのブルゾンを着た男性だった。

神藤がささやいた。「江熊警備長だ」

スーツがふたりつづいた。結衣も顔を知る刑事たちだった。鵜橋と佐潟は拳銃《けんじゅう》をめだたないよう低く携え、江熊の背後を狙っていた。脅して歩かせているのはあきらかだ。周囲には誰もいない。

どうせ監視カメラに動きをとらえられている。結衣は足ばやに近づいていった。ふたりの刑事がびくっとして足をとめた。

神藤も結衣に歩調を合わせながらいった。「鵜橋さん、佐潟さん」

まだ連絡が届いていないらしい。刑事たちは拳銃を引っこめると、硬い顔で見つめてきた。鵜橋が警戒心をあらわに応じた。「なんだ？　神藤じゃないか。そっちは優莉結衣か。なぜ連れてきた。署内で保護してるんじゃないのか」

「警備長」神藤は先輩刑事らを無視し、江熊にたずねた。「なにがあったんですか」

江熊が頬筋《きょうきん》を痙攣《けいれん》させながら、思いきったように声を張った。「こいつらは警備員を追いだした。なんらかの違法行為に及ぼうとしてる」

緊張が辺りを包みこんだ。神藤がふたりの刑事を睨《にら》んだ。鵜橋と佐潟はぎこちなく口もとを歪《ゆが》めた。ごまかしの笑顔なのはあきらかだった。

鵜橋がさも平然といった。「知ってのとおり緊急事態で警戒してるんだ。警備長はきょう非番のはずなのに、ここで不審な動きをとっていたので……」

タイヤのきしむ音がした。一般車が乗りいれるはずのない煉瓦畳の広場を、セダンが急速に接近してくる。赤色灯を屋根に載せてはいないものの、フロントガラスのなかの顔ぶれから覆面パトカーだとわかった。運転席に香村、助手席に豊沢がいる。覆面パトカーは至近でステアリングを切り、横向きに急停車した。

後部座席の窓から畑野が怒鳴った。「鵜橋、佐潟。そいつらを始末しろ。神藤もだ！」

ふたりの刑事が身構えるより早く、結衣は神藤とともに突進した。拳銃を撃たせたのでは銃声が轟《とどろ》いてしまう。そうなる前に躍りかかった。エンジン音がひときわ騒々しく唸《うな》った。覆面パトカーはUターンして走り去った。

鵜橋は拳銃を突きだし片手撃ちの体勢をとった。結衣は低く跳躍し、左脚を太股《ふともも》までで鵜橋の右腕に深々と絡めた。鵜橋の銃口を逸《そ》らしながら右腕を強くねじった。関節を逆方向にひねりあげる。鵜橋が苦痛にばたつきながら重心を崩した。仰向《あおむ》けに倒れた鵜橋の喉《のど》もとを、結衣は体重ごと片膝《かたひざ》で圧迫した。

佐潟が拳銃を結衣の頭に突きつけてきた。いまにもトリガーを引き絞ろうとしている。だが結衣はいっこうに動じなかった。神藤がすでに佐潟の背後をとらえているからだった。

間髪をいれず神藤の右腕が佐潟の首に絡みつき、チョークスリーパーで絞めあげた。佐潟が泡を食ってのけぞる。拳銃を持った手を振りかざしたものの、銃口は空を向いていた。神藤は反撃の手段を完全に封じている。佐潟はばたつきながら苦しげに喘《あえ》いだが、しだいに動きが鈍くなった。

結衣も鵜橋の窒息を狙っていた。けれども鵜橋の拳銃が江熊に向けられてしまった。結衣は片膝を浮かせ、鵜橋の腕にしがみつこうとした。だが鵜橋は転がって逃れ、距離を置いて立ちあがった。

鵜橋が拳銃で結衣を狙おうとする。しかし結衣が臆《おく》する状況ではなかった。鵜橋は結衣にばかり気をとられ、江熊の存在を忘れている。特殊警棒を伸ばした江熊が、気合いとともに襲いかかった。勢いよく振り下ろされた警棒は、鵜橋の手首をしたたかに打った。鵜橋は苦痛の呻《うめ》きを発した。打撃はさらに数回つづき、拳銃が煉瓦《れんが》畳に投げだされた。

「クソが」鵜橋が痛みに顔をしかめながら悪態をついた。「小娘、調子に乗るな。てめえなんかヤク漬けの性奴隷にしてやる」

結衣は冷やかな気分で歩み寄った。「あいにく八か月前とはちがう」

鵜橋がナイフを引き抜き突進してきた。結衣は身を翻しながら右脚を跳ねあげ、鵜橋の右手をナイフごとスカートで包みこむと、外側から両手で絞りこんだ。ローキックを鵜橋の膝に浴びせ、鵜橋を前のめりにつんのめらせた。スカートはナイフに裂かれたものの、鵜橋は突っ伏す寸前の無防備な体勢になった。結衣は左右の手で鵜橋の頭髪と顎《あご》をつかんだ。鵜橋の落下する体重を利用しつつ、瞬時に顎を耳の位置までひねった。首の骨の折れる音が籠《こ》もりがちに響いた。鵜橋はうつ伏せに煉瓦畳に叩《たた》きつけられ、ぴくりとも動かなくなった。

神藤のほうも決着がついていた。脱力しきった佐潟が放りだされた。佐潟は目を剝《む》き、瞳孔《どうこう》が開ききっている。絶命はあきらかだった。

江熊が荒い呼吸とともにきいた。「死んだのか？」

即死させたのはむしろ手心だと結衣は思った。首の骨は折り損なうと頸椎《けいつい》損傷に留《とど》まる。そうなったら全身麻痺《まひ》か植物状態で余生を過ごすことになる。

神藤が死体のポケットをまさぐった。トランシーバーがつかみだされたが、結衣は首を横に振ってみせた。電波を発信する物を持ち歩きたくない。神藤はふたつの死体を両手でひきずり、トラックの荷台の下に押しこんだ。拾った二丁の拳銃のうち、ひとつを結衣に投げ渡してくる。もう一丁はマガジンだけを抜き、やはり荷台の下に投げ捨てた。

「江熊さん」神藤がたずねた。「こいつらいったいなにを?」

「わからん。私のスマホをへし折って壊しやがった」江熊は無残に割れたスマホをとりだした。突然の状況に混乱しているらしく、しきりに目を泳がせたのち、江熊は愕《がく》然《ぜん》とした顔を向けてきた。「あんた優莉結衣さんだな。優莉匡太の娘の。人殺しの噂は……」

「本当だった」結衣はつぶやいた。「それがなにか?」

「いや。あんたが来なきゃ俺は殺されてた。あいつらは俺を処刑するといってた。刑事の風上にも置けん奴らが」

神藤は醒《さ》めきった表情でいった。「俺はこれで四人だ。少年三人に警察官。捕まれば極刑だな」

さしておおごとでもない、捕まらなければいい。結衣はそう思った。裂けたスカートのほうが気になる。縦方向に裾《すそ》まで破れ、内股がのぞいていた。もう芳窪高校の生徒ではないため、割引で買えない。この制服を着るのもきょうが最後だろう。

ベレッタ92ヴァーテックを握ってみる。意外にもしっくりくる。グリップが手に馴《な》染《じ》む気がした。結衣はささやいた。「ベレッタは嫌いだったけど、これは撃ちやすそう」

神藤がうなずいた。「私服警察官仕様だ。グリップの後ろが膨らんでないからな。銃身も少し短くなってる」

結衣は拳銃をブレザーのポケットにおさめた。江熊にきいた。「ほかに不審者は？」

「作業着のドライバーがいた。見たのはひとりだが、台数ぶんいるんだろう。時間までほかで待機するといって姿を消した」

「これらはなんのトラックですか」

「さあな。初めて見た」

神藤がクラブハウスに向き直った。「こっちから入れますか？」

「無理だ。施錠されてる。クラブハウスの合鍵《あいかぎ》は、警備長の俺も持ってない。だが球場のゲートなら開けられる。監視カメラで動きは連中に筒抜けだろうが」

球場内には泉が丘高校の生徒らがいる。結衣はつぶやいた。「たとえ見張られていても、もう躊躇《ちゅうちょ》はしてらんない」

21

鈴花たちはベンチ裏の選手控え室から通路を抜け、三塁側ロッカールームに戻った。

夏の甲子園大会とはずいぶん様変わりしている。もともと広めの多目的ルームでしかない。いまはもう報道関係者のデスクや機材は跡形もなかった。代わりに金網の間仕切りが部屋じゅうを占め、それぞれ小さな区画に等しく分けている。ふつう誰もが思い描くようなロッカーは見あたらない。前面に扉もない、金網に囲まれたひとりぶんのスペースを、選手用ロッカーと呼ぶらしい。ひとつの区画ごとにハンガーとパイプ椅子、スリッパが割り当てられていた。

生徒らはあちこちのスペースにひとりずつおさまり、パイプ椅子に腰かけた。担任の普久山や、鈴花の父である山海俊成も同じようにしている。

俊成が機嫌よさそうにいった。「プロになってもビジター選手はこんな扱いか。まるで囚人だな」

父の軽口にはうんざりさせられるものの、言いえて妙だと鈴花は思った。どことなく閉塞《へいそく》感がある。窓のない部屋、蛍光灯のみが照らす環境のせいか。隣りを見れば、金網ごしに滝本の姿が見えている。それぞれのスペースには扉がないため、閉じこめられたりはしないが、ひとりずつ狭い個室に監禁されたような錯覚におちいる。

ほかにも不安を感じる要因があった。倉木と永草という刑事が立ち話をしている。ふたりとも言動は穏やかながら人相が悪い。警察官と知らなければヤクザかと思うほどだ。これからひとりずつ呼びだされ、優莉結衣について質問を受けるようだが、なんとなく心もとない。あの顔で睨《にら》みつけられたら震えあがってしまいそうだ。

津田の声がきこえた。「ここ浴室だってよ。試合が終わってから風呂《ふろ》に入るのかな」

鈴花は立ちあがり、声のするほうに向かった。ベンチにつづく通路とは逆側、ブルペン方面への廊下に面した戸口の近く、津田が立っている。麗奈も一緒にいた。浴室というネームプレートのかかったドアに興味を引かれたようだ。ふたりでドアを開けようとする。

「ちょっと」鈴花は歩み寄った。「勝手に開けないほうがいいんじゃない?」

麗奈がばつの悪そうな顔になった。「あー、やっぱそうだよね」

津田は苦笑しながらいった。「なんだよ。誰か入浴中ってわけじゃねえんだぜ?」

そのとき廊下に面したドアが開き、スーツがふたり踏みこんできた。ひとりは太った丸顔、もうひとりは眼鏡をかけた細面だった。ふたりは鋭い眼光を放ちながら、誰かを捜すようにロッカールームの奥へと向かった。

永草の声がした。「吉瀬、蓮波。こっちだ」

ふたりが歩を速めた。鈴花は気になって後ろ姿を目で追った。どうやらあのふたりも刑事のようだ。四人は寄り集まると、小声でぼそぼそと話しあった。

やがて四人は硬い顔でうなずきあい、懐に手を滑りこませた。黒光りする物体がとりだされる。拳銃《けんじゅう》だとわかった。

鈴花のなかに衝撃が走った。津田を振りかえってささやいた。「大変」

だが間髪をいれず、四人は部屋じゅうに散りながら、大声でまくしたてた。「動くな! 全員、両手を見えるところにだしとけ」

倉木も怒鳴っていた。「もう取り調べごっこは終わりだ。人質になってもらうから、そのつもりでいろ」

誰もが絶句する反応をしめした。金網で仕切られた個室の狭間《はざま》を、永草がつかつかと歩いてくる。愛加が怯《おび》えた顔で立ちあがり逃げだした。

だが永草は愛加の後ろ襟をつかんだ。「じっとしてろってのがわからねえのか」つんのめりそうになった愛加を、永草は片手で振りまわし、近くの金網に強く叩きつけた。鈴花は自分の悲鳴をきいた。麗奈の叫びだったかもしれない。永草はなおも愛加の顔を金網に繰りかえし衝突させた。愛加はぐったりして天井を仰いだ。鼻血が噴きあがるのがはっきりと見えた。

普久山があわてたようすで飛びだした。「やめろ！」

だが行く手に倉木が立ちふさがった。倉木は拳銃を振りあげると、普久山を力いっぱい殴りつけた。普久山は人形のように弾《はじ》き飛ばされ、騒音とともに床にくずおれた。滝本が太った刑事にしがみついたものの、瞬時に叩《たた》きのめされた。ふたりの刑事が突っ伏した滝本を蹴《け》りこんだ。

山海俊成が血相を変え突進した。「よせ！　なにをするんだ」

永草が俊成に向き直った。拳銃で俊成の膝《ひざ》を狙ったかと思うと、いきなり発砲した。銃火が稲光のように閃《ひらめ》いた。想像を絶する轟音《ごうおん》が室内を揺るがした。

鈴花は慄然《りつぜん》とせざるをえなかった。父が床に突っ伏した。脚は血まみれになっている。床にも赤いものがひろがりだした。苦痛の呻《うめ》き声だけが鈴花の耳に届いた。

ふいに芦崎がわめき声を発しながら、鈴花のほうに走ってきた。四人の刑事が向き直ったのがわかる。芦崎は身体ごと鈴花にぶつかった。すぐわきにいた津田とともに、鈴花はドアの外に突き飛ばされた。

倉木の怒鳴り声が響いた。「まて！」

気づけば期せずして暗い廊下に転がっていた。津田と芦崎も近くに倒れている。父の声がきこえてきた。「鈴花！　逃げろ！」

刑事のひとりの声がじれったそうに吐き捨てた。「うるせえぞ、おっさん」

傷口を踏みにじったのか、父の絶叫が響き渡った。鈴花は震えあがった。津田の手が鈴花の腕をつかんだ。次の瞬間、鈴花は駆けださざるをえなかった。津田の手が強く引っぱる。芦崎も一緒に走っていた。

廊下に青白い閃光《せんこう》が走り、銃声が耳をつんざいた。追っ手が銃撃してくる。鈴花は悲鳴をあげながら走りつづけた。三塁側監督室に三塁側食堂、ドアプレートの前を次々と駆け抜けていく。曲がりくねった廊下の先に、いきなり視界が開けた。深緑いろに塗られた鉄の骨組が、見上げんばかりの高い天井までつづく。スタンドの屋台骨とおぼしき空間だった。たしかどちらかの方角に進めば12号門にたどり着く。だがいまはルートがまるで思いだせない。

三人でひたすら無我夢中に走った。どこをどう来たか、まるで把握できていない。

気づけば見覚えのない場所にいた。コンクリート壁の囲む空洞は、三塁側ブルペン付近に印象が似ているが、どうもちがうようだ。土間に雑多な備品が積みあげられ、まるで粗大ゴミの集積場だった。津田がその陰に鈴花と芦崎を引っぱりこんだ。三人は身を寄せあい、息を潜めながら隠れた。

靴音が反響する。刑事が追ってきている。ひとりではなくふたりいるようだ。鈴花は自分の口を両手で押さえた。嗚咽《おえつ》が漏れそうになったからだ。やはり全身の震えがおさまらない。

耳もとで押し殺したような泣き声がきこえる。芦崎が大粒の涙を滴らせていた。

「おい」津田がじれったそうにささやいた。「芦崎。静かにしろ」

ところが芦崎はしゃっくりを繰りかえすようになった。くぐもった呻き声がとめどなく漏れる。津田が苛立《いらだ》ったように手を伸ばし、芦崎の口をふさいだ。

うろつく靴音が徐々に大きくなる。辺りをつぶさに観察しているようだ。靴音は二か所からきこえる。どちらもしだいに近づいてきた。鈴花は息が詰まりそうだった。芦崎がときおり呻吟《しんぎん》する。津田が芦崎の口をより強く圧迫した。

静寂のなか、刑事の声がきこえた。「いたか？」

「いや」別の声が悪態をついた。「ガキどもめ」

「どうする？　いざというときグラウンドに駆けだされちゃ……」

「そうなる前に始末する。いまは時間が迫ってる。あとで鑑識の奴らを呼んで、この一帯を徹底的に捜そう。戻るぞ」

「まて」

まだ靴音が遠ざからない。なにもかも見通すような視線が、鈴花の身体を横切っていく、そんな感触があった。思いすごしにすぎない、そう信じようとしても耐えられない。芦崎も限界のようだった。顔を真っ赤にして震えている。じきに叫び声をあげそうだ。

やがて靴音が響きだした。なおも執着するように辺りをうろつく。だがようやく歩調が速まりだした。ふたりの靴音が小さくなっていく。かなりの時間が過ぎた。やっとなにもきこえなくなった。

津田がささやいた。「行ったかな」

鈴花は震える声を絞りだした。「たぶん」

ため息がきこえた。津田はほっとしたようすだったが、すぐに怒りをあらわにし、芦崎の胸倉をつかみあげた。「この馬鹿野郎。飯塚を置き去りにしちまったじゃねえか」

芦崎が泣きながら情けない声を発した。「ごめんなさい。どうしても怖くて、逃げだしたくなって」

「しっ」鈴花は静寂をうながした。「ねえ津田君。なんでこんなことになったの？あの人たち刑事じゃなかったの？」

津田が唸《うな》った。「さっぱりわからねえ。普久山もなにも知らなかったみたいだし」

まばゆい銃火がふたたび目の前に閃く気がした。父が撃たれた。悲痛な叫びを耳にした。鈴花は両手で頭を抱えた。寒くてたまらない。全身の血管が凍りついたかのようだった。

ただちに通報したい。しかしスマホは回収されてしまった。いま思えばあの段階から、鈴花たちの自由は奪われていた。球場の外と連絡をとるすべもない。たとえ一一〇番できても、それで助かるとはかぎらなかった。いまも警察官に命を狙われているではないか。

芦崎が弱気につぶやいた。「ここにいちゃ危ない。どっかほかにいかないと」

「あ？」津田がまた憤然とした。「馬鹿いえ。むやみに動けるかよ」

「でも」芦崎はおろおろと弁明した。「鑑識を呼ぶとか、さっきいってなかった？見つかっちゃうよ」

鈴花は首を横に振った。「鑑識って警察でしょ。なんでわたしたちが追いかけられなきゃならないの」

津田が舌打ちした。「わけわかんねえけど、大勢に囲まれちゃ逃げ場はねえよな。俺たちがグラウンドにでたら困るとかいってたけど」

「やめてよ」鈴花は泣きそうになった。「人目に触れる場所にでるなんて無理。絶対に撃たれる」

芦崎の頼りなげな声がささやいた。「いちおう見つかりにくい場所は思いあたるけど」

「どこ？」鈴花はきいた。

「よせ」津田が顔をしかめた。「あてになるかよ、こいつのいうことなんか」

すると芦崎が不服そうにつぶやいた。「去年の夏も、ずっとそこに隠れてた」

にわかに周りの空気が変化したように感じた。あの日、第四試合が終わるまで、芦崎はひとり行方知れずになっていた。そんな話をあとできいた。発見されずに済むのなら、そこに隠れるのが理想的かもしれない。鈴花はささやいた。「津田君」

しばし沈黙があった。津田が頭を掻《か》きむしった。「わかった、そこへ行こう。芦崎、なるべく安全な道筋を選べよ。なにかあったら承知しねえぞ」

芦崎はなにも答えず、ゆっくりと物陰から抜けだしていく。鈴花は不安とともに津田を見た。津田も鈴花を見かえした。ふたりそろって立ちあがり、芦崎のあとにつづいた。

脈拍が激しく波打ち、いまにも胸が張り裂けそうだった。悪夢のなかにも思えてくる。けれどもこれは現実にちがいない。どうすればいいのだろう。帰りたい。なにもなかった日常に戻りさえすれば、それ以上なにも求めない。

22

甲子園署の刑事第二課、特務一係長の畑野御唐《みとう》は、警備室のモニター群を前にたたずんだ。ほかに四人の刑事たちがいる。豊沢と香村は近くに控えていた。柿川はブースでマウスを操作し、モニター映像をあちこち切り替える。宇留間の操作するエアバンドレシーバーが甲高いノイズを響かせる。

エアバンドレシーバーはＵＨＦ周波数帯、２４３・０００メガヘルツを広範囲にサーチしている。航空無線の国際緊急周波数だった。兵庫県下には陸上自衛隊の基地しかないうえ、神戸空港は民間機ばかりだ。捕まえるべき電波は明確に区別できる。

畑野のなかで苛立ちが募った。「優莉結衣の居場所は？　まだわからんのか」

ブースの柿川が応じた。「クラブハウス前から球場のほうに戻ってきたのは、さっ

き の録画映像であきらかです。神藤と江熊も一緒でした」

「鵜橋と佐潟は殺《や》られたか」

「ここの管轄の監視カメラだと、あいつらのいたクラブハウス前は死角なので、現状は確認できません。誰かを差し向けないと」

豊沢がトランシーバーにいった。「鵜橋。佐潟でもいい。応答しろ」

「無駄だ」畑野はため息をついた。「死んでるよ」

「畜生が」豊沢が不愉快そうにトランシーバーを放りだした。「優莉がトランシーバーを奪い去ってりゃ、位置もすぐ割りだせるんだが」

柿川が憂鬱《ゆううつ》そうにつぶやいた。「発信電波はクラブハウス前から動いてねえ。優莉は触りもしてねえらしい」

畑野は首を横に振ってみせた。「映画とはちがう。優莉は百も承知してる。まずいな。誰かを行かせるのも危険だ。屋外だけに人目に触れては困る」

球場の内外に監視カメラは無数にあるが、ここ警備室のモニター数はかぎられている。すべてをいちどに表示できるわけではない。よって映像を頻繁に切り替えながら、侵入者の姿を捜索せざるをえなくなる。むろんすべての映像ソースは常時録画中ゆえ、モニターに出力していなかったカメラの映像であっても、過去に遡《さかのぼ》ってチェックできる。とはいえいまは時間との勝負だった。広大な球場に忍びこんだネズミの駆除を急がねばならない。

結衣と神藤が逃亡した、署からそう連絡が入ったのは十五分ほど前のことだ。使えない署員どもに腹が立ったが、こちらで処理するから応援はいらない、折りかえしそんなふうに伝えた。クラブハウス前へと移動するふたりの姿を監視カメラで発見した。だが鵜橋と佐潟は、江熊を捕らえ取りこみ中だったせいか、トランシーバーに応答しなかった。よってクルマで駆けつけ、直接指示せざるをえなかった。ドタバタばかりがつづく。予想していたことだが、甲子園球場はあまりに広い。少人数体制では手に余る。

耳障りなノイズがフェードアウトし、代わりに音声がきこえてきた。畑野は語学に明るくないが、英語と中国語、ロシア語のフレーズが繰りかえされているのがわかる。

「きた」柿川が声を弾ませた。「領空からの退去を命じてる。自衛隊機だ」

畑野はきいた。「F－15Jか？」

「ええ。わざわざ遠方からスクランブル発進してきました。でも領空侵犯機はゆっくり進むばかりだから、通り過ぎては旋回しなきゃいけない。埒《らち》があかないってんで、兵庫県警航空隊のヘリに支援を求めたようです。もうヘリが来てる」

「狙いどおりだな。クジラからのレスポンスは？」

スピーカーからきこえてきたのはタイ語だった。自衛隊機の戸惑ったような沈黙に、警備室内の面々が笑った。

関西には航空自衛隊基地が一か所しかない。その奈良基地にも航空団はおらず、ヘリの配備もない。ふつう領空侵犯といえば、仮想敵国からの戦闘機の飛来を想定している。甲子園浜沖にいきなりタイの大型輸送ヘリが捕捉《ほそく》されるなど、まるっきり予測不能の事態だろう。

ヘリは新型コロナウイルス対策の支援物資として、大量のマスクとアルコール消毒液を積んでいる、タイ語でそう主張しつづける。操縦装置の不具合で針路が変えられないとも伝えている。神戸空港に誘導しようとする自衛隊機を尻目《しりめ》に、通称クジラは直進し、許可なく甲子園球場に着陸する。

そもそも日本の防空体制は甘すぎる。領空侵犯したのが戦闘機であっても、日本の法律では事実上、撃墜など絶対にできない。敵対行動があってからしか応戦できないと定められているからだ。ましてこのような事態では、性善説的解釈が基本になる。あくまで退去を呼びかけ、それが駄目なら強制着陸。ほかに手立てなどない。

排他的経済水域内、接続水域ぎりぎりの近海を航行する、大型タンカーの甲板からクジラが離陸。超低空飛行で二十四海里をまっすぐ甲子園浜に接近。早期警戒レーダー網が察知し、自衛隊機が飛んできても、あらゆる警告を無視しつづける。所要時間はごくわずかでしかない。このような無線がきこえたときには、もうクジラはすぐ近くにまで来ている。しかも甲子園球場への着陸は、いっさい事前に通告しない。自衛隊機も県警航空隊のヘリも、クジラの動きを目視し、直前になってようやく着陸場所を悟るだろう。

電話が鳴った。柿川が受話器をとる。「球場警備室です。……はい。了解しました。おっしゃるとおり現在、球場の警備は甲子園署がおこなっています。すべてこちらで情報を集約します」

クジラが球場に下りるのを察知し、緊急連絡が入った。きょう球場がたまたま所轄の管理下にあることを、自衛隊も県警も喜んだにちがいない。畑野の気分は昂揚《こうよう》した。順調だ。連中はこちらが迅速に協力し、緊急車両を迎えいれると信じる。すなわちゲートが開くまで、消防車にしろ自衛隊の特殊車両にしろ、球場の外で待機せざるをえなくなる。

領空侵犯機が不時着した私有地が、民間の管轄であれば、やむをえず警察が強制的に踏みこむことになる。けれどもすでに警察がそこにいて、すべてを取り仕切っているとなれば、応援が駆けつけるまで頼りにされる。こちらが連絡するまで、県警航空隊のヘリも着陸せず、上空から見守るばかりになる。稼げる時間はわずかでしかないが、それだけで充分だった。

柿川が声をあげた。「いたぞ！　右から六列目、上から四番目のモニター」

全員が反応した。畑野も固唾《かたず》を吞《の》んで画面を凝視した。屋内通路を三人が駆けてくる。結衣、神藤、それに江熊だった。

「あれはどこだ」畑野はきいた。

「一塁側アルプススタンド裏、３－Ａ出入口付近」

豊沢がドアに駆けだした。「始末してきます。おい香村」

「わかってる」香村が拳銃《けんじゅう》のスライドを引き、豊沢につづいた。

畑野は無意識のうちに額を拭《ぬぐ》ったが、手にぬめりを感じた。汗だくになっているのに気づかされる。無理もなかった。この賭《か》けに勝ったのち、コロナウイルス感染のないソロモン諸島に高飛びし、莫大《ばくだい》な報酬とともに一生を豪勢に過ごす。全員が家族を捨てる覚悟だった。いよいよ最終段階にきた。どうあっても失敗は許されない。いまさらネズミごときに邪魔されてたまるものか。

23

結衣は神藤とともに三階の屋内通路を駆けていった。天井の蛍光灯は消えているが、窓から陽光が射しこむため、行く手は明るかった。非常灯が点《つ》いている。通電していないわけではないようだ。どこもスイッチをいれれば照明は灯《とも》るだろう。

背後から江熊が息を切らしながら呼びかけた。「まってくれ。そう急ぐな」

神藤がじれったそうに振りかえった。「だから外にでて通報してくれといったのに」

「警備長が真っ先に逃げだせるか。ここの保安に全責任がある」

通路に緑いろの公衆電話があった。結衣は立ちどまり、受話器を外した。なにもきこえない。緊急通報ボタンを押してみたが、やはり無反応だった。ため息とともに受話器を戻したとき、ふと音に注意を喚起された。

いつしか静寂が破られていた。一定のリズムの爆音が響いてくる。神藤も気づいたらしい、緊張の面持ちでつぶやいた。「この音は?」

三人は互いに顔を見合わせた。爆音はどんどん大きくなっていた。結衣は3－Bの出入口に走った。短い階段を上がり、三人とも無人のアルプススタンドに繰りだす。

嵐のような強風が吹き荒れている。グラウンドを覆い尽くすオレンジいろのシートカバーが激しく波打っていた。上空に目を向けたとたん、結衣は思わず息を呑んだ。ずんぐりとした巨大な機体が空中にあった。ゆっくりと降下してくる。CH-47チヌーク、二基のメインローターを前後に備える大型輸送用ヘリだった。全長はたしか約三十メートル、幅約四メートル、定員五十五人。自衛隊でも採用しているが、いま空にある機体は真っ白で、側面に赤十字の塗装があった。タイ語の表記も見えるが、なんと書いてあるのか結衣にはわからなかった。

ほんの二、三分でグラウンドに着陸する、それぐらいの高度にまで下りてきている。上空にはほかにも数機、小ぶりなヘリが見てとれた。A109やEC155は県警航空隊のヘリにちがいない。それ以外はテレビ局の機体かもしれない。いずれも空高くを旋回していた。市街地ではむやみに低い高度を飛べない。すなわちCH-47は航空法を無視している。

強風と爆音のなかで神藤が怒鳴った。「なんだ⁉ 不時着かよ」

結衣は思いつくままにいった。「これが目的だった。集団不正入国と密輸。たぶん武装集団と兵器類」

「なに⁉」神藤が目を瞠《みは》った。「そんな物騒な連中が積み荷を下ろせるわけがない。

見ろ。県警のヘリも監視してる」

江熊が険しい表情になった。「いや、ひょっとしたらありうる。あのシートカバーの下は工事中で、幅三メートルほどの壕《ほり》が縦横に掘られてる。うち一本は真んなかから三塁側ベンチの前まで達してる。深さは五メートルぐらいか」

そういうことか。結衣はうなずいた。「CH－47は後部だけじゃなく、底部にもハッチがある。真下に荷物を吊《つ》るして運ぶとき、それを監視するための開閉部で、約二メートル四方。人が抱えられるぐらいの荷物なら下ろせる」

神藤が信じられないという顔でヘリを見上げた。「乗員がそこからシートカバー下の壕に潜りこむって？　着陸までにシートカバーが風で飛んじまうだろ」

「いや」江熊が否定した。「台風でも吹き飛ばないよう、しっかり打ちつけてある。グラウンドの保護は重要だ。二毛作の芝も混合土も、雨ざらしじゃ傷んじまうからな」

「わかってきた」神藤がいった。「グラウンドの周りをスタンドが囲んでる以上、着陸後の機体を真横から見る目はない。県警のヘリも真上で監視するのみだし、乗員が機体の底から脱出しても気づけない。でもあの赤十字マークは？」

結衣は首を横に振った。「偽装。どうせマスクとか防護服も貨物室に積んでる。あとで言いわけできるように」

「乗員がこっそり三塁側ベンチに入ったとして、そこから先はどこへ行く？」

「屋内通路を三塁側から内野席、一塁側までまわって、渡り廊下をクラブハウスに向かう。上空からはいっさい見えない。最後はさっきのトラックで脱出」

「ああ、そうか。畑野はトラックについて、民間車両を退去させたと署に報告するだけだ。球場の周りには緊急車両が集結中だろうが、五台のトラックはまんまと逃走しちまう」

「その後すぐ警察官や消防士、自衛隊員が球場内に迎えいれられる。残るのは大型ヘリが不時着したって事実だけ。パイロットは逮捕、領空侵犯や無断着陸を咎《とが》められるだろうけど……」

「機内に置き去りになってる贈り物のマスクやらが軟化させる」神藤が苦々しげにいった。「考えたな。ウイルス騒動で球場周辺にはひとけがない。センバツ中止、グラウンドの工事。なにもかも余すところなく使ってやがる」

江熊が両手で頭を掻《か》きむしった。「白昼堂々とは大胆な奴らだ」

夜間では真っ暗で着陸できないからだ。グラウンドに照明を配置したのでは、事前に準備していたことがばれる。

たしかに大胆なやり方ではある。だがチュオニアン騒動で海上警備隊が警戒を強め、権晟会の密輸ルートも壊滅したいま、瀕死《ひんし》の国内反社勢力が望みを託せるのは、トロイの木馬しかなかったのだろう。大勢の武装集団を動員し、武器を大量に調達しうる最終手段。すなわち畑野の取引相手がどこか、おのずから浮かびあがってくる。

行く先々で田代ファミリーの企てとぶつかる。いや、それだけ田代槇人の息がかかった勢力が、全国津々浦々で常時暗躍している、そう考えるべきだった。

神藤が上空の県警ヘリに大きく両手を振った。だがほどなく表情を曇らせた。「駄目か。みんな大型ヘリにしか目がいかない」

四万七千人が入るスタンドで、ひとり手を振ったところでどうにもならない。視野があまりにも広すぎる。

「おい」江熊がきいた。「あの子たちは?」

一塁側アルプススタンドの隣り、アイビーシートの中段あたりで、三人の制服が上空に手を振っている。結衣は目を凝らした。泉が丘高校の生徒、みな見覚えがあった。女子生徒は山海鈴花。男子生徒は津田と芦崎だとわかる。

爆音のなか銃声が耳に届いた。鈴花の悲鳴もかすかにきこえた。三人が屋内通路に逃げこんでいく。

内野スタンドの一塁寄りに敵勢が群れをなしていた。総勢十数人。ふたりがスーツ、あとは青っぽい制服だった。生徒を付け狙っていたらしい。出入口に殺到し、屋内通路に向かおうとしている。

結衣は身を翻し、3―B出入口の短い階段を駆け下りた。屋内通路に入ると、アイビーシート方面へと全力疾走した。神藤と江熊も背後につづく。

階段を下り、二階屋内通路に入ろうとしたとき、鈴花の悲鳴が響いてきた。三人の靴音があわただしく駆けてくる。さらに追っ手ひとりの靴音が間近にきこえていた。

鈴花ら三人が階段の下り口を通過した。結衣はすばやく躍りでた。角刈りの豊沢がぎょっとして立ちどまり、拳銃《けんじゅう》を向けようとしてくる。結衣は上段廻《まわ》し蹴《げ》りを放ち、豊沢の腕をしたたかに打ち払った。豊沢は拳銃を手放さなかったものの、体勢を崩し転倒しかけた。それだけで充分だった。結衣は片手撃ちで豊沢の肩に発砲した。銃声がけたたましく通路に反響する。血飛沫《しぶき》が舞った。豊沢は後方に弾《はじ》け飛び、背を壁に打ちつけ、ずり落ちて床にへたりこんだ。

豊沢の顔は汗だくになっていた。激痛と恐怖に歪《ゆが》んだ表情が結衣を見上げた。「このクソアマ。撃ってみろよ。おまえは人殺しとして一生苦しむことになる。罪を背負う覚悟があるなら撃て。どうした、早く撃て!」

「頼まれなくてもそうする」

「おいまて！　まさか本当に撃つ気……」

トリガーを引き絞った。反動とともに煙が噴きあがり、薬莢《やっきょう》が排出されるのを目にする。弾丸は豊沢の眉間《みけん》から後頭部へと貫通した。ふたつに割れかかった顔面の左右が、溶けた雪だるまのように、時間差を置いて崩れ落ちる。血まみれの死体が床に横たわった。

結衣は背後を振りかえった。三人の生徒は腰を抜かしたも同然に、そろって尻餅《しりもち》をついている。鈴花と津田は目を瞠っていた。芦崎は鼻の頭を真っ赤にしてひたすら泣きじゃくる。

神藤と江熊が階段を駆け下りてきた。生徒たちに目をとめ、神藤が声をかけた。

「無事か」

銃声をききつけた敵の本隊が、間もなく駆けつけるにちがいない。結衣はわきの常設店舗を一瞥《いちべつ》すると、神藤に拳銃を投げ渡した。「援護して。江熊さん、三人を避難させて」

江熊が生徒たちに呼びかけ、ともに通路を退避していく。神藤は両手に一丁ずつ拳銃を握り、通路をゆっくり前進しだした。

結衣は常設店舗に駆け寄った。この半年間で体得した技、パルクールのステップヴォルトでカウンターを飛び越えた。冷蔵庫を開ける。目についた一・五リットルのペットボトルをとりだした。開栓するや斜めに傾け、中身の炭酸飲料をあるていどこぼす。目分量には自信があった。

「いたぞ!」男の怒鳴り声が響き渡った。緩やかにカーブした通路の行く手から、あわただしく敵勢が押し寄せてくる。

神藤が姿勢を低くし、左右の手で拳銃を撃った。敵の群れが踏みとどまった。カーブの陰から前進できずにいる。先頭が身を乗りだし、神藤に対し銃撃してきた。

結衣はチューブ式の味噌《みそ》を絞り、ペットボトルのなかにいれた。さらに牛乳をめいっぱい注ぎこんだ。蓋《ふた》をしてシェイクし、サラダ油のボトル二本とともに、電子レンジに放りこむ。電源が入った。扉を閉じ、千二百ワットのボタンを押した。

助走がなくても可能なシーフヴォルトで、カウンターを横方向に飛び越え、通路に復帰した。結衣は神藤にいった。「さがって」

神藤が拳銃一丁を投げ寄越《よこ》した。結衣はそれを受けとったが、敵勢に突撃したりはしなかった。逆に背を向け、ときおり威嚇発砲しながら後退した。神藤の逃走を援護するためだった。わざと神藤より遅れぎみに走った。

敵が群れをなして前進してきた。結衣は通路の真んなかに立ちどまった。

スーツは先頭にひとりだけ、サーファー顔の香村だった。青い鑑識課員の軍団が、通路いっぱいにひろがり香村につづく。結衣が静止しているのを見て、香村が後続の群れに立ちどまるよう合図した。結衣の狙いどおり、常設店舗のすぐわきに敵勢がひとかたまりになった。ほぼ全員が拳銃を結衣に向けている。

香村が勝ち誇ったような声を響かせた。「銃を捨てろ」

むろん応じない。結衣はつぶやいた。「鑑識が悪徳警官って斬新《ざんしん》」

「知性がある人間ほど、どっちにつくか正確にわきまえる。神藤、てめえは馬鹿だ」

結衣の後方で、神藤が淡々と応じた。「俺もどっちにつくかは正確にわきまえてる」

「あきれたな」香村が鼻を鳴らした。「おめえ優莉匡太の娘なんかの肩を持って、半グレにでもなるつもりか。世間がどっちに味方すると思う。おとなしく留置場に隔離されときゃ死なずに済んだのにな。優莉、地獄で父親に会え」

「田代ファミリーの誰と取引した？」結衣はきいた。

「口を割れってか？　おめえなんかに教えてどうなる」

「喋る気ないなら死ねばいい」

電子レンジがチンと鳴った。壁全体が噴火したかのように、灼熱《しゃくねつ》の炎が横殴りに敵勢を襲い、たちまち全員を呑《の》みこんだ。断末魔のわめき声は一瞬で途絶え、落雷に似た轟音《ごうおん》が耳をつんざいた。高温の爆風が吹き荒れるなか、人影が霞《かす》んで消えていく。激しく燃えさかる火柱が、眩《まばゆ》いばかりにオレンジいろの閃光《せんこう》を放ったのち、急速に暗くなった。耐火構造の内壁に延焼はせず、数秒で鎮火に向かった。あちこちくすぶるなか、真っ黒に焼け焦げた死体ばかりが折り重なる。

アンモニアやダイオキシンの悪臭が鼻をつく。理想的な結果だと結衣は思った。繊維や人肉の燃えるにおいが残っていたら、焼きぐあいが足りない。

結衣は歩み寄った。全身火傷《やけど》に留《とど》まっていそうな数人を見てとり、次々に頭部を撃ち抜いた。呻《うめ》き声が完全に途絶えたのを確認してから、踵《きびす》をかえし遠ざかる。

やはり火災報知器は切られているらしく、警報が鳴らなかった。窓ガラスが割れていないため、スタンド側の出入口からわずかに黒煙が立ち昇るのみだろう。ヘリの着陸が間近に迫った現在、上空の県警ヘリが気づく可能性はあるのか。

まず厳しいと結衣は思った。ペットボトルの内圧上昇を利用した手製爆弾は、一瞬の威力を発揮するものの、破壊の範囲は限定的に留まる。かといってわざと派手な火災を起こす気にもなれない。トラブルが発生すれば、大型ヘリが着陸を断念し、飛び去ってしまうかもしれない。

死体の群れから遠ざかるうち、背後に物音をきいた。瀕死《ひんし》の香村が上半身を起こした、息づかいからそうわかる。拳銃をなんとか持ちあげ、結衣の背を狙っているようだ。位置は把握済みだった。結衣は振り向きもせず、後方に左腕を伸ばし発砲した。香村の呻き声が漏れ、突っ伏す音がきこえた。

結衣は屋内通路を歩いた。2－C出入口付近で、生徒三人がへたりこんでいた。神藤と江熊が生徒たちに寄り添うように立つ。出入口から吹きこむ風が、全員の髪をなびかせる。誰もが半ば放心状態に見える。

江熊が唖然《あぜん》としながらつぶやいた。「あいつらを一瞬で……」

結衣は神藤に歩み寄った。「同僚たちはお気の毒」

神藤が平然と見かえした。「死んで当然の奴らだった」

大人たちはここが戦場だと理解しているせいか、状況を受けいれているようだった。問題は結衣と同い年の三人だった。

説得の必要があると思ったのだろう、神藤が慎重な物言いで切りだした。「みんなショックだっただろうな。でも優莉結衣はむやみに人を殺したんじゃなくて……」

「わかる」鈴花がぼそりといった。「もうわかってる。いまは頼りにしてる」

「ほう」江熊が意外そうにつぶやいた。「彼女を怖がって拒絶するかと心配したが」

鈴花は憔悴《しょうすい》しきったような面持ちで、小さく鼻を鳴らした。「それってむしろ大人の感覚でしょ。殺しに来るような奴らを殺してくれて、むしろすっきりする」

津田がこわばった顔でうなずいた。「ホームルームで模擬裁判員裁判をやったら、どのケースでもみんな死刑を求めたよ。高校生ってのはそんなもんだし」

爆音がひときわ大きくなった。突風が吹きこんでくる。出入口の向こう、CH－47の側面がゆっくりと下降する、冗談のような眺めがあった。いまにもグラウンドに着陸しようとしている。

茫然《ぼうぜん》と眺める鈴花の目が、しだいに潤みだした。「甲子園が……」

芦崎も外を見つめながら、頰に大粒の涙を滴らせていた。

春の大会が中止になった。それだけでも無念だったろう。なのにいま聖地が土足で踏みにじられるのを、野球部のふたりはまのあたりにした。

十代のアオハルか。ずっと意味のないことに思えていた。いまは鈴花たちの胸の痛みがわかる気がした。ふしぎなものだと結衣は感じた。殺伐とした人生のなかで、こんな心境に浸る一瞬がある。

もっとも鈴花たちと同じようには生きられない。やるべきことをやるだけだった。

結衣はきいた。「ほかには誰が来てる？」

津田が立ちあがり、鈴花に手を貸した。「うちのクラスは飯塚と桧森。担任の普久山も。あとはエースの滝本」

鈴花は津田の手をとり、ふらつきながら立った。「お父さんもいる」

思ったよりは少ない。結衣は鈴花を見つめた。「みんなはどこに？」

「三塁側ロッカールーム……」

神藤が唸《うな》った。「そいつはまずい。乗員どもは三塁側ベンチになだれこむんだろ。ロッカールームは確実に通るぞ」

津田が妙な顔をした。「乗員って？」

「優莉」神藤がいった。「ヘリの爆音が響いているあいだは、むしろチャンスだ。靴音が掻《か》き消されるからな。ロッカールームには俺が行く。優莉はみんなを安全なところへ連れてってくれないか」

江熊が神藤を見つめた。「三塁側ロッカールームなら、俺も一緒に行こう。近道を案内できる」

結衣は首を横に振った。「わたしがロッカールームに行ったほうがよくない？」

すると神藤が顎《あご》をしゃくった。結衣は振りかえった。鈴花が切実なまなざしを結衣に向けていた。生徒たちが頼りにしているのは結衣、神藤はそういいたいらしい。

津田が真顔でささやいた。「優莉、あのさ。アルミホイルに包んだあれ、爆弾だったんだろ」

「さあ」結衣はとぼけた。

「俺たちみんなを救ってくれたんだよな」

「どうせ爆発はしなかった」

「やっぱり爆弾だったんじゃねえか。なあ優莉。俺たちは誤解してた。いまさらなんだっていわれそうだけど、転校しないでほしかった」

苦い憂愁を感じる。こんな思いは濱林澪《はまばやしみお》にしか抱かなかった。いや、さまざまな出会いをきっかけに、自分は少しずつ変わってきたのかもしれない。

芦崎が号泣とともにすがりついてきた。「僕からもお願いします！　優莉先輩。頼りにしてます。助けてください」

津田が当惑顔になった。「おい……。ひくよ。余韻も吹っ飛ぶ」

結衣は考えをめぐらせていた。「避難させたいけど、いまここも監視カメラで見張られてる。安全に脱出できるルートがあるかどうか」

「あります」芦崎が興奮ぎみにいった。

鈴花が結衣にささやいてきた。「去年の夏も、ずっとそこに隠れてたって」

「どこ？」結衣は芦崎にきいた。

「すぐそこです」芦崎が通路の行く手に視線を向けた。渡り廊下へと折れる入口がある。

江熊がしかめっ面になった。「タイガースのクラブハウスか？　入れるわけがない。あっちは球場から完全に独立してる。警備長の俺も暗証番号を知らん」

「それが」芦崎が語気を強めた。「入れたんです」

すかさず鈴花が支持した。「ありうるって。芦崎君はパズル得意だし」

クラブハウスか。ヘリの乗員たちの脱出口でもある。だがそれゆえ建物の外にでられるはずだ。江熊の話では警備室の監視からも独立しているらしい。鈴花たちを逃がすには、それが最良の選択かもしれない。

議論の余地はなかった。結衣は通路内の監視カメラふたつを銃撃した。生徒たちが銃声にびくつく反応をしめす。ひとまず敵に見られなくなった。足ばやに移動を開始した。「行こ」

両手で拳銃《けんじゅう》をグリップし、銃口は下げながら小走りに前進する。視野を広く保つためだった。いまのところ周囲に敵の姿はない。

きこえてくるヘリの爆音が、ふいにトーンを変化させた。ピッチが低くなったように思える。着陸したようだ。もう一刻の猶予もない。

入口の柵《さく》をまたぎ、渡り廊下を駆けていった。行く手は自動ドアにふさがれていた。マンションのオートロックそっくりだった。傍らにテンキーが設置してある。五桁《けた》表示のディスプレイが備えられている。

芦崎が指さした。「柵よりだいぶ奥にあるから、いたずらで触る人はいません。見ればわかるけど6がいちばん摩耗してる。ほかに0と4と5もそれなりに」

ああ。結衣はテンキーを押した。65064。自動ドアは横滑りに開いた。

江熊が驚きの声を発した。「なんだ?」

神藤は鼻を鳴らした。「六甲《ろっこう》おろし。語呂《ごろ》合わせだ。優莉、みんなを頼んだ。俺と江熊さんはロッカールームに行く」

「気をつけて」結衣は応じた。鈴花たちをうながし、自動ドアのなかに駆けこむ。結衣は先行し、絶えず前方を警戒しながら三人を率いた。

後ろにつづく鈴花がいった。「芦崎君、冴《さ》えてる」

芦崎が応じた。「マンションのオートロックも単純だったりするし、ひょっとしたらそうかなって」

クラブハウス内は吹き抜けになっていた。二階の高さを空中回廊が走っている。津田が手すりから一階を見下ろした。「見ろよ。すげえぜ」

右手は広大な屋内練習場だった。設備も充実していて真新しい。三塁側ブルペンとは比較にならない。二階の開放されたドアの向こうには、重役会議室にしか見えない豪華な部屋があった。ドアプレートによると、タイガース一軍の専用ロッカールームだという。ビジターチームの扱いとずいぶん差がある。どこの球団もこうなのだろうか。

天井を見上げた。パネルの落下防止ネットは張られていない。屋根は接着合板製、梁《はり》は八本、斜材と壁のあいだに鋼トラス製の対傾フレーム。白色灯が下がっているが、いまはひとつも点灯していない。

空中回廊の左手には下り階段があった。眼下に倉庫のような空間がひろがる。天窓から陽が射すもののほの暗い。一階に下りてみると、段ボール箱が山積みになっていた。表記によれば中身は冷却スプレー。選手が次々に使うらしく、からになったスプレー缶が傍らのカゴに放りこんである。

正面のシャッターは固く閉ざされていた。だが壁面の床すれすれに小さな地窓があった。結衣は留め金を外し、サッシ窓を向こう側へ開けた。開口部は幅四十センチ、高さ二十センチほどだった。結衣は三人を振りかえった。みな痩《や》せている。人体は案外、細いところを通り抜けられる。侵入盗の基本だけに、この種のサイズの見極めについて、結衣は幼少のころから目を鍛えられていた。

結衣は三人にいった。「ここから抜けだして。最初のひとりは仰向《あおむ》けに足から入って、残りのふたりが両肩を押す。ふたりめからは頭が先。外にいる人が両腕をつかんで引っぱる。三人とも外にでたら、ただちに広場から退避して。住宅街だから人に助けを求められる。警察は頼りにしないで。敵が交ざってるかもしれない」

鈴花が不安な面持ちで見かえした。「三人って……。優莉さんは?」

「わたしはまだやることがある」

「なら」鈴花はきっぱりといった。「手伝う」

津田の目も同意をしめしていた。芦崎もおどおどしていながら、逃げたがる素振りは見せない。

それが三人の意思なら拒む理由はなかった。結衣はいったん地窓を閉じると、段ボール箱の山に駆けていった。使用済み缶をおさめるカゴの近くに、大型のペンチに似たツールが三本並ぶ。うち一本をとりあげた。缶用穴開け器だった。輪のなかに缶を挟み、二本の柄部《グリップ》を握りこむだけで、缶の側面にふたつの穴が開く。

結衣は道具を鈴花に渡した。「これで新品の缶に穴を開けて、使用済みのカゴに放りこんで。ひとり四十本がノルマ」

鈴花は戸惑いがちに、道具で缶を挟みこんだ。パチンと音がして穴が開いた。さほど力がいらないとわかったからか、鈴花はほっとした顔になった。

ふたりの男子生徒も作業を始めた。津田がいった。「これならどんどんいける。優莉、四十本でいいのか？」

「それ以上はいらない」結衣はシャッターに駆け寄った。配電盤を開けてみる。近くにあった工具箱からドライバーをとりだし、カバーをこじ開けた。開閉用モーターにつながる二本のコードをペンチで切断、銅線を露出させたうえ、先端を結ぶ。ふたたびカバーを元に戻した。

結衣は三人のもとに引きかえした。「いい？　ノルマを達成したら、あの地窓からでて。最後のひとりが抜けだしたら、しっかり窓を閉めていって。もし上に誰か来る気配があったら、作業を中断してでも脱出を優先して」

鈴花がまた困惑のいろを浮かべた。「優莉さん。どこに行く気？」

「穴開け器が三本しかない。わたしは三塁側ロッカールームに行く」

津田が顔をあげた。「なら俺も」

「駄目。これは重要なことなんだから、きちんとノルマを達成して。危険だから絶対に居残らないで」

返事はまたなかった。結衣は三人に背を向け、階段に急ごうとした。

「優莉さん」鈴花が呼びとめた。

結衣が振りかえると、鈴花は駆け寄ってきた。感慨深げな顔で結衣をじっと見つめる。やがて小さな物をとりだし、結衣の手に握らせた。白い布製で円盤形の小袋、表面には硬球の縫い目と、泉が丘高校の名が刺繍《ししゅう》してあった。必勝２０２０春のセンバツ、そう併記してある。

鈴花が目に涙を溜《た》めながら微笑した。「お守り。マネージャー三人で、野球部員全員のために作って……。中止になってもみんな受けとってくれたけど、滝本君にはどうしても渡せなかった」

「わたしから滝本君に渡せばいい？」

「そうじゃなくて……。甲子園で勝てることを祈って、一所懸命に縫ったからさ。あなたにもその幸運が通じてほしい。優莉さんが無事に帰ってこられるように」

結衣は鈴花を見つめた。鈴花の目に涙の粒が膨れあがった。瞬《まばた》きをまたず、涙は表面張力の限界に達した。ひとすじの雫《しずく》が鈴花の頰をつたった。

以前ならこんなことに心を動かされなかった。無意味な感情だと切り離してきた。いまは胸がじわりと哀感に満ちていく。

人殺しのくせに、己れの罪深さを棚に上げ、ひとり感傷に浸る。身勝手の極みだろう。だが天誅《てんちゅう》を食らうときには一瞬で食らう。それが運命ならいっこうにかまわない。捨て鉢な生き方を変えようとも思わない。

けれどもいまは願いを託された。明確にそうされたのは初めてのことかもしれない。

「ありがとう」結衣は静かにいった。「ホームベースに生還するから」

鈴花が笑った。結衣は踵《きびす》をかえし、階段を駆け上った。見送る三人の視線を感じる。これがアオハルだとしたら、たしかにレモネードのような甘酸っぱいにおいがする。少なくとも臭気に酸味が漂う。制服に付着した返り血のにおいかもしれないが。

24

愛加は恐怖に震えるしかなかった。ロッカールーム内はいまや死刑のときをまつ牢《ろう》獄《ごく》と化している。

パイプ椅子に座り、左右の手首は両側の金網に手錠でつながれている。愛加だけではない、普久山も滝本もそれぞれ一か所ずつの区画内で、同じように拘束されていた。麗奈の姿はここにない。彼女だけ別の場所に連れて行かれた。

鈴花の父、山海俊成は床で仰向けになっていた。やはり両手は自由にならず、手錠を嵌《は》められたうえ、金網の下部に固定されている。顔が真っ青になり、息も絶えだえというありさまだった。床には赤い水たまりがひろがる。右の大腿部《だいたい》が血に染まっていた。包帯がわりに巻かれているのは、愛加の襟にあったスカーフだった。普久山が応急処置がわりに縛った。しかし止血には不充分にちがいない。俊成の顔いろはどんどん悪くなっている。

うろつくふたりの刑事のうち、太った丸顔が吉瀬、眼鏡をかけた細面が蓮波だとわかった。互いをそのように呼びあったからだ。ほかに作業着姿の男たちが五人、三塁側ベンチ方面のドアに消えては、また落ち着かなげに戻ってくる。

吉瀬が作業着のひとりにきいた。「着陸したんだろ？　まだ来ないのか」

「もう下のハッチは開いてる」作業着が応じた。「荷物が多くて手間どってるみたいだ。じきに現れる」

さっきからずっと爆音が響いてくる。ヘリコプターだろうか。外がどうなっているか愛加には見当もつかなかった。知りたいとも思わない。いまはここから無事に逃れたい、ひたすらそれだけを祈りつづけていた。

作業着はいずれも丸腰のようだ。拳銃《けんじゅう》を持っているのは刑事ふたりだけだった。

愛加は滝本に目を向けた。滝本がしきりに室内の隅を見つめている。そちらには生徒たちの荷物がまとめてあった。リュックが山積みになっている。スマホは奪われてしまったが、滝本の横顔から察するに、なにか手立てがあるのかもしれない。

ふと優莉結衣のひとことが脳裏をよぎった。ばれないようにやれってだけ。例のカンニングについて、彼女はそんなふうにいった。

床に横たわる俊成が、半目を開いた状態で痙攣《けいれん》を起こした。

普久山が呼びかけた。「山海さん」

返事はなかった。肌が完全に血色を失っている。全身が断続的にひきつった。もう猶予はない。やれることはひとつだけとわかっていた。愛加は荒い呼吸をせわしなく響かせた。目を固く閉じ、できるだけ苦しげに喘《あえ》いでみせた。

蓮波が異常に気づいたらしい。「吉瀬」

小走りに駆けてくる靴音がする。吉瀬の声がきいた。「なんだ?」

「やばいんじゃねえのか」

「ほっときゃいい。人質がひとり減っても、たいして変わりゃしねえ」

「でもここに女子生徒はひとりだけだぜ?　もし連れてくことになったら、いちばん楽なのはこいつだろ?」

愛加は過呼吸芸を繰りかえしつつ、うっすらと目を開けた。滝本と視線が合った。次いで普久山のほうを見た。普久山が当惑ぎみに見かえした。愛加は無言のうちに協力を呼びかけた。

普久山はぎこちなく反応した。「すみません。彼女はパニック障害を患ってるんです」

蓮波が眼鏡のつるを指先でつまんだ。「パニック障害？　過呼吸か」

吉瀬は訝《いぶか》しげに見つめてきた。「そりゃ大変だ。ひとりだけ逃がしてやろう」

ここが肝心だと愛加は思った。吉瀬は鎌《かま》をかけている。安心感に症状が治まりだしたのでは、パニック障害でないと見抜かれる。愛加は変わらない息づかいで、ひたすらもがき苦しんでみせた。

本物の過呼吸かもしれない、吉瀬がそんな顔つきになった。「ほっときゃおさまるだろ」

普久山がいった。「発作止めの抗不安薬を飲ませないと」

「どこにある？」

「彼女のリュックに入ってるかと。そうだな、桧森？」

正念場がつづく。愛加は身体ごとのけぞり、ぜいぜいと呼吸を響かせながら、かろうじてうなずいた。

蓮波が吉瀬にきいた。「とってくるか？」

「荷物になんか触るな」吉瀬は室内を見まわした。作業着の連中を捜しているらしい。だがみなベンチ方面に出払っている。普久山を一瞥《いちべつ》したものの、薬のことをいいだした者は信用できない、そう思ったようだ。吉瀬はつかつかと滝本に近づいた。

吉瀬は右手の拳銃を滝本の頭に突きつけ、左手の鍵《かぎ》で手錠を外しにかかった。「おまえ、この女子生徒のリュックから薬をだせ。そこの洗面台に紙コップがある。水を汲《く》んできて、女子生徒に飲ませろ。妙なことはするなよ」

解放された滝本がひとり立ちあがった。愛加に視線を向け、黙って荷物のほうに歩きだした。折り重なったリュックの前にかがみこむ。吉瀬が滝本の背後に立ち、油断なく拳銃で後頭部を狙い澄ます。

蓮波のほうは愛加を凝視していた。愛加は蓮波を見かえした。なぜか蓮波が妙な表情を浮かべる。愛加ははっとした。そういえば過呼吸を忘れていた。

欺瞞《ぎまん》を見抜かれたらしい。蓮波があわてたように呼びかけた。「吉瀬！」

吉瀬が振りかえった。その瞬間、滝本が振り向きながら立ちあがり、手にしたバットを水平にスイングした。風を切る音とともに吉瀬の後頭部を強打する。硬い物が砕ける音がした。血飛沫《しぶき》があがり、吉瀬は目を剝《む》きながら前のめりに突っ伏した。

滝本のリュックにはバットがおさめてあった。いまやそれが唯一の武器だった。滝本は猛然と蓮波に襲いかかった。だが距離があった。蓮波は拳銃をまっすぐにかまえた。

閃光《せんこう》とともに銃声が轟《とどろ》いた。滝本がびくつく反応をしめした。しかし胸部から鮮血を噴きださせたのは、ほかならぬ蓮波のほうだった。信じられないという顔をドアに向けた。蓮波は両膝《りょうひざ》をつき、血の池につんのめった。べちゃりと音がした。

愛加のなかに衝撃が走った。きょう銃声をきくのは二度目、人が撃たれるのを見るのも二度目だった。しかも今度は倒れたっきり動かない。息ひとつしていないようだ。

ドアを踏みこんできたのはふたりの男だった。二十代後半とおぼしきスーツと、白髪頭にベージュのブルゾンの高齢者。スーツのほうが声を張った。「甲子園署の神藤です。こちらは江熊警備長」

普久山が焦燥をあらわにうったえた。「山海さんを。すぐ手当てが必要です」

神藤は俊成のわきにしゃがみ、手錠を開けにかかった。「江熊さん。死んでる奴の胸ポケットに鍵があります」

江熊が死体の胸もとをまさぐった。「鍵は共通か？　ずいぶんたくさん手錠を持ってたんだな」

「手錠は署内の売店で売ってるんですよ」

　ふいにベンチ方面のドアが開け放たれた。飛びこんできたのは、まず作業着がふたり。その後ろにつづく集団は、にわかには信じがたい風体をしていた。

　愛加にしてみれば、弟がプレイするFPSでしか目にしたことがない、そんな重装備の一群がなだれこんでくる。どんな素材なのか、ずんぐりした全身が黒光りしていた。ヘルメットにゴーグル、特殊なマスクが頭部を覆い尽くす。首から下はまさしく鎧《よろい》で、肉体のあらゆるパーツを無数のパッドで固め、ブーツまでが一体化している。いわばロボットの着ぐるみに似ていた。だが酔狂ではない。両手のなかに携えるのは短機関銃だった。

　作業着のひとりが室内の異変に気づき、後続の群れに怒鳴った。「撃て！」

　黒光りする兵士らが短機関銃をこちらに向けた。愛加はまだ両手の自由がきかなかった。あまりの恐怖に目を閉じることさえかなわない。

　だが反対側のドアから疾風《はやて》のような影が飛びこんできた。どこの高校かわからないブレザー姿、スカートは縦に裂け、太股《ふともも》までのぞいている。一見して優莉結衣とわかった。結衣は敵勢に突進しつつ拳銃を連射した。作業着のふたりがたちまちくずおれた。完全武装の兵士らにも、跳弾の火花があがったものの、驚いたことにびくともしなかった。動じない兵士たちの短機関銃が、いっせいに結衣を狙い澄ます。

結衣は異常なほど敏捷《びんしょう》だった。ただちに跳躍し、金網にかかったハンガーを手にとる。ハンガーの内側に人差し指をいれ、激しく横回転させた。兵士の首には防護服の隙間があるらしい。ハンガーのフックがそこに突き刺さった。おびただしい量の血液が噴出する。結衣は短機関銃を奪うと、至近距離から敵に掃射した。鼓膜が破れそうなほど発射音がけたたましく反響する。青白い光が矢継ぎ早に閃《ひらめ》き、動作がコマ送りに見えた。銃撃を受けた敵勢は将棋倒しになったものの、いっこうに血が噴きあがらない。短機関銃でも致命傷は与えられないのか。

見えたのはそこまでだった。神藤が飛びついてきて、愛加の手錠を開けにかかったからだ。ほどなく右手が解放され、そして左手が自由になった。愛加は神藤に抱き起こされた。

近くに俊成が立っていた。両脇を普久山と滝本が支える。俊成の意識は朦朧《もうろう》としているようだ。

結衣が引きかえしてきた。「逃げて!」

一同がドアに殺到した。武装兵士らは銃撃にもノーダメージだったらしい、なおも結衣を追いあげてくる。結衣が振りかえり短機関銃を撃った。愛加は江熊に突き飛ばされるも同然に、ロッカールームから廊下へと転がりでた。

愛加は起きあがり、廊下を駆けだそうとした。俊成を支える普久山と滝本は、さほど早くは走れない。先に行け、普久山がそう怒鳴った。江熊が露払いとなり、先頭に立って道案内する。結衣と神藤は最後尾にいるらしい。ときおり銃撃音がする。追っ手を押し止《とど》めようとしているようだ。

がむしゃらに走るうち、愛加は通路を抜けた。無数の支柱と梁《はり》が囲む広い空間にでた。ホール状のバックヤードだった。だが入場時に通ってきたルートが、巨大なスライド扉に閉ざされている。

江熊が息を弾ませながら吐き捨てた。「なんてことだ。12号門のほうに行けん」

愛加はすくみあがるも同然に立ちどまった。そのときどこからか、女子生徒の呼ぶ声がした。「桧森さん！」

辺りを見まわし、目が一点に釘付《くぎづ》けになった。錆《さ》びついた鉄壁の一か所、耐火扉らしきドアが開いている。手前側に把っ手《とって》はなく、向こうからのみ開けられるドアだとわかる。戸口のなかから三人の生徒が必死に手招きする。声をかけたのは鈴花のようだった。津田と芦崎も一緒にいる。

ふいに鈴花が唖然《あぜん》とし、戸口から駆けだしてきた。父親をまのあたりにしたからだろう。普久山と滝本が歯を食いしばり、ぐったりした俊成を支えていた。

鈴花につづき、津田も手を貸すべく走り寄ってきた。芦崎も追ってこようとする。

「いかん!」江熊が芦崎に怒鳴った。「きみ、ドアから離れるな。閉まったらこっちからは開けられん」

芦崎がびくっとしてドアを振りかえった。あわてふためきながら駆け戻る。ドアが閉じきる寸前に到達し、かろうじてことなきを得た。

ロッカールーム方面の通路から、結衣と神藤が走りでてきた。結衣は目を丸くし鈴花を見つめた。「なんでここに来たの」

鈴花が涙ながらに父親にすがりついた。「お父さんをほっとけなかった。津田君も芦崎君も残るって」

津田は辺りを見まわした。「飯塚は?」

普久山が嗄《か》れた声で応じた。「どっかに連れていかれた。きみらが無事でよかった」

「よくねえよ」津田が悲痛にうったえた。「飯塚を助けられなきゃ戻った意味がねえ!」

短機関銃の掃射音が鳴り響く。愛加は思わず悲鳴をあげた。兵士らが追いあげてきている。結衣が振りかえり、通路の出口を銃撃しだした。一行は鉄壁に開いたドアへと駆けだした。

芦崎がドアを手で押さえながら必死に呼びかける。「早く。急いで！」

愛加は転倒しそうになったが、とっさに神藤が支えてくれた。そのまま引きずられるも同然にドアに達した。ほかの生徒たちとともに、ドアの向こうへと転がりこんだ。

そこはコンクリート壁の狭間《はざま》といえる通路だった。ずいぶん年季が入っていて、ろくに照明すらなかった。結衣ひとりだけがまだドアの外に居残っている。短機関銃の跳弾が結衣の足もとに迫った。結衣は横跳びに転がり、かろうじて難を逃れたものの、ひとりドアとの距離が開いてしまった。

神藤が声を張った。「優莉！　急げ」

結衣は敵勢に応戦しながら怒鳴った。「ドアを閉めて！」

普久山が首を横に振った。「そんなことはできん。優莉、走れ。こっちに来い」

そのとき硬い音が響いた。なにかが鉄壁に跳ねかえった。ドアのすぐ外に、小さな鉄球に似た物が転がる。

とたんに神藤がドアをつかんだ。「手榴弾《しゅりゅうだん》だ！　閉めるぞ」

江熊が阻止しようとした。「まだ彼女が外に……」

「馬鹿いうな。爆発する！」

結衣が退避していくのが見えた。「いいから閉めて！」

神藤がドアを閉めきった。地鳴りに似た強烈な震動が突きあげる。ドアの外に爆発音が轟いた。生徒たちは悲鳴を発していた。愛加もそのひとりだった。天井も壁も激しく揺れ、コンクリートの破片が降り注ぐ。古い非常灯とおぼしき電球が明滅したものの、すぐにそれも消えた。愛加たちは暗闇のなかに埋没した。

25

結衣は砂埃《すなぼこり》のなか、コンクリートの床面に突っ伏していた。火薬のにおいが立ちこめている。むせながら顔をあげた。

濃霧のなかのように薄らいだ光景に目を凝らす。耐火扉が閉じきっていた。孤立状態にはちがいない。だが神藤たち一行を逃がすのに成功した。

男の声がなにやら叫んだ。東南アジアの言語のようだった。ボディアーマーの集団が列をなし、バックヤードを横切っていき、屋内通路につづく階段へと向かう。総勢五十人か、それ以上いるようだ。短機関銃MP5Kを携えるだけの者も多いが、ほかは四人ひと組で棺桶《かんおけ》のようなケースを運搬したり、大きな荷物を載せた台車を滑らせたりしていた。台車は階段に並行して設けられたスロープを上る。みな屋内通路をまわりこみ、クラブハウスへと抜けるつもりだろう。

全員が階段に殺到したわけではなかった。三人のボディアーマーが油断なくMP5Kをかまえ、結衣のほうに向かってくる。結衣は息を殺していた。身じろぎしないよう心がける。敵のゴーグルは電子スコープだとわかった。砂埃のせいで視界不良がつづいているものの、わずかでも動けば敵のセンサーが結衣をとらえる。

間近に迫ったボディアーマー一体が近くにたたずんだ。結衣に気づいていないかのように辺りを見まわす。だがどうも態度が怪しげに思えた。こちらを見下ろしたりはしないものの、ふいに短機関銃を俯角《ふかく》にかまえると、銃口を結衣に向けてきた。

サーモグラフィーで体温を感知された。結衣は気づくと同時に跳ね起きた。敵がトリガーを引き絞ろうとする。結衣は手持ちのMP5Kで俯角に敵を狙い、ただちに銃撃した。至近距離からのフルオート掃射に、ボディアーマーはのけぞり、体勢を崩し後方に倒れた。跳弾の火花が散ったのは目にした。だが血は噴きあがらない。致命傷も負っていないようだった。敵は唸《うな》り声を発しながら、また起きだす素振りをしめした。

階段に急いでいた敵勢の一部が、銃声に反応し振り向いた。うち三人が列を離れ加勢してくる。これで結衣を狙うボディアーマーは六人になった。結衣は立ちあがるや短機関銃を掃射した。居並ぶ敵の胸部に火花が散ったが、ひとりも倒れることはなかった。ほんの数秒で弾切れになった。結衣はMP5Kを投げだし逃走に転じた。いま敵より有利といえるのは身軽さだけだった。鈍重なボディアーマーでは、傭兵《ようへい》もふだんどおりの動きはかなわないはずだ。

ところが結衣を追う六人の敵は、鎧《よろい》や甲冑《かっちゅう》も同然の装備をものともせず、身軽なまでに疾走してくる。たちまち追っ手との距離が詰まった。結衣は背中を蹴《け》られ、前のめりに床面に叩きつけられた。走りつづけた勢いを殺せず、そのまま激しく転がった。

激痛に全身が痺《しび》れ、起きあがろうとしても力が入らない。六人のボディアーマーが近くにたたずみ、徐々に包囲を狭めてくる。ぼやけた視界の向こう、敵の本隊は階段の上方へと消えていった。砂埃の立ちこめるバックヤードで、結衣は横たわったまま、六つの短機関銃を向けられていた。

背後のボディアーマーが、グローブに覆われた右手を伸ばしてきて、結衣の頭髪をつかみあげた。結衣は苦痛に耐えながら伸びあがらざるをえなかった。そのうち力ずくで引き立てられた。敵は結衣を突き飛ばした。ふらふらとよろめきながら向かった先に別の敵がいた。短機関銃の銃床で結衣の腹を殴りつけてきた。結衣は前屈姿勢になり、咳《せ》きこみながら後ずさった。するとさらに別の敵が羽交い締めにし、結衣をわきに放り投げる。またも結衣は全身をコンクリート床に打ちつけた。

ボディアーマーはみな手加減している。ひと思いに殺そうとはせず、じわじわといたぶる気だった。

いつの間にか敵がひとり減っている。五人しかない。結衣が辺りを見まわしたとき、そのひとりの位置が判明した。こちらに背を向け、閉ざされた耐火扉の前に立っている。油断なく短機関銃をかまえていた。神藤らが戻ってきたら、すぐさま射殺するつもりだろう。

誰も引きかえしてこないのを祈るしかない。その願いが通じればこそ、結衣は孤立無援だった。歓迎できる事態だと結衣は思った。同級生たちを傷つけさせるわけにいかない。

敵が結衣の横っ腹を蹴り、うつ伏せに転がした。結衣の両手は後ろにまわされた。なにかが両手首を絞めあげる。金属製の手錠ではない、樹脂でできたフレックスカフのようだった。いったん絞められると、自力ではけっして緩められない。

傭兵だけに念のいった対処法だった。チュオニアンにいた奴らより訓練されている。あるいはこれまで結衣が暴れすぎたせいかもしれない。敵は優勢が確定しようとも、なお執拗《しつよう》に結衣から行動の自由を奪おうとしてくる。

実際、結衣の両手は使えなくなった。もう起きあがることさえ困難だった。結衣は唇を噛《か》んだ。状況はあきらかに不利だ。

結衣の拘束を果たし、ようやく敵は余裕をのぞかせた。ふたたび結衣を引き立たせる。正面に立つボディアーマーが、固いパッドに保護された膝《ひざ》で、結衣の腹を蹴りこんだ。結衣は息詰まってむせたが、またも突き飛ばされ、別の敵につかまった。くぐもった笑いがきこえる。意味不明な言語を発しながら、敵は結衣を放り投げた。ほかの敵が結衣をキャッチし、さらに仲間へと投げ渡す。結衣はほとんど脱力しきり、敵に弄《もてあそ》ばれざるをえない状態だった。たとえボディアーマーに頭突きを食らわせたところでなんの効力もない。銃弾さえも受けつけない敵に歯が立たなかった。

結衣は踵落《かかとお》としを食らい、コンクリート床につんのめった。両手が痺れているせいで、めくれあがったスカートを直すこともできない。あらわになった太股《ふともも》を、敵勢がじっと見下ろす気配があった。

よからぬ予感がする。だが同時に勝機も感じた。また市村凜のやり方が脳裏をよぎった。凜は中一の結衣に淡々と説明した。DV男の暴力衝動を、性的興奮に変換させれば、致命傷を負わずに済む。ヤリたがっている以上、女を殺すわけにいかなくなるから。凜はそういった。

実践するのは初めてだったが、凜に教わったとおりの息づかいを心がけた。五秒ほど息をとめてから、んはぁ、と声を発しながら吐きだす。

馬鹿げた試みに思えたが、さすがは市村凜、効果はてきめんだった。五人の敵の態度が豹変《ひょうへん》したように感じられる。少なくとも殴る蹴るの暴行はやんだ。ようすをうかがうかのごとく、全員のゴーグルが結衣をのぞきこんでくる。

これは真剣勝負にちがいない。故意を悟られれば命とりになる。結衣は下唇を噛み、声を押し殺そうとするふりをした。凜がそうしろといったからだった。正直なところ、どういう表情が適切かはわからない。こんな性癖はまるで理解できなかった。だが男をたぶらかすことにかけては達人級の市村凜を模倣すれば、道が開けるにちがいない。いまはそこにすべてを賭《か》けるしかなかった。

ボディアーマーたちは顔を見合わせ、ひそひそとささやきあった。やがて笑い声が漏れた。ひとりが身をかがめてくる。右手は短機関銃のグリップをつかんだままだが、左手を結衣に伸ばしてきた。無骨なグローブがブラウスの襟をつかむ。だが引っぱられるや、結衣も同じ方向に上体を反らせた。グローブは横へとブラウスを引きちぎろうとしたが、結衣はまたそちらに身体を移動させた。わざとやっていると気づかれないことを念頭に置く。敵はスカートの裾《すそ》をつかんでまくりあげた。引っぱって破りにかかったが、結衣はやはり力の働くほうに腰を動かした。男のままならないようすを見て、ほかの四人が嘲笑《ちょうしょう》に似た笑い声を発した。

服がいっこうに破けないのは、結衣が引っぱられまいと同調して動いているからだ。だが外見上はぐったりしたふりをして、まるで力を入れていないよう見せかける。こうなると敵はじれったさを募らせる。思いどおりにならないのは分厚いグローブのせいだと考え、素手でつかみたい衝動に駆られる。

予想どおり敵はグローブを外しにかかった。短機関銃は肩にかけたストラップに吊《つ》り下がっている。剝《む》きだしになった敵の右手が、結衣の胸もとに伸びてきた。

この瞬間は逃せない。結衣はすかさずその手に嚙みついた。鶏肉を食いちぎるときのように、ためらいもなく咀嚼《そしゃく》筋を強く嚙み締めた。敵が絶叫とともに上半身を浮きあがらせた。ほかの四人はなおも笑い転げている。ただ抵抗に遭い、手を嚙まれたにすぎないと思っているのだろう。

結衣は敵の下でうつ伏せになった。後ろ手に敵の腹部、チェストリグをまさぐった。敵は食いちぎられた右手を左手でかばっているため、両手の自由を失っている。チェストリグの手榴弾《しゅりゅうだん》をさぐりあてた。小ぶりな球体の形状からM67アップルだとわかる。すばやく安全レバーのクリップを外し、ピンの先をまっすぐに伸ばす。レバーを押さえこんだ状態でピンを抜いた。

なおも激痛にもがく敵の身体を蹴り、結衣は床に転がって脱した。両手首を後ろに拘束されていたが、脚の力で立ちあがり逃走した。二秒経過。敵四人の動きは緩慢だった。結衣に逃げ場はないと考え、すべてを遊びと信じきっている。だが四人のうちひとりが、仲間の惨状に気づいたらしい。手からの出血が尋常でないのを見てとったのだろう、外国語の怒鳴り声が飛び交いだした。三秒経過。敵勢がいっせいに短機関銃をかまえ、結衣の背を狙い澄ましてくる。四秒が経った。

結衣はすでに壁ぎわに達していた。鋼材が積んである向こう側に飛びこみ、身体を横たわらせた。

五秒経過。一瞬の閃耀《せんよう》ののち、すさまじい鳴動が辺りを揺るがした。金属片とともに肉片がいっせいに撒《ま》き散らされたのがわかる。混合爆薬コンポジションBに特有の、ビニールが焦げたようなにおいが鼻をついた。

ただちに結衣は身体を起こした。五人のボディアーマーがひとかたまりになって倒れている。コンクリートの床に血の海がひろがっていた。さすがに誰ひとり、ぴくりとも動かない。M67は硬質鉄線を内蔵し、炸裂《さくれつ》時に生成破片を勢いよく飛散させる。その威力は銃弾をうわまわる。ボディアーマーを着ていようが、至近での爆発ならひとたまりもない。

防火扉の前にいた最後のひとりが、あわてぎみに駆けてくる。ずっとドアを警戒していたせいで、結衣が鋼材の陰に隠れたのも見ていなかったようだ。まっすぐ仲間たちの死体へと向かっていく。

結衣は鋼材を乗り越え、敵めがけ猛進した。両手の自由がきかなくても躊躇《ちゅうちょ》はなかった。一気に敵との距離を詰めると、跳躍し両脚を繰りだした。両太股で敵の頭部を挟みこみ、床にねじ伏せた。敵がもがきながら短機関銃をかまえようとする。

後方視認性に問題が生じるからだろう、敵はネックプロテクターを装着していない。だがバリスティックヘルメットとボディアーマーの隙間はわずかで、首はほとんど露出していなかった。喉《のど》もとを絞めあげるのは不可能だった。それでも弱点はある。重いヘルメットをかぶっていれば、頸椎《けいつい》にそれだけ負担がかかっている。頭部と身体が硬い素材に覆われ、しっかり固定されているぶん、両者をつなぐ首にのみ力を加えやすくなる。敵もその危機を悟ったのだろう、じたばたともがきながら技を振りほどこうとする。

結衣は床を転がりながら、両太股に満身の力を加えつづけた。ことあるごとに性暴力を振るおうとする、世の馬鹿なＤＶ男どもに対する憎しみを、すべてこの一点に集約させる。女より男のほうが体格も腕力も勝る、だから脅威になるとなぜわからない。女が怯《おび》えるのをいいことに、常に暴力で支配下に置こうとする。特に十代の女子中高生ばかりが犠牲になる。調教で性奴隷に育てられる女がいると本気で思っている。そんなふざけた認識が、いつまでも通用しないことを教えてやる。女が後ろ手に縛られようが、男がボディアーマーで武装していようが、死ぬのは愚劣きわまりない性犯罪者だ。

太めの枝をへし折ったときと同様、弾《はじ》けるような音を響かせながら、敵の首が直角にまで曲がった。頸髄が切断されたのはあきらかだった。敵の全身は瞬時に弛緩《しかん》しきり、ものいわぬ死体と化した。

結衣の呼吸はさすがに乱れていた。死体の近くに寝そべり、チェストリグからアーミーナイフを引き抜く。刃を両手首のあいだ、フレックスカフにあてがい、指先に力をこめ切断した。

ようやく両手の自由が戻った。結衣は息を切らしながらアーミーナイフをスカートベルトに挿した。ＭＰ５Ｋは拾わなかった。銃声が別の場所で響けば、クラブハウスに向かっている本隊が気づき、また一個分隊が引きかえしてくる。あいつらは全員クラブハウスに急がせればいい。いま結衣には行くべきところがある。

結衣はバックヤードのなかを駆けだした。辺りを静寂のみが包んでいる。ずっと監視カメラの死角にいた。階段に近づけば警備室のモニターに映る。ほかの道を探すべきだった。

三塁側ブルペン方面へと走りながら、結衣は思考をめぐらせた。八か月前には迷いがあった。いまはもう迷わない。身勝手な犯罪に走っては十代の命を奪う大人は殺す。

物陰からわめき声とともに、青い制服が駆けだしてきた。刺叉《さすまた》を突きだし、U字のなかに結衣の身柄を確保しようとする。だが結衣は垂直に跳びあがり、刺叉を踏みつけると、前のめりになった敵の腕をアーミーナイフで切りつけた。ぎゃっと悲鳴を発した敵が刺叉を放りだした。結衣は姿勢を低くし、敵の両膝《りょうひざ》を水平方向に切り裂いた。大腿《だいたい》動脈は意図的に避けた。敵はさも痛そうな声を発しながら、床にひれ伏した。

鑑識課の制服を着た四十代だった。結衣は警官を見下ろした。「畑野からいくらもらった？」

「知るか！」警官が怒鳴り散らした。「この凶悪犯の娘め。今度こそ終わりだ。警官殺しで死刑になりやがれ。物証は山のようにあるぞ。指紋も体液も皮膚片も、球場のあちこちに残ってる。警備室にぜんぶ録画されてる」

いつものことだった。結衣はすばやく手を伸ばし、警官の口をふさいだ。「おまえらの犯罪も映ってる」

警官が顔を真っ赤にして呻《うめ》きだした。結衣はアーミーナイフを警官の胸に突き立てるや、すぐさま身を退《ひ》き、噴出する血液を避けた。警官は大の字に伸びたままになった。まだ血が降りかかっていないズボンから、除菌シートの小袋がのぞいている。結衣はそれをつまみとった。てのひらに付着した警官の唾液《だえき》を、ていねいに除菌シートで拭《ふ》きとる。汚れた除菌シートを投げ捨て、結衣はふたたび駆けだした。

優莉匡太の血筋に加え、市村凜の魂がとり憑《つ》いたままになっている、そんな実感がある。まだ凜は死んでいないのにおかしな話だ。だがいまはかまわない気がした。クズどもを皆殺しにするのに好都合だろう。死神になってしまえば無敵だった。これ以上強力な武器はない。

26

畑野は手に汗握る興奮を味わっていた。野球観戦でもここまでヒートアップはしない。いま壁のモニター群を眺め渡しながら、アドレナリンの作用が脳神経の隅々にまで行き渡るのを感じる。

防弾仕様のバリスティックヘルメットとボディアーマーで身を固めた一個小隊が、球場二階の屋内通路を駆け抜ける。総勢五十名、まるで駆け足の大名行列を思わせた。多種多様な運搬物を備えるがゆえだろう。作業着の三人が先頭に立って誘導、つづく一個分隊はMP5Kで警戒しながら前進する。その後ろには棺桶《かんおけ》サイズの防火ケースを運搬する四人ひと組、それが何組も縦列に連なっている。ケースの中身はむろん小銃と弾薬だった。より大きなスティンガーミサイルやロケット砲は、台車に積載され床を滑る。それら行列のすべてが猛然と疾走しつづける。

はやる気持ちを抑えながら畑野はきいた。「位置と時間のロスは?」

ブースにおさまる柿川が応じた。「現在2-H出入口前を通過。二階屋内通路をブリーズシート裏から内野席裏に入りました。三分二十秒の遅れです」

球場の外をとらえた映像に目を転じる。煉瓦《れんが》畳の広場に消防車と救急車が集結していた。連中はこちらからの連絡待ちだ。これぐらいの遅滞ならなんとかなる。

電話が鳴った。畑野は振りかえった。椅子に縛りつけてある女子生徒が唸《うな》り声を発している。ガムテープで口をふさいであるため喋《しゃべ》れない。いまどんな感情を抱いているか深く観察するまでもない。目を真っ赤に泣き腫《は》らしていた。二年二組、飯塚麗奈。人質など無力であれば誰でもいい。ここをでる前に支障が生じた場合に備え、最後の切り札に残しておけば充分だった。

麗奈の見張り係だった宇留間が受話器をとった。「はい警備室。……ええ。ヘリの不時着はここからも確認できます。危険なので待機中です。乗員の姿は見えません。もうすぐ球場のゲートを開けますので、あとは県警にお任せします」

畑野は宇留間にささやいた。「トラックだ」

「それと」宇留間が受話器につづけた。「クラブハウス前にいた民間車両を退去させます。ミズノスクエアからメモリアルウォール方面を空けておいてもらえますか。よろしくお願いします」

受話器を置いた宇留間に、柿川がさも嬉《うれ》しげにいった。「見ろ。十分も超過せず全員が脱出だ。五万払えよ」

宇留間が苦笑した。「まだわからねえ。最後の最後でごたつくかもしれねえだろ」

「ほざいてろよ。もうアイビーシートの裏だ。一塁側アルプススタンドに入ってすぐ、クラブハウスへの渡り廊下だぜ」

はらはらしすぎて心臓に悪い。畑野はきいた。「神藤たちは？」

柿川が淡々と答えた。「防火扉を古い通路に逃げこんで、その後は不明です」

「監視カメラは？」

「ありません。三塁側アルプス下の、戦時中に対潜音響研究所として増築された区画で、ずっと使われていませんでした」

「手榴弾《しゅりゅうだん》で吹っ飛ばせなかったのか」

「阪神淡路大震災で亀裂《きれつ》が入って、補強工事がおこなわれ、頑丈な鉄壁が設けられました。でもあそこからはろくに動けませんよ」

「優莉結衣はどうなった?」

「カメラの死角ですが、傭兵《ようへい》が六人も向かいました。無事でいるはずないでしょう」

悪くない。できれば確実に息の根をとめていてほしいが、いまは一か所で足踏みさせているだけでも、とりあえずはかまわない。一個小隊の脱出こそすべてに優先する。

宇留間が昂揚《こうよう》した声を響かせた。「渡り廊下に入った!」

畑野はモニターに向き直った。武装した大名行列が、一塁側アルプス裏のカメラ前を続々と通過していく。渡り廊下の入口をとらえるカメラは破損しているものの、先頭がクラブハウスに到達したのはまちがいない。

「やったぜ!」柿川が両手のこぶしを高々とあげた。「俺たちの勝利だ」

胸にじわりとくる感動があった。畑野はこのうえない喜びを噛《か》みしめていた。甲子園球場を十五分前後、完全に外界から切り離せると思いつき、去年の夏から実行に移した。まさか田代ファミリーがヘリポートに利用するなど、当初は予想もしなかったが、いまゲームセットのときがきた。大差をつけ勝利に至った。

達成感とともに畑野は振りかえった。「宇留間、その女子生徒を殺せ。死体は二階の屋内駐車場でバンに放りこめばいい。柿川、ゲートを解錠しにいって県警や消防、救急救命士らを呼びこめ。外野15と24号門、一塁側1号門と5号門だ。焦らずゆっくりな」

宇留間が首絞め用のロープを両手のあいだに張り、麗奈に歩み寄った。「おめえは必要なくなった。悪く思うな」

麗奈が極度に怯《おび》えた目を見開き、首を横に振りながら唸った。宇留間がくぐもった笑い声を響かせる。柿川は鍵束《かぎたば》を手にドアへと向かいだした。

ところが突如として地震も同然の縦揺れが襲った。轟音《ごうおん》とともに警備室が揺さぶられた。棚が次々に倒れ、あらゆる備品が床に散乱する。蛍光灯も激しく明滅を繰りかえした。

「なんだ!?」畑野は思わず叫んだ。「なにが起きた?」

柿川が驚愕《きょうがく》の声を発した。「ああ!　クラブハウスが」

畑野はモニター群に目を走らせた。もともとクラブハウス内を直接とらえる映像はない。だがライト周辺の外壁からクラブハウス方面を向くカメラは存在した。その画面には信じがたい光景が映しだされていた。

クラブハウス全体がすさまじい大爆発を起こした。火球が壁を突き破り、途方もなく膨張していく。縦横に亀裂が走ったかと思うと、天井が崩れて落下し、黒煙が建物全体を呑《の》みこんでいった。前面に停車した五台のトラックも、その場を離れることなく、ただ火柱と噴煙のなかに消滅した。

地鳴りが徐々に遠ざかる。揺れがおさまってきた。畑野は茫然《ぼうぜん》自失のまままたずんだ。複数のサイレンがビルの外に湧いている。モニターでも確認できた。消防車と救急車が広場をまわりこみ、クラブハウスの残骸《ざんがい》周辺へと押し寄せる。

爆発前にクラブハウスのシャッターが上がる気配はなかった。武装兵士どころか作業着ひとり、外に駆けだしたようすもない。屋根が崩落しているのがわかった。クライアントに約束した人員も兵器類もすべて失われた。理想の未来図も一瞬にして潰《つい》えた。

柿川が血相を変え怒鳴った。「まずい！　係長。ヘリの不時着だなんて弁明できなくなった。クラブハウスから死体や武器が見つかっちまう」

畑野の頭にはなにも浮かばなかった。思考が追いつくような状況ではない。悪夢だ。

これはきっと寝苦しい夜の悪夢にちがいない。

「係長！」柿川が駆け寄ってきて、畑野の両肩をつかみ揺さぶった。「どうするんだよ！　もうゲートを開けなくても踏みこまれちまう。きょう球場の管理責任が俺たちにあった以上、どうにも言い逃れできねえ！」

焦りと憤りが同時にこみあげてくる。畑野は柿川と揉《も》み合いになった。「放せ！　宇留間、柿川を遠ざけろ。宇留間！」

返事がない。異様な空気が漂っていた。畑野は柿川と顔を見合わせた。ふたり同時に宇留間に目を向けた。

宇留間はさっきと同じ場所に立っていた。だが白目を剝《む》き、口から泡を噴いている。首にロープが巻きついていた。ふらついたかと思うと、前方に棒倒しになり、ばったりと床に伸びた。

その向こうに戦慄《せんりつ》の存在があった。血まみれの制服をまとった女子高生、優莉結衣がひとりたたずんでいる。まさに市村凜の生まれ変わり、死神にちがいないまなざしが、まっすぐ畑野を見つめていた。

27

結衣は冷やかな気分で警備室の暗がりに立った。モニター群を背景に、畑野と柿川が愕然《がくぜん》とした表情で立ち尽くす。ひさしぶりに狐目の柿川と再会した。幼少のころから警官の生態には詳しかったはずが、去年の夏なぜこいつらを偽刑事だと思いこんだか、結衣はあらためて理由を悟った。

柿川ら六人はどうしてもカタギに見えなかった。実際ヤクザや半グレと変わらない。警察官採用試験の受験者が年々減少するせいで、剣道や柔道が得意なだけの体力馬鹿が、ほかの公務員より甘い基準で採用される。警察大学校でも要領のいい乱暴者がのさばり、真面目な人間を追いだしてしまう。警官から半グレに転職した大人たちがそう話すのを、結衣は幼少期にきいた。

いまふたりは腑《ふ》抜《ぬ》けも同然にたたずんでいる。警察権力を笠《かさ》に着た、中身は半グレの半端な犯罪者など、しょせんこのていどでしかない。

結衣はふたりを無視し麗奈に歩み寄った。口のガムテープを剥《は》がすと、麗奈が嗚咽《おえつ》を漏らした。固く縛られたロープをほどきにかかる。

視界の端で柿川が拳銃《けんじゅう》を結衣に向けた。だが予想済みの動作だった。結衣は顔の向きすら変えず、左手のみを伸ばし柿川を銃撃した。直視せずとも、狙いどおり額を撃ち抜いたのは、飛散した脳髄の量でわかった。ひとり残った畑野のわななく声だけが、結衣の耳に届いた。

ロープを解き放つと、麗奈が泣きながらしがみついてきた。結衣は麗奈を助け起こしながら、拳銃ごと畑野に向き直った。

畑野は動揺をあらわにし、ひたすらうろたえるばかりだった。柿川が落とした拳銃を拾う意思もしめさない。いまにも泣きだしそうな顔で、うわずった声を響かせた。

「きいてくれ。腐敗した警察官はほかにもいる。規則ずくめの組織だ、飲み会の決済にも上司の了承が必要となれば、報告を怠るのがふつうになる。若手の制服は巡回連絡なんかサボってる。さも一軒ずつまわったように装う。もともと帳尻《ちょうじり》合わせの横行する職場でしかない」

「だからなに？」

「暴力団とは持ちつ持たれつの仲だ。半グレ集団ともそうだ。捜査特権を生かして市民の個人情報を売る。不手際を隠蔽《いんぺい》するため証拠を捏造《ねつぞう》し、押収したヤクや銃器をくすねる」

「知ってる。スマートライフルも神戸税関の押収品でしょ」

「詳しいなら話が早い」畑野は汗だくになってまくしたてた。「警察は裁判所も検察もマスコミもコントロールできる。採用試験を厳しくし、まともな倫理教育を受けさせるべきだ。ところがいきなり現場に放たれちまう。そのくせ不祥事を起こそうとも裏金や天下りで守られる。腐ったミカンが一個あれば、箱のなかのミカンはすべて腐る。俺たちは腐敗した組織の犠牲者……」

結衣は妙な気配を悟った。演説が長すぎる、時間稼ぎでしかない。後方に注意を向けたとき、銀いろの長い刃が宙を切り、猛然と眼前に迫った。結衣はのけぞり、麗奈をかばいながら仰向《あおむ》けに転倒した。刃は結衣の前髪をわずかに切った。

麗奈を抱いたまま床を転がって遠ざかる。結衣は身体を起こした。異様な緊張感が全身を包みこんだ。

銃弾を受けつけない黒のボディアーマーが一体、目の前に立っていた。いまや表層が煤《すす》け、いっさいの光沢を失っている。ほとんど焼け焦げたも同然のありさまだった。おそらく熱に耐えかね、ヘルメットもマスクも脱ぎ捨てたのだろう。首から上は剥きだしだった。顔面はほとんど焼けただれている。それでも短く刈った黒髪と、火傷《やけど》する前は精悍《せいかん》にちがいなかった濃い目鼻立ちには、あきらかに見覚えがあった。

初対面だが顔写真はチュオニアンで見た。田代勇次の面影が重なる。いくらか歳を重ねていた。二十三歳になる長男、グエン・ヴァン・ハンだった。帰化したあかつきには勇太《ゆうた》と呼ぶ、父の田代槇人はそういっていた。

「あー」結衣はあえて日本名でいった。「勇太か」

勇太の目に憎悪の炎が燃えていた。父親同様に訛《なま》りの強い日本語で勇太がいった。

「みんな死んだ。貴様のせいだ」

冷却スプレーの可燃性ガスは空気より重く、吹き抜けのクラブハウス内でも下方に溜《た》まる。無臭のため誰も気づかない。百二十本の缶から噴出したガスの破壊力は、札幌アパマンショップの事故で実証されていた。武装兵士が一階に集結後、シャッターを開けようとして火花が散り、爆発に至った。爆風は放射状に膨れあがり、天井をも突き破る。あの屋根の構造は古い。積層材製の梁《はり》が何本か折れれば、屋根全体が崩落するとわかっていた。

傭兵《ようへい》部隊のリーダーは先陣を切るか、最後につくかのどちらかだろう。勇太は集団のどんじりにいて、かろうじて崩落に巻きこまれなかったのかもしれない。ひとりが生きていれば、十人は生存している。ほかの奴らはどこにいる。

なんにせよ勇太の表情は苦痛に歪《ゆが》んでいた。息づかいも荒い。負傷はあきらかだった。父や弟のように、皮肉めかした態度をとる余裕もなさそうに見える。もともとそんな性格ではないようにも思えた。顔は似ていても獰猛《どうもう》さに満ちた表情は、チュオニアンにいた東南アジア系の傭兵そのものだった。

結衣は軽口を叩《たた》いた。「帰化したい？」

勇太の怒らせた目が鋭く光った。右手に握る剣は西洋のサーベルに近い。すばやく振りかざしたため、結衣は身を退かせたが、フェイントにすぎなかった。勇太は剣より長いリーチの脚を繰りだしてきた。鞭《むち》のようにうねる蹴《け》りを連続して浴び、結衣は床に突っ伏した。

「優莉結衣」勇太が腹の底から絞りだすような声を響かせた。「チュオニアンで殺しとくべきだった」

激痛のなかで結衣は悟った。きょうCH－47に乗っていたのは、チュオニアンにいた傭兵部隊の最後の生き残りだ。あの作戦途中で島から撤収した精鋭どもが、田代ファミリーにとっての一縷《いちる》の希望だった。ところが部隊は日本に到着早々ほぼ全滅、持ちこもうとした武器弾薬も無に帰した。

「ウケる」結衣は上半身を起こした。「修学旅行に行って、甲子園に行って、ふつうに高校生活を送ろうとしてるだけなのに、馬鹿な奴らが勝手にうろちょろしては自滅の繰りかえし。ベトナムマフィアがきいてあきれる」

勇太が憤然と近づき、結衣の腹を蹴った。息が詰まり、結衣は激しく咳《せ》きこんだ。さらに繰りかえし蹴りこみながら、勇太が唸《うな》るようにいった。「ベトナムマフィアは弱小団体のディエン・ファミリーのことだ。俺たちを矮小化《わいしょう》するな。死ね愚劣な小娘！」

剣が振りかざされたとき、結衣は全身が麻痺《まひ》し、抵抗するすべを失っていた。ひやりとした瞬間、麗奈が勇太の右腕に飛びついた。剣が宙に留《とど》まった。勇太は振り払おうとしたが、麗奈はしがみついたまま離れない。業を煮やした勇太が左手で麗奈の後ろ襟をつかみ、乱暴に放り投げた。麗奈の身体は人形のように飛び、デスクの側面に衝突し、倒れてきた棚の下敷きになった。

畑野がわめき散らした。「おいハン！　その女学生を先に殺せ。すべてを見聞きしてる。生かしてはおけん」

手負いの勇太にとってボディアーマーは重すぎる装備らしい。ずんぐりした身体を引きずりながら麗奈に近づいていく。麗奈は棚の下から脱することができず、いまだ起きあがれない。結衣は無理やり全身を突き動かした。それでも膝《ひざ》が痺《しび》れ、駆けだすのが一瞬遅れた。勇太の剣が麗奈めがけ振り下ろされた。

だが刃が麗奈の首に達する寸前、黒い影が突進してきて、勇太に側面から衝突した。

男子生徒の制服だとわかった。タックルを受けた勇太は、もんどりうってブースの間仕切りにぶつかり、横倒しになり床に転がった。

体当たりしたのは津田だった。軽く脳震盪《しんとう》を起こしたのか、頭を振りながら起きあがる。片脚をひきずりながら麗奈のもとに向かった。

勇太が鬼の形相で立ちあがった。怒号を発しながら津田の背に迫った。振り向いた津田が恐怖に顔をこわばらせた。

結衣はすでに体勢を立て直し、勇太めがけ猛進していた。津田の体当たりがヒントになった。いくら不意を突かれたとはいえ、百戦錬磨の傭兵があっさり転倒するとは奇妙だ。肉体の負傷のみならず、ボディアーマーの関節に不具合が生じている。両膝への加重がバランスを失い、重心がねじれていた。

結衣は身体を捻《ひね》りながら跳躍し、一気に距離を詰めた。後ろ廻《まわ》し蹴りを勇太の右肩に命中させる。重心を崩すポイントを外さなかった。勇太のボディアーマーは支えを失った鉄塔のごとく倒れた。けたたましい騒音をともない、デスクをふたつに割り、その狭間《はざま》に埋もれた。

畑野が泡を食ったようすで逃走しだした。戸口から廊下にでようとした瞬間、何者かの腕が水平に突きだされた。畑野は顔面を強く打ちつけた。ラリアットを食らったがごとく、畑野の身体は仰向けに宙に浮き、背中から床に落ちた。さも痛そうに横たわる畑野が、戸口を見上げぎょっとした。神藤が拳銃《けんじゅう》を片手に立っていた。起きあがろうとした畑野の両膝に、神藤は拳銃を一発ずつ発射した。畑野の絶叫がこだました。

結衣はため息をついた。逃亡を阻止するため容赦なく脚を撃つとは、現役の刑事にしてはいい判断だ。結衣の価値観ではそう思えた。

神藤が銃口を下げ、結衣に歩み寄ってきた。「優莉。もう県警がゲートを壊しにかかってる。ここに来るのも時間の問題……」

床に散乱した雑多な物の山が、にわかに浮きあがった。結衣は反射的に叫んだ。

「危ない！」

跳ね起きた勇太が神藤に飛びかかった。剣は失ったものの、突きだした両手が神藤の首につかみかかる。

だが警備室に入りこんでいたのは、神藤や津田だけではなかった。野球部の滝本はボディアーマーの重心についていて、すでに見切っていたらしい。姿勢を低くしバットを水平に振り、勇太の両膝を強打した。神藤がわきに避《よ》けると、勇太はまたしても前のめりにつんのめった。

ただちに起きあがった勇太が、鼻血にまみれた顔で振りかえった。結衣を睨《にら》みつけたものの反撃せず、勇太は戸口から飛びだしていった。

おかしい。神藤の拳銃を恐れただけにしては、逃げ足が速すぎる。結衣は勇太を追って廊下に駆けだした。

神藤が背後から呼びかけた。「優莉、まて！　県警にまかせろ」

そうはいかない。勇太がわざわざ警備室にまで来たのには、なにか理由がある。

隣りの警備員控え室には誰もいなかった。勇太の靴音が階段を下っていく。結衣もただちに駆け下りた。二階はコンクリート壁に囲まれた屋内駐車場だった。

大型の四角いバンが、後部をこちらに向け停車している。リアに観音開きのドアを備え、荷台に窓はいっさい見あたらない。いまリアのドアは片側のみ開いていた。勇太が飛び乗ったのがわかる。結衣は突進して跳躍し、車内に転がりこんだ。

同時にバンが発進した。荷台はがらんとしていたが、奥に直径五十センチほどの円筒が直立する。鉄製で回転式ハンドルのバルブを備え、生物学的危害《バイオハザード》マークが塗装されていた。円筒のわきに勇太がしゃがんでいる。結衣を見た瞬間、勇太が忌々しげな顔で立ちあがった。

結衣は猛然とぶつかっていった。ボディアーマーの不安定な重心のみならず、車体が大きく揺れたため、勇太の体勢は容易に崩れた。結衣は勇太と絡みあったまま、荷台のなかで転倒した。

いきなりバンに急ブレーキがかかった。慣性によりふたりとも、車内前方の円筒へと転がった。運転席との間仕切りに強く全身を打ちつけた。勇太がベトナム語とおぼしき言語でなにか怒鳴った。かまわないから走れ、たぶんそんなところだろう。

バンがまた発進した。スロープを下っていくのがわかる。リアの片側のドアは、いまだ開いたままだったが、にわかに陽が射しこんできた。バンはビルの外にでた。停車を呼びかける拡声器の声がする。だがバンはかまわず走りつづけ、衝撃とともになにかを弾《はじ》き飛ばした。チェーンスタンドを薙《な》ぎ倒したようだ。バンは公道を駆け抜けていく。パトカーが追跡に入ったらしい、サイレンの音がけたたましく鳴り響いた。

勇太が負傷しているとはいえ、狭い場所でふたりとも床に這《は》った状態では、あきらかに結衣が不利だった。勇太の両手が結衣の首を絞めてきた。結衣は抗《あらが》いきれなかった。勇太がリアのドアを大きく蹴り開けた。路上のはるか後方を、赤色灯の群れが追いかけてくる。勇太は結衣を車外に放りだそうとした。

結衣は知りうる数少ないベトナム語のひとつを怒鳴った。「止まれ《ズン　ライー》！」

女の声であっても、ドライバーには事情がわからないからだろう、また急ブレーキがかかった。結衣と勇太はふたたび車内前方に転がっていき、運転席との間仕切りに叩《たた》きつけられた。

勇太が憤りをあらわに大声でまくしたてた。またもバンが急発進し、さらに速度をあげていく。結衣が起きあがったとき、勇太は円筒の回転式ハンドルに両手をかけていた。

よからぬ予感がする。結衣は勇太に飛びついた。勇太は結衣にかまわず強引にハンドルを回そうとした。だが結衣があくまで妨害すると、勇太の両手が結衣の胸倉をつかんだ。結衣は引き離されまいとしがみついた。数秒間は拮抗《きっこう》したものの、男の腕力に勝てるはずがなく、結衣は突き飛ばされた。けれどもほぼ同時に勇太の腹を蹴《け》った。勇太もハンドルの前から弾け飛び、荷台の内壁に背を打ちつけ、ずり落ちて尻餅《しりもち》をついた。

さすがに息が切れてくる。結衣は勇太を睨みつけてきいた。「なにかばらまくつもり?」

勇太が歯茎を剝《む》きだしにした。「貴様らは経済が崩壊した三流国に没落する。貧困にあえぐ地獄の日々を味わえ」

そういうことかと結衣は思った。勇太が部隊のどんじりにいたのは、クラブハウスから脱出するためではなく、別の場所に向かおうとしていたからだ。この鉄製の円筒は、ウイルスかなにか、毒性のあるものを溜《た》めた密閉容器にちがいない。勇太はひとりタンクを三塁側に運び、バンで搬出するつもりだった。

新型コロナウイルスの発生源が地球上のどこであれ、わざわざ人工的に開発された生物化学兵器とは考えにくい。致死率が低く、感染力もさほどではないため、現在までの広まりを予測できた者がいたとも思えない。

けれども勇太の一派はコロナウイルスと別に、なんらかの疫病の元を撒《ま》き散らそうとしている。イチから開発するのではなく、治療薬のない新種のウイルスが流行する地域へ行き、エアゾルを収集することはたやすい。培養液で増殖させたヒトや動物の細胞に感染させ、密閉保存しほかの国に運んで解き放てば、人為的に新たな感染地域を作れる。その国の経済に大打撃を与え、株価の変動で儲《もう》けられる。父もかつて企てたことだ。Ｄ５の研究員らが逮捕されなければ、おそらくそのうち実現していた。

結衣はつぶやいた。「新型コロナだけでも充分に迷惑なんだけど」

だが勇太はひるまず睨《にら》みかえしてきた。「もっと毒性の強いウイルスを広めてやる」

激しい嫌悪が結衣のなかに渦巻いた。「このうえどれだけのアオハルを犠牲にする気よ」

勇太は逆鱗《げきりん》の炎を燃えあがらせた。「貴様のせいで、これまで何百人の同胞の命が失われたと思ってる」

「高校生には関係ない」

「父や弟をたぶらかそうが、俺は貴様のようなビッチを許さん」

「あんな馬鹿親子をたぶらかしたおぼえなんかない」

「異常な遺伝子を継いだ奇怪な小娘め。勇次が貴様なんかと一緒になりたがるのも、父が後押ししたがるのも、すべて貴様の洗脳だ。俺は戦士だ。貴様のような悪は討伐してやる！」勇太はタンクのハンドルに駆け寄った。

結衣もすかさず勇太に突進した。勇太の体勢を崩させようとしたが、すでに勇太はハンドルにしがみつき、反時計回りにひねりだした。だが両手のふさがった敵は無防備に等しい。結衣は勇太のこめかみに肘鉄《ひじてつ》を食らわせた。勇太がふらつき、両手をハンドルから放した。結衣は間髪をいれずハンドルに飛びつき、時計回りに止まるところまで回転させた。

勇太が結衣を羽交い締めにしてきた。ハンドルから引き離され、結衣は床に投げつけられた。視界が天地逆になっている。結衣はひっくりかえっていたが、首の痛みに耐えつつ起きあがった。勇太がハンドルを回転させ始める。結衣は勇太の両膝《りょうひざ》をつかみ、勢いよく引き倒した。突っ伏した勇太を踏み越え、結衣はハンドルにしがみつき、また閉栓方向に回した。今度は勇太が結衣の太股《ふともも》をわしづかみにし、荷台後方へと投げ飛ばした。

結衣は床を転がり、開放されたリアのドアから、車外へと放りだされた。空中でとっさにドアをつかんだ。走行したまま開閉を繰りかえすドアに、結衣は全力でしがみついた。強烈な風圧に身体ごと飛ばされそうになる。

バンが猛スピードで走行しているせいで、パトカーとの距離はいまだ縮まらない。周りの景色は見てとれた。一般道、片側一車線から二車線に増えた。右手の大型ショッピングモールにはＡＢＣマート、ユニクロ、ジョーシン、ホームセンターコーナン西宮店の看板。今津東《いまづひがし》線を海のほうに向かっていると知った。赤信号も無視し交差点を突破していく。

結衣は閉じたほうのドアの外側を蹴り、大きくドアごと車外に振られてから、反動の勢いを利用し荷台に飛びこんだ。勇太がこちらに背を向け、ハンドルを回転させている。結衣は両手を組み合わせ、水平方向にスイングし、勇太の後頭部を強打した。勇太は顔面を円筒に衝突させ、ずるずると落下していった。結衣はハンドルを元に戻そうとした。だが勇太は床から手を伸ばし、ハンドルをしっかり把握した。ふたりがハンドルを互いに逆方向にひねろうとする。結衣は歯を食いしばったが、やはり勇太の力のほうが勝っている。ハンドルは徐々に反時計回りにねじられていった。

このままでは開栓される。結衣は意を決し、ハンドルから手を放した。すかさず円筒に背を這わせ、内から外へとハンドルを蹴りだした。ハンドルが空輪中も取り付けられていたとは思えない。きっと着脱可能にちがいない。現に勇太は焦ったようにハンドルの回転を急ぎだした。なおも結衣がしつこく蹴りつづけると、勇太は脅威の排除が優先すると考えたらしい、結衣につかみかかってきた。だが勇太の両手がハンドルから離れたのは、結衣にとって好機の到来だった。強烈なひと蹴りを浴びせると、ハンドルは円筒から外れて飛び、荷台の床に転がった。

結衣は勇太を見つめた。勇太も結衣を見かえした。ふたりはほとんど同時に動き、ハンドルに飛びつこうとした。結衣のほうが一瞬早くハンドルを握った。勇太のこぶしが結衣の側頭部を殴りつけた。打撃に耳鳴りがしたものの、結衣はハンドルを振りかざし、シャフトの尖端《せんたん》を勇太の頬に突き刺した。勇太が叫びをあげのけぞった。その隙に結衣はハンドルを車体後方に投げた。ハンドルは開放されたドアの外に消えていった。

停車してハンドルを拾う余裕がないのは明白だった。パトカーが徐々に追いあげてきている。

勇太は激憤をあらわにし、結衣を何度となく蹴りこんだ。「このいかれた魔女が！」蹴撃《しゅうげき》から逆方向に身を退かせ、いくらかダメージを軽減させたものの、やはり激痛は免れない。結衣はふらつきながら荷台内部の隅にもたれかかった。だが勇太も消耗が激しいらしく、それ以上詰め寄ってこなかった。結衣は横っ腹の鈍重な痛みに耐えた。ふたりとも息を切らしつつ睨《にら》みあった。

勇太がベトナム語で怒鳴った。運転席からたずねかえすような声がきこえた。勇太が苛立《いらだ》たしげに語気を強めた。するとトランシーバーのノイズがかすかに響いた。ドライバーがどこかに連絡しているようだ。

結衣はつぶやいた。「これでウイルスの散布はもう無理」

「そうはいかん。いま手を打った」勇太は覚悟をきめたような顔つきになった。「貴様を道連れに俺も死ぬ。ウイルスも拡散される」

どんな手を使うつもりなのか。それ以上に気になるのは、感染を広めることへの執《しつ》拗《よう》なこだわりだった。結衣は勇太を見つめた。「なんでそこまで……」

思わず口をつぐんだ。殺意に満ちた勇太の目に、真実を垣間《かいま》見た気がした。

「ああ」結衣は小声でいった。「柚木大臣はただの囮《おとり》ね」

勇太は眉《まゆ》ひとつ動かさなかった。人殺しにありがちな、生気を失った死体のようなまなざしだけが、ひたすら結衣に向けられていた。

結衣のなかで腑《ふ》に落ちるものがあった。「最初からオリンピックを中止に追いこむつもりだった。そのために柚木大臣のクーデターを後押しした」

「利口ぶりたいか？」勇太は無表情にかえした。「貴様がどう思おうが関係ない。ただ貴様を殺す」

「笑わせてくれる。あんたたち馬鹿でしょ」

「なにかいったか」

「突然のウイルス散布で打撃をあたえるつもりだったのに、先に新型コロナウイルスが流行しちゃって大慌て。いましかないってんで乗りこんできた。でも残念。中途半端な影響のせいで、オリンピックの延期が検討されだして、もう市場が反応しちゃってる」

柚木若菜が計画どおり武蔵小杉高校事変を解決したとみなされ、翌年東京オリンピックが開催されたところで、経済にはさして変動がない。ただしテロに打ち勝った女性リーダーの国として、世界的な支持を集め、祝祭ムードで開催規模が拡大することはありうる。柚木自身が欲したのは権力ばかりではない。横領着服で大儲《おおもう》けすることを当てこんでいた。そのためにはオリンピックの総予算が巨額なほど都合がよくなる。

よって広く投資を募っただろう。矢幡政権よりも柚木政権下のほうが、オリンピックへの依存体質がはるかに高まる。

そんな状況下でオリンピックが中止になれば、経済面への打撃も深刻になる。変動が大きいぶん、あらゆる関連銘柄で株の空売りを仕掛ければ、莫大《ばくだい》な利鞘《りざや》を得られる。開催でなく中止だからこそ大儲けできる。時期も開催寸前であればあるほどいい。

ところがそれより早く新型コロナウイルスが流行し、市場にじわじわと影響がひろがりだした。予期せぬ突然のオリンピック中止だからこそ、株価の乱高下が引き起こされるというのに、少しずつ市場が中止にも延期にも順応しだしている。開催寸前にウイルスをばらまくはずが、計画を前倒しにせざるをえなくなった。

結衣はささやいた。「あきれた」

「なんだと」勇太が凄《すご》んだ。

「柚木大臣はシビックの金儲けに利用された。チュオニアンの学園長がいった意味が、ようやく理解できた。なにも知らない柚木は、祭りあげられただけの生け贄《にえ》。武装勢力のジンたちもそう。いまのあんたたちも」

「なにがわかる」勇太の死人のような目が結衣をとらえた。「父が幼いころ住んだ村は、米軍の枯葉剤や焼夷《しょうい》弾で全滅した。韓国軍もベトナム人を虐殺した。中国は石油資源を狙ってベトナムの軍艦を沈めた。フランス統治下で進駐した日本軍は飢餓をもたらし二百万人が死んだ。いまも日本は実習生の名目で受け容《い》れたベトナム人を、低賃金で奴隷化している。留学生の金も悪徳業者が搾取する。来日外国人のなかでベトナム人の犯罪件数が最多だと？　自分たちのしてきたことを考えろ」

「ベトナムの貧困と格差は改善傾向でしょ。公民の教科書に載ってた。でも田代家は別。犯罪で稼いだ金で富を得てる。帰化してるからベトナムに税金も納めない。ベトナム企業の日本進出を斡旋《あっせん》しようが、実態はマフィアでしかない」

「金を稼いでなにが悪い。金が力で正義だ。金満国は貧困国を押し潰《つぶ》してきた。途方もない力を得て逆襲に転じてやる」

田代一家に身を寄せていたころの凜香《りんか》も同じ物言いだった。拝金主義は田代家の絶対的信条か。それゆえシビックの金儲けに利用されているにすぎないのだが、まるでその自覚がない。

新型コロナウイルスのせいで計画が前倒しになったものの、ここでより毒性の強いウイルスの流行が重なれば、オリンピックは延期でなく中止になる。勇太はそのためだけに殉ずるつもりだ。立派というより愚かに思えてくる。

結衣はささやいた。「あんたに従属してきた元ミャンマー国軍の傭兵《ようへい》たちも、きょう悲惨な最期を迎えた。実習生より酷《ひど》い運命じゃん」

「なにもかも貴様のせいだ。優莉匡太の娘め。チュオニアンの過ちをいま挽回《ばんかい》してやる」

「戦士って」結衣は挑発した。「國旃《くにほぞ》に雇われてた分際で、役割をほったらかして逃げたくせに、戦士だなんてマジうける。洋上にいたアメリカの空母が、ただ怖かっただけでしょ」

「女学生に戦争のなにがわかるか」

「チュオニアンであんたたちに見捨てられた部隊が全滅した。せっかく生き残った奴らも、きょうあんたのせいで死んだ。それがあんたの器。田代兄、リーダーの資格まるでなし」

満面朱を注ぎ、激昂《げっこう》した勇太が怒号とともに突撃してきた。狭い荷台のなかで後退するスペースがない。結衣は足払いをかけられ、仰向《あおむ》けに転倒した。勇太を覆うボディアーマーがのしかかってくる。結衣は両腕でガードしようとしたが、勇太が両手でつかんだ。息がかかるほど勇太の顔が接近した。

結衣は全力で抗《あらが》いながら吐き捨てた。「なにをしようがもうウイルスは散布できない！」

「いや」勇太が不敵にいった。「そいつはちがう」

異様に落ち着いた声の響きにきこえる。結衣が息を呑《の》んだとき、けたたましい爆音が耳に届いた。

衝撃が全身を駆け抜けた。リアの開け放たれたドアの向こう、CH－47チヌークの巨大な機影が、超低空飛行で間近に迫った。ツインローターを縦列に掲げる、鯨にも似た金属の塊が、車道の上空すれすれに飛ぶ。

路上ではパトカーの群れが、激しく取り乱したように蛇行運転を繰りかえす。追いすがる県警のヘリは高度を下げられずにいる。

さっき勇太が運転席に発したベトナム語はこれか。ドライバーがトランシーバーでCH－47に離陸を命じた。CH－47の操縦席には、本来の不時着偽装のため、パイロットが居残っていたのだろう。

機体側面のドアが開いていた。ボディアーマーの兵士が複数、身を乗りだしているのが見える。うちひとりは長さ一メートルほどの槍《やり》に似た物体を肩に掲げていた。結衣の背筋に冷たいものが走った。RPG7ロケットランチャーだった。結衣が気づくと同時にRPG7が火を噴いた。発射されたロケット弾は空中で後方に噴射を開始し、推進力を増しながら一直線に飛んできた。

路上に極太の火柱があがった。轟音《ごうおん》とともにアスファルトが粉砕され、大小の破片が砂埃《すなぼこり》のなかに舞い散った。熱を帯びた爆風が車内まで吹きこんでくる。バンも風圧に押されバランスを失い、片輪を浮かせ斜めになって走りつづけた。勇太が傾斜に転がったため、結衣は拘束から脱した。車体はほどなく水平に戻ったものの、なおも激しく蛇行しながら走行した。

勇太が運転席に怒鳴った。今度は結衣の知るベトナム語だった。止まれと勇太はいった。だがドライバーは指示に従おうとしない。慌てふためいたように速度が上昇していく。勇太が悪態をついた。

いまＣＨ－47に搭乗している兵士たちは、勇太とともに生き残った数名だろう。クラブハウスの崩落から免れた直後、運搬していた武器弾薬を携えながら、機内に戻ったにちがいない。勇太は結衣を道連れにし、バンごと爆死する覚悟だ。円筒形の密閉容器も破壊されれば、ウイルスが空中に散布される。すなわち容器の中身は空気感染力を備えている。致死量も高いはずだ。そうでなければ傭兵たちに感染させたほうが、ウイルスの国内持ちこみには適した判断となる。

けれどもドライバーは勇太のいうことをきかず、停車を拒絶している。パトカーが追いすがってきた。ＣＨ－47の側面ドア、別の兵士が榴弾発射機《グレネードランチャー》をかまえていた。砲口が火を噴き、先頭のパトカー付近に爆発が起きた。パトカーは激しくスピンしながら路側帯へと滑っていき、ガードレールを突き破ったのち、草むらのなかで停まった。

大型ヘリの超低空飛行により、ツインローターが烈風を吹き荒らす。街路樹が枝葉をすりあわせながら、幹ごと大きく揺れていた。道沿いの電線に火花が散る。歩道のそこかしこに通行人がうずくまっている。

海に近づいたせいか、周辺には工場風の建物がめだちだした。ブローニングM2重機関銃の掃射音がこだまする。リアのドアが被弾し、次々と大穴が開いた。結衣がうずくまったとき、片側のドアが蝶番《ちょうつがい》から外れ、路上を跳ねながら飛んでいった。パトカーが回避のため大きく左右に蛇行する。路面はなおも重機関銃の着弾により砕かれていく。

ヘリとは別の風圧を間近に感じた。結衣が顔を上げると、勇太が駆け寄ってきた。車外に突き落とそうとしてくる。結衣は跳ね起きた。激しい振動のせいで足場が安定しない。だが結衣は合気道の極意を用いた。移動方向の足に体重をかけず、薄氷を踏むようにしながら、重心のみを移動させた。結衣は入り身《いりみ》投げの体勢に入った。大の男に通用するわざではない。だが勇太は負傷しているうえ、ボディアーマーの重心を狂わせていた。結衣は勇太の側面にまわりこみ、肩口をつかんで懐に引きつけるや、勢いよく仰向けに倒した。勇太は背中を床に叩《たた》きつけた。

横たわったまま起きあがれず、勇太が歯ぎしりした。ベトナム語で悪態をついたのち、日本語で吐き捨てた。「小娘ごときに殺《や》られる傭兵《ようへい》がいてたまるか!」

結衣は悠然と見下ろした。「怪我さえしてなきゃね」

ところがそのとき、車体後方からなんらかの物体が撃ちこまれた。グレネード弾ではない、そこまでの速度ではなかった。サイズは砲弾よりも大きく、形状はいびつだった。だがCH-47から射出されたのはあきらかだった。床に転がるのはMP5K短機関銃だとわかった。TR5小銃射出機が使われたらしい。

はっとして結衣は飛びつこうとしたが、勇太のほうが早かった。勇太が短機関銃をコッキングした。結衣は狭い荷台のなかを転がった。短機関銃のフルオート射撃が追いまわす。

ふいに神藤の声が耳に届いた。「優莉!」

バンの後方ぎりぎりに、一台の白バイが接近している。乗っているのは白バイ隊員ではない、神藤だった。無断で奪ってきたのか、道交法も無視し、ノーヘルで走りつづける。元暴走族だけに絶妙なハンドル操作で車間距離を詰めてくる。神藤は片手に握った拳銃《けんじゅう》を結衣に投げてきた。

CH－47からの執拗《しつよう》な爆撃に、神藤のバイクも後続のパトカーも、道の左右に逸《そ》れていった。だが寸前に投げられた拳銃を、結衣は左手でキャッチした。指先をすばやく動かし、グリップとトリガーを探りあてながら、銃口を勇太に向けた。勇太はとっさに短機関銃を持った両腕をあげ、顔を防御した。MP5Kで結衣に狙いを定めるより、結衣の発砲のほうが早い、そう判断したからだろう。しかし結衣はボディアーマーの腹部に亀裂《きれつ》が生じているのを見てとった。脆弱《ぜいじゃく》な一か所めがけ、銃弾をつづけざまに撃ちこんだ。

勇太は呻《うめ》いてよろめき、両膝《りょうひざ》をついた。弾を受けつけるはずのないボディアーマーから血が滴っている。だが勇太はなおもあきらめず、短機関銃を円筒形密閉容器に向けた。銃撃で破壊する気だった。

結衣は瞬時に間合いを詰め、至近で跳躍し、勇太の腕に跳び蹴《げ》りを見舞った。勇太の腕から短機関銃が飛び、車内の壁に叩きつけられた。結衣は奪った短機関銃の銃口を、勇太の腹部にあて、フルオートでトリガーを引いた。けたたましい発射音とともに勇太が激しく痙攣《けいれん》した。

数秒で弾は尽きた。勇太は脱力し床に伸びた。目を剝《む》き結衣を見上げる。眼光にかろうじて意識を保っているとわかる。

勇太は血走った目で睨《にら》みかえし、苦しげな息遣いとともに語気を強めた。「貴様らの国が今後ものさばれるものか。原発という致命傷を抱えたうえ、ウイルスに死に体《たい》のゴミ国家が」

「高校生でもわかる」結衣はいった。「人は学ぶ。教訓を得て、急速にウイルスへの対抗手段を見つけていく。感染連鎖を断ちきる知恵も個々に備わる。いずれ収束に向かう」

「そもそも流行を食いとめられなかったのにか」

「流行は大人たちのせいでしょ。WHOも大国の主導者もお金のことばっか。入国制限しないことからオリンピックまでお金お金お金。これ以上、十代に迷惑をかけないでよ」

「感染を広げてるのは貴様らガキどもだろうが」

「世間の十代は犯罪者みたいに馬鹿じゃない」

勇太が皮肉めかした口調をかえした。「貴様のような犯罪者は例外なわけか」

冷えきった思いとともに結衣はつぶやいた。「そう。わたしたち優莉家、あんたたち田代家。同じ失態ばかり繰りかえしておきながら、いっこうに学ばない馬鹿の集まり」

「一緒にするな。大量殺戮しか頭になかったサイコパスの娘が」

「あんたの父親も似たようなもんでしょ。いんちきバドミントン選手の弟も」

「家族を愚弄《ぐろう》するな！　優莉結衣。貴様の父は国の秩序を乱しただけの、ただの小物だ。俺たちは新たな国家を創造する」

「ベトナム系半グレ集団が経済支配する国になって、どこが創造よ」

「貴様の血筋も続々と俺たちのものになってる。俺の母のペットを知ってるか。貴様の姉だ。文字どおり鎖につないで餌をくれてやってる」

神経を逆なでされたような不快感が生じる。結衣は落ちた拳銃を拾いあげた。「だから？」

「その銃で密閉容器を撃て。智沙子《ちさこ》を殺されたくなければな」

「あんたを撃ったほうがよくない？」

「強がりはよせ。智沙子が野郎どもの慰《なぐさ》みものになったうえ、身体を切り刻まれて死ぬぞ。凛香はなんとか耐え抜き逃げだしたが、病弱な姉はどうかな」勇太は苦痛の脂汗を滴らせながらも、くぐもった笑い声を発した。「どうだ。俺を撃てるもんなら撃てばいい」

「そんな。う、撃てない」結衣は棒読みのようにいった。「ってならない。そこが悩みといえば悩み」

勇太の表情がひきつった。「さっさと密閉容器を撃て」

結衣は銃口を勇太の頭に向けた。

「まさか」勇太が焦燥のいろをあらわにした。「本気で撃つつもりか」

「あんた死ぬ覚悟じゃなかったの」

「死など恐れない。だがウイルスは撒いてやる！」勇太は血まみれのボディアーマーを突き動かし、ふらつきながらも結衣に飛びかかろうとした。

だが勇太の腰が浮くより早く、結衣は片足でボディアーマーの胸部を押さえつけた。すかさず勇太の口に銃身を深々とねじこみ、喉仏を圧迫した。たちまち勇太は嘔吐の反応をしめし、全身を痙攣させた。真っ赤になった目が潤みながら結衣を見上げた。声にならない呻きばかりが反響した。

ふん。結衣は鼻を鳴らすと、拳銃のトリガーを引いた。

車内が一瞬だけ閃《ひらめ》き、銃声が反響した。硝煙のにおいとともに薬莢《やっきょう》が舞った。至近距離からの発砲により、勇太の頭部は粉砕された。荷台のなかは飛び散った血のいろ一色に染まった。

結衣は拳銃を眺めた。スライドが後退したまま固まっている。弾を撃ち尽くし、無用の長物と化した。結衣は凶器を放りだした。

凍てつくような感情だけが胸に残る。田代美代子《みよこ》と会ったときにもこみあげた思いだ。兄弟姉妹の安否を心から憂えるなら人並みだろう。だがそうはならない。ウイルスを撒こうとするクズを撃ち殺すのに、躊躇《ちゅうちょ》までは生じない。優莉匡太の子はみな、生まれたときから死んだようなものだった。死んで苦しみから逃れるのも、姉の人生にとって悪くない。そのほうが姉にとって幸せかもしれない。もし殺されず拷問を受けつづけているとしても、幼少のころからそれが人生だと思っていた、そういう兄弟姉妹だった。

姉のことを想っていても、目の前のクズを殺してしまう。たぶん異常なのだろう。いまさらながらそう感じる。でなければこの六か月間、こんなに人殺しに明け暮れなかった。とはいえ自分の基準では正常だった。思考もまともに機能している。そう、勇太の処刑は冷静な判断に基づく結論だ。あいつらは姉に手だしできない。切り札を失ったら最期だとわかっているからだ。

ふいに運転席から叫び声がきこえた。声はたちまち車外を後方に移った。リアの外れたドアの向こう、ドライバーらしき男が地面に転がっているのが見えた。

バンの速度はいっこうに落ちない。ドライバーはアクセルを固定したまま飛び降りたらしい。だがその直後、ドライバーは全身から血を噴きだし、その場にくずおれた。

頭上のCH－47から重機関銃で狙撃《そげき》されたようだ。

鳥肌が立った。ドライバーが脱出を図ったからには、おそらくもう先がない。

結衣はバンの後方から車外へと跳躍した。そこは剝きだしの土だった。地面に叩きつけられる寸前、空中で身体を丸め、受け身の姿勢をとった。落下の衝撃を肩で吸収し、砂埃《すなぼこり》のなかを激しく転がった。

重機関銃の掃射はバンを追いまわしていた。密閉容器の破壊を優先する気らしい。結衣が起きあがると、目の前には埠頭《ふとう》があった。バンは空中に飛び、海原へと落下した。白い水柱が高々と立ち昇る。後部だけが浮きあがった車体は、みるみるうちに波間に没していった。密閉容器は破損しないまま、バンごと海中に沈んだ。

強風が吹き荒れる。陽を遮る高い建物はないはずなのに、結衣は日陰に位置していた。理由は見上げるまでもない。CH－47が超低空に留《とど》まっている。

結衣は駆けだした。重機関銃の掃射が土煙を噴きあげるなかを疾走した。辺りにひとけはなかった。パトカーもまだ追いついていない。グレネード弾が甲高い音を奏でながら飛んでくる。後方ですさまじい爆発が巻き起こった。熱を帯びた爆風を背に受け、結衣は前方につんのめった。地面に転がり、すぐにまた立ちあがり走りだす。あらゆる銃火器の着弾が結衣を追いまわす。

走るうち視野が涙に揺らぎだした。結衣は笑っていた。声をあげて笑った。なにもかも滑稽《こっけい》なほど過剰だ。こんな非常識がまかり通る、それが自分にとっての青春だった。人命が果てしなく軽い。周りの誰もが当然のように平和を謳歌《おうか》するなか、ひとりだけ中東の戦場のように暮らしている。場違いで馬鹿みたいだ。白球の行方に涙し、試合の勝利を心から祈り、おそらくその先に恋愛感情を育《はぐ》む。一瞬でも平凡に近づきたいと感じた八か月前が、いまや遠い過去に思える。それよりずっとむかし、十七年前に生を受けたときから、運命なんかきまっていた。生まれたようにしか生きられない。生きたようにしか死ねない。

結衣は埠頭に走った。防波堤を飛び越え、テトラポッドが並ぶ向こう側に座った。

爆音が頭上を横切っていく。CH－47の巨大な機体がまわりこんできて、海面すれすれに空中停止飛行《ホバーリング》した。結衣の目の前で、側面のドアから兵士が身を乗りだした。ロケットランチャーが結衣を狙い澄ましてくる。外すはずのない距離だった。

こうなるとわかっていた。結衣が孤立した岩ひとつに隠れたなら、敵は岩ごと吹き飛ばそうとする。だから結衣は防波堤を越え、無数に連なるテトラポッドの陰に身を潜めた。左右に逃げる可能性があるため、CH－47も標的が見える側にまわりこんできた。

結衣はつぶやいた。「バカなパイロット」

CH－47の機体がまっぷたつに裂け、炎の塊が膨れあがった。爆発音は一瞬遅れて到達し、埠頭全体を揺るがした。衝撃波が放射状に海面を走っていく。熱風が押し寄せた直後、豪雨のような水飛沫《しぶき》が降り注いだ。真っ赤に染まった無数の金属片が、花火のごとく空中にひろがり、洋上の広範囲に落下する。

別の轟音《ごうおん》が耳をつんざいた。F－15J戦闘機がアフターバーナーを噴射させ、結衣の視界を瞬時に横断していった。甲高い飛行音だけを残しつつ、埠頭に突風が吹き荒れた。すぐにそれも微風になった。

市街地を空爆した領空侵犯機が海上にでた、そんなチャンスを見逃すはずもない。CH－47は撃墜されるべくして撃墜された。

F－15Jが空の彼方《かなた》で旋回するのが見える。もういちど戻ってくるだろうが、とりあえずいまは静かになった。結衣は立ちあがり埠頭を歩きだした。サイレンが遠くで湧いている。また返り血にまみれ、制服がぼろぼろになった。潮風のなかをひとり歩いた。きょうはせめてもの幸せがあった、結衣はそう思った。高二の最後、二〇二〇年春、甲子園で戦えた。

28

自衛隊機が領空侵犯の大型ヘリを撃墜した件で、国連安全保障理事会は声明を発表し、日本の自衛権行使としてなんら問題はないと結論づけた。撃墜ポイントが領空の奥深く、沿岸とあっては周辺国からの抗議もありはしない。

兵庫県警は会見を開き、大型ヘリの甲子園球場への不時着は、東南アジア系武装勢力による強行的な密入国だったと発表した。武装勢力の大半はクラブハウスの倒壊に巻きこまれて死亡。残る数人も大型ヘリの撃墜とともに全滅した。

日本を揺るがすことになる発表はその先にあった。元傭兵部隊のリーダー格はグエン・ヴァン・ハン、すなわち日本に帰化した高校生バドミントン選手、田代勇次の実兄と判明。海中から引き揚げられたハンの逃走車両には、毒性の強い新種のウイルスが培養された密閉容器が存在した。テロを画策していた疑いが濃厚である、会見ではそのように断じられた。

新型コロナウイルス流行にともない、政府が不要不急の外出を控えるよう呼びかけていた。このため今津東線の交通量はごく少なく、歩行者もほとんどいなかった。球場周辺も春のセンバツの中止により閑散としていた。おかげで民間の犠牲者は皆無、警察官もパトカーに乗っていた三名の負傷だけで済んだ。もともと辺りにひとけがないからこそ、畑野はこの期間内に大型ヘリを迎えいれたのだが。

阪神タイガースの経営母体である阪神電気鉄道は、クラブハウスの損害について、甲子園署に賠償請求する考えをしめした。だが警視庁は事実上協議を拒否したという。建物に関する保険契約の約款では、テロによる損害を免責としていないことが、賠償を断る主な理由とされた。保険会社は苦言を呈した。テロという言葉は使っていないが、戦争・内乱・革命・暴動による損害という免責事項に含まれるというのが、保険会社側の主張だった。クラブハウス再建の費用をどこが負担するかで、関西地方の官民はおおいに揉《も》めている。一部のファンは、例のタニマチに払わせろと抗議の声を発した。ナインのなかにも、天井がなくなったほうが風通しもよくなる、そんな皮肉を口にする者がいたという。

警視庁はまた、事件当日に栃木泉が丘高校の教員と生徒らが、畑野一派に呼び寄せられた事実を認めた。一同は神藤に協力し、果敢にも武装勢力に立ち向かったとされる。もっとも詳細は伏せられた。三人の生徒らが缶スプレーのガスを解き放ち、クラブハウスの屋根を崩落させたと世間が知れば、おおいに物議を醸すにちがいない。警視総監賞の表彰状授与式では、生徒のなかに同校のエース、滝本翔がいることが話題になった。中止になった春のセンバツの代わりに、甲子園で勝利をおさめたという論調で、ニュースは世界に飛んだ。

滝本の存在を警察が強調したのは、組織の欠陥隠蔽《いんぺい》のほか、もうひとつの不都合から世間の目を逸《そ》らすためだった。優莉結衣が一緒にいた。あろうことか畑野の命令により、結衣が署に連行されていた。

もっともその事実は公表されなかった。事件から二日後の深夜、結衣は加古川《かこがわ》市別府町《べふちよう》にある廃棄処理場にいた。わざわざ出向いてきたのは、すべてを終わらせるためだった。

夜空の下、暗がりのひろがる一帯に、錆びついたクルマが山積みになっている。どれも部品を取り除かれ、スクラップになるのをまつばかりの状態にある。夜間の作業用照明は灯っていない。だが面会相手となる初老のロングコートは、闇のなかにおぼろに浮かんでいた。

頭髪を不自然に黒く染めた、角張った顔の持ち主。兵庫県警察本部長、煤賀《すすが》貴彦《たかひこ》警視監は口をへの字に結び、屋外設置の大型プレス機を眺めていた。護衛を兼ねる同伴者はごく少ない。ふたりのスーツが段ボール箱からＨＤＤカートリッジをとりだしては、プレス機の投入ケース内に放りこむ。

結衣はトレンチコートを纏《まと》い、煤賀の近くにたたずんでいた。連れは神藤ひとりだった。三人でプレス機を見守る。スーツらがＨＤＤカートリッジ百二十六個を、すべて投げこむと、煤賀が結衣を見つめてきた。結衣も煤賀を見かえした。

スーツのひとりがリモコンスイッチを操作する。プレス機が作動した。耳障りな騒音を響かせつつ、油圧式の機構が作動し、天板が下りてきた。ＨＤＤカートリッジの山を圧迫し、ただちに押し潰した。ふたたび天板が上がったとき、平らにひしゃげたプラスチック板だけが残された。

プレス機が停止し、ふたたび静寂が訪れた。煤賀が無表情にため息をついた。「合意のとおりだ。これでお互い不都合な過去を払拭できた」

不祥事の多い兵庫県警は、じつのところ腐敗しきっていた。発覚した犯罪件数は全国ワースト三位だが、身内に甘い組織体質のため、免職はゼロに押さえられている。停職や減給、戒告処分がやたら多い。

兵庫県警本部と反社会的勢力のあいだに、裏取引の窓口が存在するのも、闇社会ではよく知られた話だった。優莉匡太もかつてよく利用した。

県警の不祥事としては、今回が最大規模にちがいない。甲子園署刑事第二課の畑野係長以下、たった一名を除く特務一係全員が関与していた。例外の一名とは神藤巡査部長だった。畑野は球場を臨時ヘリポートと化し、大型ヘリを迎えいれる違法契約を、田代ファミリー相手に交わしていた。

結衣がすべてを伏せる代わりに、兵庫県警も結衣の潔白を証明すること。互いに傷を負った身だけに、取引は五分と五分で成立した。真実は兵庫県警の一部が知るのみに留まる。誰も口外しないだろう。組織ぐるみの隠蔽は県警の十八番だった。死亡した刑事と鑑識課員たちは、全員が武装勢力の入国を阻止せんとして命を落とした、名誉の殉職扱いとなる。

煤賀は仏頂面でささやいた。「きみもいよいよお父さんに似てきたな」

なにをいわれようと心には響かない。結衣は視線を逸らした。「そんなに離れて立たなくていい。隣りの倉庫の屋上に、もう狙撃手はいない。ガムテープでがんじがらめになって、敷地内に横たわってる」

寝耳に水だったにちがいない。煤賀はぎょっとした顔を結衣に向けてきた。その視線が神藤に移った。

神藤は平然とした面持ちで、ただ首を横に振った。「私はなにも喋《しゃべ》ってません」

それも事実だった。神藤の助けは借りていない。課題はもうひとつある。煤賀が黙って約束を守るとは思えなかった。部下にＨＤＤの録画内容をコピーするよう命じたはずだ。だが……。

スマホの着信音が鳴った。スーツのひとりが応じた。「はい。……なに？　本部内のコンピューターぜんぶですか？　それでウイルス除去は……」

スーツは泡を食った反応をしめしたものの、結衣を一瞥するや、ばつの悪そうな顔で遠ざかった。なおも慌《あわ》てぎみに会話をつづける。煤賀はなにごとかと目を瞬《しばた》かせている。

結衣はつぶやいた。「県警本部が感染してる。コロナじゃなくコンピューターウイルスに」

煤賀が頓狂《とんきょう》な声を発した。「なんだって？」

「感染源は本部長。メールに記載されたＵＲＬをクリックしたから」

「馬鹿いえ。私はむやみに未確認のサイトなど開かん」

「本当にそう？　けさアンティークのゴルフクラブ収集家からメールが届いたんじゃなくて？」

突然のメール失礼したします。当方長年にわたり、貴重なゴルフクラブをコレクションしてきた者ですが、煤賀様の噂をきき、ご興味があるのではと思いました。お譲りできる物一覧をブログにまとめましたので、よろしければご覧下さい。メールにはそのように書かれていた。いや、書いたのは結衣だった。趣味嗜好には誰もがガードを甘くする。

煤賀は顔面蒼白になっていた。「あのサイトが……」

「県警本部のサーバーや、パソコンのHDD内にある動画ファイルは、ぜんぶコロナがらみのファイルに変異してる」

「コロナがらみ？　どういう意味だ」

スーツが血相を変え、煤賀に駆け寄ってきた。「本部のコンピューターにトラブルです。見慣れない画像ファイルであふれかえってるそうです。暖房器具とか、トヨタの古いクルマとか、メキシコのビールとか……」

窒息したような顔の煤賀が、もうひとりのスーツのもとに駆けだした。紛糾する県警の三人を残し、結衣はその場から立ち去った。

データ量が膨大なため、動画ファイルは外部記録媒体に移していないはずだ。そんな時間はなかった。球場内の監視映像はひとつ残らず抹消された。これにて取引はつつがなく完了した。

神藤が並んで歩いた。「きみはもう自由だ。本部長が警視庁に掛けあってくれた。

おかげでハイジャックの件も、集団による正当防衛だったと証明されたしな」

とうとう警察との闇取引に手を染めた。父も指名手配を受けるまで、全国の警察組織を相手に、さかんに繰りかえしたやり方だった。

結衣はつぶやきを漏らした。「結局、蛙の子は蛙」

「そのわりにはずいぶん吹っきれた顔をしてるな」

思わず苦笑せざるをえない。結衣は神藤を見つめた。「どこかあきらめがついた。でもひとつわかったことがある」

「どんなことだ？」

「あきらめは人生の終わりじゃないってこと」

神藤がうなずいた。「いい考え方だ。俺も胸に刻んどこう」

「ねえ、神藤さん」結衣は思いのままを口にした。「ぼろぼろになった世のなかが良くなると思う？」

「さあな。だが歪《ゆが》んだ社会にしちまったのは大人たちのせいだ」神藤は声をひそめ、結衣の耳もとでささやいた。「きみが歪んじまったのもな。俺はきみより年上だ。ひと足早く大人になった。だから少なくとも、きみをまっすぐにさせられるよう頑張る」

せつなさをともなった渣滓《さし》が、心のなかを漂いだした。結衣はうつむいた。「そんなに簡単じゃないかも」

「わかってる。だが公にできなくとも、水面下の努力は欠かしちゃいけない。なにか困ったことがあったら、いつでもいってくれ」

「あなたには頼らない」

「半グレ集団を作りたくないから、仲間は求めないって？」神藤は耳もとでささやいた。「きみは父親とはちがうよ」

結衣は神藤を見つめた。神藤が微笑とともに見かえした。それ以上、なんの言葉も交わさなかった。廃棄処理場の入口に停めてある覆面パトカーに、ふたりは近づいた。

神藤が運転席に乗りこみながらいった。「ひとまず京都に戻ろう。着くまで寝てればいい」

助手席に身をあずけ、結衣は軽く目を閉じた。疲れのせいか、ほどなく睡魔が襲ってきた。

中一のころの夢はおそらく見ない。見たとしてももう苦痛ではない。なにもかも受けいれた。こんな自分に生まれたことが悔やまれる。けれども日々を過ごしていて強く感じる。たぶんこれが凶悪犯の娘にとってのアオハルなのだろう。

29

武蔵小杉駅に近い市ノ坪《いちのつぼ》交差点から、府中《ふちゅう》街道をわずかに南下した道沿いに、田代ホールディングス本社がある。辺りが住宅街として整備されるより前、半導体メーカーの工場だった敷地を、田代槇人は丸ごと買いとった。タワマンを望む近代的な街並みの一角、公園のように広々とした庭に囲まれた、ガラス張り五階建ての巨大な社屋。歩道からフェンス越しに見える桜が、毎年春には地域住民に好評だった。敷地内には田代家の邸宅もあるため、勇次のファンが群がることも多かった。

今年は様相がちがう。夜八時すぎ、田代槇人は苛立《いらだ》ちをおぼえながら書斎に籠《こ》もっていた。内線電話がひっきりなしに鳴る。フェンスの外に集うデモ隊の動向について、警備部がいちいち連絡を寄越《よこ》してくる。制服の警備員を警戒に立たせているが、それでもフェンス越しに物を投げいれられる。日本という平和な国家では暴動に等しい。

また卓上電話が鳴った。決裁の書類に目を通すはずが、これでは仕事にならない。槇人は眼鏡を外し、ため息とともに受話器をとった。「なんだ」

「何度もすみません」警備部主任の声がいった。「警備員がテレビ局の人間から声をかけられて困っています。どう返事をしたものかと」

「マスコミはいっさいシャットアウトだといったろ」

「そうなんですが、会社の前でカメラをまわしたうえで、警備員に直接マイクを向けるので」

「局の報道センターには抗議しとく。とにかくいまは無視を貫け」槇人は受話器を叩《たた》きつけた。

多摩《たま》川近くの関連会社には、腕におぼえのある連中が集結し、いつでも動きだせるよう待機している。だが連中をいまここに呼び寄せるわけにいかない。いかにも半グレ然とした輩《やから》どもを警備に加えたら、マスコミに餌を撒《ま》くも同然だ。デモ隊にも手だしできない。川崎市はヘイトスピーチ禁止条例を可決したのではなかったのか。へたくそなベトナム語で、国に帰れという意味のシュプレヒコールが、さっきから延々と繰りかえされている。

報道が気になり、テレビの電源をオンにした。夜間の社屋が映しだされた。敷地の外からフェンス越しにとらえた映像だった。生中継とテロップがでている。女性キャスターの耳障りな声がいった。「こちらが武蔵小杉にあります田代ホールディングス本社です。高校生バドミントン選手の田代勇次さんや、父親の田代槇人さんのご自宅も兼ねているとのことです。そして、カメラさんこっちに振ってください、道路を挟んだ向かいに、中原《なかはら》生活環境事業所という場所があります。ご覧のようにゴミ収集車がずらりと……」

槇人は憤りとともにテレビを消した。マスコミの意図はあきらかだ。武蔵小杉高校を襲撃した武装勢力の特殊車両、ゴミ収集車に見せかけた対空戦車を連想させようとしている。立地が近いから首謀者だと、いまさら鬼の首をとったように騒ぎ立てる。今後あらゆる面で疑惑が報じられるだろう。勇次が多摩川につづく放水路から脱出した件についても、どうせ近いうち考察が始まる。

階下から物音がした。なにかが割れるような音だった。勇次の叫び声がきこえる。槇人はあわてて立ちあがった。

二階の廊下を駆けていき、急ぎ階段を下る。この邸宅は遮音に優れている。フェンスからも遠い。外にいるマスコミにきかれる心配はまずない。だが息子の乱心をほうってはおけない。

一階の玄関ホールを抜け、リビングルームに入った。使用人ら三人がなすすべもなく立ち尽くす。ほかに白髪頭の小柄で痩《や》せたスーツの男性が、ひたすら困惑顔でかしこまっている。彼もベトナム人だった。槇人の妻、美代子が涙目を向けてきた。

部屋の真んなかで、ジャージ姿の勇次がバドミントンのラケットを振るっていた。高価な調度品を次々と破壊している。高麗《こうらい》青磁の壺《つぼ》も打ち砕いた。勇次は顔を真っ赤にし、泣き叫びながらマイセンの磁器人形めがけ、ラケットを力いっぱいスイングした。

「やめろ！」槙人は駆け寄った。「勇次、落ち着け。暴れたところでどうにもならんだろ」

勇次は大粒の涙を滴らせながら怒鳴った。「もう終わりだ！　なんで教えてくれなかったんだよ。父さんも母さんも嘘つきだ」

「ちがう。勇次。ハンがあのヘリに乗ってたことは知らなかった」

「嘘だ！　あれは父さんの指示だ。兄貴は傭兵《ようへい》部隊を率いてたじゃないか。切羽詰まって呼び寄せたのは父さんだろ」

「それはたしかにそうだ。だが……」

「何度おんなじ失敗をすりゃ気がすむんだ。元軍人が大勢いればなんとかなる？　武器弾薬が山ほどありゃ天下がとれるって？　笑わせんな。なんだよこのザマは！」

槙人のなかで怒りの感情が募りだした。「勇次。口の利き方に気をつけろ」

勇次が泣き腫《は》らした目をスーツの高齢男性に向けた。絡むような口調で勇次がいった。「なんの用で来たんだよ。ちっぽけなディエン・ファミリーがいまさら役に立つかよ」

白髪頭のディエン・チ・ナムはおろおろとした態度で応じた。「お邪魔して申しわけありません。お兄様にご不幸があったので、なにか力になれればと」

「力だって？　そもそもあんたらが腰抜けだったから、うちの日本進出も苦労の連続だったんじゃないか。どのツラ下げて現れてんだよ」

槇人は勇次を一喝した。「よさないか！　ディエン・ファミリーはうちより先に日本で基盤を築いた。敬意を持て」

だが勇次は退かなかった。「なにが敬意だよ。日本のヤクザに押されっぱなしで、幹部も強制送還されまくって虫の息だったんだろ。そこをうちが助けたんじゃないか」

ナムが弱々しくいった。「たしかに、そのう、グエン家に比べたら私たちなど、とるに足らない弱小の団体にすぎないとは思います。ですが長いこと日本でやってきた知恵もありまして、お父様にもたびたび助言を……」

「なら助言してみろ。優莉結衣をぶっ殺す方法を。どこからも入手できなくなった銃器は、どう補充すりゃいい？　いくらでも連れてこられるはずだった傭兵たちも全滅しちまって、その代わりは？　日に日に離れてく傘下の組織はどうつなぎとめる？」

槙人は片手をあげ勇次を制した。「ディエン・ファミリーは在日ベトナム人にとって象徴的存在だ。敬うことはあっても、頼ることはできん」

「もともと頼りにならないじゃないか！　父さんのほうこそ、なにができるっていうんだよ。俺がどういわれてるか知ってるか？　いんちき詐欺師、人殺しベトナムマフィアのドンの息子だってよ」

よく知っている。権晟会が壊滅し、武器取引のリストが流出した。一夜にして田代家の評判は地に墜ちた。それまで徹底して健全さをアピールしてきたが、世間にはおそらく元ベトナム人の成功を妬《ねた》み、不満をくすぶらせる向きもあったのだろう。疑惑が報じられて以来、社会はここぞとばかりに攻撃に転じた。日本の経済界に多大な影響を与えているため、関連企業はいまのところ命脈を保っている。警察も慎重にならざるをえない。

だが甲子園球場の騒ぎにより、強制捜査への着手は時間の問題となった。マスコミはここぞとばかりに槍玉《やりだま》にあげてくる。長男グエン・ヴァン・ハンが甲子園浜で死亡。乗っていたバンの密閉容器から、毒性のきわめて高いウィルス検出。

もとはといえば甲子園署の畑野らが、優莉結衣を逃がす失態を演じたからだ。この六か月間、結衣のせいでなにもかも失った。武蔵小杉高校とチュオニアンでの事業計画が結衣の存在により破綻《はたん》した。東京におけるパグェの拠点だった清墨学園も壊滅させられた。結衣を標的にした与野木農業高校のサリンプラント、修学旅行機ハイジャック、いずれも返り討ちに遭った。ついでに銃器密売ルートも絶たれると同時に、田代一家の犯罪関与が公になってしまった。最後の頼みの綱、長男ハンの率いる傭兵部隊の残存勢力を迎えようとして、たちまち全滅の憂き目に遭った。優莉匡太半グレ同盟の怨霊《おんりよう》が乗り移った悪魔の化身。なんと恐るべき女子高生なのか。

勇次が茶化すようにいった。「残念だったよな、父さん。大型ヘリがうちと結びつけられちまっても、それだけならまだ言い逃れできた。無許可でも赤十字のヘリを飛ばして、大量のマスクを日本に届けたかったっていえば、いつもみたいに主婦層の感動を呼ぶと思ったんだろ？　政府は頼りにならないけど田代さんは別格だって」

槇人はつぶやいた。「勇次。それぐらいにしとけ」

「ところがぜんぶヘリと一緒に燃えちまった。発見されたのは金属製の武器の残骸《ざんがい》ばっかり」

「いい加減にしないか」

「バドミントンで順当に勝ちあがっても、父さんの計画は邪魔しないつもりだった。刃向かわずに協力してきた。オリンピックの中止が前提でも、父さんのために尽くすつもりだったんだよ。なのになんだよこれ」

「オリンピックが中止にならなかったら、恥をかくのはおまえだ。代表に選ばれたところで、今年のおまえの実力では、世界の強豪に太刀打ちできるわけがない」

「よくそんなことがいえるな」

「おまえが負けないよう、全国大会ではいろいろ手を打った」

勇次が表情を凍りつかせた。「ふざけんなよ。勝ったのは俺の腕だ」

「選考会は見抜いてた。どうせおまえの人気は急落してた」

かっとなった勇次が、ラケットを握りしめ槇人に襲いかかってきた。

美代子が悲痛な叫びを発した。「勇次、よして!」

槇人は飾ってある模造刀を手にとった。勇次が振り下ろしたラケットを、目の前に突きだした模造刀で弾いた。ただちにボビナムの蹴《け》り技を勇次の横っ腹に浴びせた。苦痛に前のめりになった勇次の背を、つづけて何度も蹴りこむ。勇次はその場に膝《ひざ》をついた。

模造刀の先を勇次に突きつけ、槇人は低くつぶやいた。「頭を冷やしてよく考えてみろ。おまえが優莉結衣に惚《ほ》れたせいで殺せなかった。児童養護施設ごと燃やす機会はいつでもあったのに、手をこまねく羽目になった。いまからじゃもう遅い。警察もマスコミもうちの動きに注目してる」

　勇次が顔をあげた。悟ったように穏やかな表情だった。だがそれは槇人を油断させるための欺瞞《ぎまん》にすぎなかったらしい。勇次はラケットの網を模造刀の尖端《せんたん》に叩《たた》きつけた。模造刀が網に突き刺さった。槇人はとっさに模造刀を引き抜こうとしたが、勇次がラケットをひねり、容易に抜けなくなった。次の瞬間、勇次はラケットを模造刀の鍔《つば》ぎりぎりまで深く押しこむと、巧みにねじりあげた。腕を斜め上方に振るや、ラケットごと模造刀を奪いとった。槇人が面食らったときには遅かった。勇次の飛び蹴りを食らい、槇人は仰向《あおむ》けに倒れた。胸部に痺《しび》れるような痛みがひろがる。勇次が模造刀をラケットから抜き、尖端を槇人に突きつけた。

　美代子が悲鳴に似た声を発した。「勇次！」

　さすが十七歳の動きだ。槇人はひそかに感心した。大腿《だいたい》四頭筋と二頭筋、広背筋を鍛えている。もともとバドミントンは、刀剣の訓練で発達した筋肉のカモフラージュが目的だった。バドミントンの覇者にはなれずとも、人を殺《あや》める能力が優莉結衣に劣るはずもない。サイゴン郊外の地獄を生き抜いてきた槇人のすべてを、息子たちに幼少期から教えてきた。長男ハンのほうが習得が早かったが、性格が直情的で問題があった。のみならずハンはクラブハウスの倒壊で大怪我を負い、結衣の前ではどうにもならなかったと考えられる。勇次に同じ轍《てつ》は踏ませない。

勇次は槇人を見下ろしながらつぶやいた。「優莉結衣は俺が殺してやる」

「結婚したがってたんじゃないのか」

「もうちがう。あいつを不幸な身の上ととらえ、手を差し伸べようとしたのが馬鹿だった」

「なら父さんが力を貸してやる」

「傘下の半グレ集団なんか役に立たない。飛行機から吹っ飛んだパグェの親子と同じ末路だろ」

「智沙子を利用すれば罠《わな》を張れるが」

「意味がない。結衣は異常者だ。凜香が拷問に遭ってても、見殺しにしていいと考える女だ」

「人質以外の活用法もある。智沙子は結衣にうりふたつだし……」

「やめろよ！」勇次が声を荒らげた。「結衣から父さんの会社にメールが来たんだろ？　智沙子になにかあったらただじゃおかないって書いてあった」

「怯《おび》えてるのか」

「馬鹿いうなよ。心配なのは母さんだよ。いちど結衣に会いに行ってる。母さんになにかあったら困る。だから智沙子なんか使うな。結衣は俺が殺す」

新たな意思を胸に刻んだからか、勇次の顔つきが変わった。もう涙に暮れてはいなかった。模造刀を放りだすと、足ばやに廊下へと立ち去った。階段を駆け上っていく音がする。

使用人らが集まってきて、槇人を助け起こした。美代子も泣きながらすがりついた。槇人は立ちあがったものの、まだ胸がずきずきと痛んだ。ただし心地よい痛みではある。次男が結衣への殺意を剝《む》きだしにした。

美代子が震える声でささやいた。「ハンばかりかチェットまで……勇次まで失ったら、わたしはもう耐えられません」

「心配するな。いまが夜明け前のいちばん暗いときだ。状況はきっとよくなる」

「でもシビックからの……。あのう、負債が」

事業計画の相次ぐ失敗を受け、いまや莫大《ばくだい》な赤字を抱えこんでいる。最後の傭兵《ようへい》部隊と武器弾薬を優莉結衣ひとりに投入し、過剰な集中攻撃で確実に殺したのち、同時多発銀行襲撃により損失を補塡《ほてん》する予定だった。だがすべては水泡に帰した。

借金は考えたくない問題だった。しかしいつまでも目を背けてはいられない。槇人は白髪頭のナムにいった。「ディエン・ファミリーのほうでなんとかしていただくわけには……」

ナムが困り果てた顔になった。「私どものような極貧の団体にはとても。無力を痛感しております。あなたがたへの忠義心の強さだけなら、ほかの誰にも負けないのですが」

槇人は深刻な気分で美代子を眺めた。いまは正直なことはなにもいえないか。

優莉結衣はいちども槇人や勇次を殺しに現れなかった。機会をうかがわないばかりか、居場所を探ろうともしない。殺したところで組織体制が盤石な場合、首がすげ替わるのみ、そんな半グレ集団の構造を理解しているからだ。結衣が行く先々で接触するのは、田代槇人が四方八方に伸ばした手足。それら手足をもぎとっていけば、なにもできない頭だけが残る。結衣はそのことを熟知していた。

槇人は美代子を見つめた。「俺は勇次とともに勝負を賭《か》ける。決着をつけるときがきた。もう後がない。優莉結衣が死ぬか、俺たちが絶滅に瀕《ひん》するか、ふたつにひとつだ」

美代子の潤んだ目が見かえした。だがその険しい表情に、揺るぎない信念が浮かびあがった。ハンやチェットに面影が重なる。きっぱりとした強い口調で美代子がいった。「優莉結衣の内臓を抉《えぐ》りだして持ち帰ってください。わたしがいま望む唯一のお土産です」

30

コロナウイルスはさらなる猛威を振るい、オリンピックの延期が正式にきまった。緊急事態宣言もだされるのではと危惧されるなか、四月七日の始業式を迎えた。都内では新学期の幕開けが延期されているが、栃木は例年どおりだった。もっとも明日以降はまたしばらく休校らしい。

とりあえず結衣に感染がないことは確認済みだった。甲子園での事件に関わった全員が、強制的に検査を受けさせられたからだ。

雲の隙間から脆《もろ》い春の陽射しが降り注ぐ。結衣は冬物のセーラー服を身につけたうえ、口もとをマスクで覆い、住宅地内の通学路を歩いていった。周りの生徒らもみなマスクをしている。

泉が丘高校は以前となにひとつ変わっていない。満開の桜も、野球部の練習場が幅を利かせるグラウンドも、記憶に残っていたとおりだった。ただしちがいもある。みな結衣に気づいても避けたりはしない。どういう風の吹きまわしだろう。

きょうから三年生になった。去年の春は、体育館の外壁にクラス分けが貼りだされていた。今年は事情が異なる。コロナウイルス対策で人混みを避けるよう、行政から通達がなされているからだ。結衣はスマホを操作した。学校のサイトにクラス分けの名簿がある。自分の名前はすぐに見つかった。三年三組か。

名簿のひとつ上に注意を引かれる。山海鈴花とあった。同じクラスになったようだ。

女子生徒の声が呼びかけた。「おはよ」

結衣は戸惑いながら振りかえった。白いマスクの上に、鈴花の細めた目があった。

「なに？」鈴花がきいた。「あんまり近づきすぎるなって？　ふたりとも陰性だったじゃん。あれ以来は手洗いもうがいも徹底してるでしょ」

「まあね」結衣はぎこちなさを自覚しながらつぶやいた。「おはよう」

朝の挨拶《あいさつ》など慣れていない。とりわけ学校では数回しか経験がない。

鈴花がスマホ画面を指さした。「同じクラスだね。うちのお父さんも喜んでたよ」

恐縮とともに押し黙った。どう答えるべきかわからない。結衣は視線を落とした。

また泉が丘高校に通いだすなど想像もしていなかった。

ここの保護者説明会で、優莉結衣を復学させてはどうかという提案がなされた。一定期間内に新たな学校に編入されなければ、高校生の資格を失うところだったため、一人権支援団体も前向きになった。気づけば宇都宮の児童養護施設への引っ越しが進んでいた。

校長や教頭は難色をしめしたようだが、鈴花の父が教職員とPTAを強く説得した、そのようにきかされた。野球部エースの滝本を筆頭に、複数の生徒らが優莉結衣の復学のため、自主的に署名活動までしたらしい。

なぜそこまでして、こんな厄介者を受けいれようとするのだろう。もともと九か月前、学校も保護者も全会一致で結衣の放校をきめたはずなのに。

スーツの教師がふたり近づいてきた。いずれもマスクをしていたが、ひとりは普久山だとわかった。

「ああ、優莉」普久山はすっかり日常の顔に戻っていた。「おはよう。ちゃんと登校したな」

結衣は頭をさげた。「おはようございます」

「こちらは三年三組の担任、伊賀原璋《いがはらあきら》先生だ」

皺《しわ》ひとつないスーツを通して、贅肉《ぜいにく》のない引き締まった体格が見てとれる。長めに伸ばした髪に色白の細面、すっきり通った高い鼻が、マスクを浮きあがらせている。年齢は三十代半ばぐらいか。伊賀原がおじぎをした。「よろしく」

なかったろ」

鈴花が顔を輝かせた。「担任の先生？　初めまして。山海鈴花です」

「おい」普久山が不満げな表情になった。「去年の春、先生にそんなリアクションはなかったろ」

「おぼえてるんですか？」鈴花が結衣にささやいた。「キモいよね」

普久山はため息をつき、結衣に視線を移した。「伊賀原先生はうちの学校に赴任してきたばかりでね。優莉の復学にも尽力してくれたんだよ。辛抱強く関係者らを説得した。いまじゃ多くの大人たちが腑《ふ》に落ちてる。そもそも優莉をほかの学校に移したこと自体が過ちだと」

伊賀原が穏やかに笑った。「父親のことで差別されるなんて許しがたいよ。むしろほかの生徒たちの規範になる存在だと思う。甲子園球場でも勇気ある行動をとったんだろ？　普久山先生にきいたよ」

鈴花がなにかいいたげな顔になった。普久山が目で制した。鈴花は当惑ぎみに口をつぐんだ。

普久山はむろんすべてを打ち明けてはいまい。伊賀原も事実を知ったら、復学への働きかけなどしなかっただろう。秘密を共有しているのは、甲子園にいた数人のみだった。

とはいえ噂はすでにひろがっている。ゆえに登校に際し、いつもと変わらない冷やかな空気を覚悟していた。だがこのおおらかな状況はなんだろう。

新任の教師に真意を悟られるわけにいかない。結衣は慎重に言葉を選びながら鈴花にきいた。「わたしが怖くない？」

「ちっとも」鈴花はあっけらかんと応じた。「優莉さんがどんな人なのか、いまではよくわかってるから。誰よりも頼りになるし」

伊賀原が興味をしめした。「詳しくききたいな。優莉のどんなところが頼りになる？」

普久山があわてぎみに遮った。「伊賀原先生。優莉は成績も優秀ですよ。気難しいところもありますが、だんだん内面が理解できるようになってきます。周りにもいい影響を与えていますし」

すると伊賀原が妙な顔になった。「普久山先生。いまのお話ですが、具体的にはどういう……」

普久山は苦笑した。「ここは田舎だからか、少々呑気《のんき》でしてね。純粋でもある。だからなんというか、武蔵小杉高校に転校して以降の優莉を、だんだん肯定的にとらえるようになったんです。教師として支持すべきかどうかはわからない。正直もう面倒は起こしてほしくない。ただ生徒全員がいろいろ結衣について噂するうち、学校全体が同じいろに染まっていってね」

伊賀原が普久山にきいた。「どんないろですか?」

「さあ」普久山はとぼけたような顔になった。「生徒たちと過ごすうちにわかってくるでしょう」

鈴花が結衣を見ながら無邪気に笑った。伊賀原は釈然としないようすだった。ともに甲子園の死地をくぐったわけでない伊賀原には、まだ心が許せない。結衣は問いかけた。「伊賀原先生。担当の教科はなんですか」

「化学だよ」

「へえ。体育じゃなかったんですか」

「体育じゃないな。なんでそう思う?」

「鍛えてらっしゃるかと」

「ああ。ジム通いは欠かさないね。なにせ年会費がもったいないから」

普久山がいった。「彼女は化学も得意だよ」

「それはいい」伊賀原は笑顔を向けてきた。「授業を楽しみにしてる。普久山先生、そろそろ時間じゃないかと」

「ああ、そうだな」普久山が周りに声を張った。「みんなクラス分けは確認できたな？　各教室に入れ。机の間隔はいつもより空けること」

集団がぞろぞろと移動を開始した。校舎の昇降口へと向かう。結衣は伊賀原の背を見送った。思いすごしだろうか。ほかの教師とはどこかちがうように感じる。

鈴花が結衣に歩調を合わせてきた。「三年になると、いよいよ進路ってやつが大問題だよね。優莉さんは進学？　就職？」

「まだきめていない」結衣はきいた。「山海さんは？」

「介護に進みたいから、そっちの専門学校かなって」

「お父さんのためとか……」

「まさか。お父さんはリハビリも順調で、近いうち退院だって。びっくりするほどタフだよね、元球児は」

男子生徒のマスクがふたり近づいてきた。滝本が鈴花に問いかけた。「山海、どこのクラスになった？」

「三組」鈴花が大仰に顔をしかめた。「滝本君とはちがうよね」

「俺は二組だった。隣りだよ」

津田が割って入った。「俺は一組だ」

「きいてない」鈴花はさばさばした態度に転じた。「津田君は飯塚さんと一緒のクラスでしょ。よかったじゃん」

「山海」津田の眉間《みけん》に皺が寄った。「からかうな」

結衣はリュックのポケットから、ぼろぼろになった円盤形のお守りをとりだした。

それを滝本に差しだす。「本来はあなたの」

滝本がお守りを受けとった。涼しいまなざしが鈴花に向けられる。鈴花が困惑ぎみにうつむいた。

「春か」滝本がつぶやいた。「もう終わったことだよ」

「いえ」結衣は滝本を見つめた。「まだ始まってもいない」

「夏も開催はまず無理ってきいた。でもさ……」

「なに？」

「俺たちはそんなに悲嘆に暮れちゃいないよ。大人たちはそうあってほしいと思ってるみたいだけどさ」

鈴花が意外そうにきいた。「そうなの？」

「ああ」滝本がうなずいた。「人の命には替えられない。いつだって野球はできる。情熱がありつづけるかぎりアオハルだし」

「かもね」鈴花が微笑した。うっすらと涙が滲《にじ》みだしている。「わたしたちには希望と信念があるもん。それがアオハルってやつだよね」

津田も笑った。「夏なんてまだまだ先だぜ？　どうなるかわからねえよ。俺、八月五日が誕生日だしさ。歳とりたくねえし、ずっといまがつづくと信じてえし。はるか未来だと思ってりゃいいんじゃねえのか？」

それも高校生にとっての真理だと結衣は思った。大人は夏だとか来年だとかいいたがる。けれども十代にとっては一週間先ですら、なにが起きるかわからない未来にほかならない。ひと月先であれば、もう人生の激変や、将来の未知なるできごとを期待してしまう。そんな無邪気さに、まだ子供だと自覚する。おそらくまちがってはいないのだろう。臆病さを忌み嫌い、根拠のない自信と勇気に満ちていることが、十代の強さにちがいないのだから。

もっとも結衣は例外的存在にちがいなかった。無鉄砲な生き方の意味も大きく異なる。結衣は将来を考えていない。さほど人生が長いとも予感していない。

ふいに津田が結衣との距離を詰めてきた。「なあ優莉。うちの親は、高校生の俺たちがあんな事件に巻きこまれて、ショックを受けたかもしれないって心配してる。カウンセラーに会わせようとするんだぜ？　たまんねえよ。じつは高校生のほうが自分に正直だよな。凶悪犯なんか死ねばいい」

「ならわたしも死んで終わり」

「優莉のことじゃなくてさ」

「いいから」結衣は片手をあげ、津田を押しとどめた。「血なまぐさいことは早く忘れて」

影響を受けてほしくない。結衣は歩を速め、ひとり昇降口に急いだ。事情を知る仲間が増えていけば、父と同じ道を歩むかもしれない。緩くつながっていき、自然にできあがるのが半グレ集団だからだ。

それでもどこか空気が緩和していると感じる。昇降口のなかも、いままでとは雰囲気が異なっていた。見知らぬ女子生徒が、シューズボックスの隣りの扉を開け、おはようと笑顔でいった。同じ三組らしい。おはよう、結衣がぼそりと応じると、さらにほかの女子生徒が声をかけてきた。おはよう。

噂は噂のまま、真偽も曖昧《あいまい》なまま、みな結衣の存在を受容し始めている。栃木のおおらかさのなせるわざか、それとも学校ごと狂気に呑《の》みこまれているのか。いままでにない特殊な環境なのはたしかだった。

どこか複雑な気分になる。共存には慣れていない。自分のせいで迷惑もかけたくない。最近、芦崎にピッチングを教えているが、有意義な時間はそれぐらいに思える。

シューズボックスの扉を開けようとしたとき、低い男の声が呼びかけた。「結衣」

結衣はびくっとした。父の声そのものにきこえたからだ。

近くに巨漢が立っていた。レスラーと力士の中間といえる体格だった。制服姿ではなく、やたら大きなネルシャツを羽織っている。分厚い胸板が浮きあがっていた。マスクはしておらず、父の特徴である腫れぼったい目と、隆起した鼻筋があった。

結衣は半ば信じられない思いでつぶやいた。「篤志《あつし》」

母親が異なるため、あまり兄という感じはない。むかしからそうだった。だが驚くべきはその変貌ぶりにある。次男の篤志といえば、ほっそりした身体つきに色白の肌ではなかったか。いまやすっかりゴリラだ。

篤志が睨みつけてきた。「なんだよ」

背が伸びたのは成長としても、肥え太った姿はまるで予想がつかなかった。大人びた顔が父に似てきている。それゆえ嫌悪感も募る。結衣はきいた。「なにしに来たの?」

実年齢は二十一のはずだが、中年に見える顔が無表情にいった。「勇次から伝言がある。決着をつけるってよ。もう生きていられると思うなって」

「ああ」結衣は油断なく篤志を見つめた。「あんたもそっち側」

篤志の野太い声が告げた。「詠美《えみ》もな」

本書は書き下ろしです。

高《こう》校《こう》事《じ》変《へん》 Ⅶ

松《まつ》岡《おか》圭《けい》祐《すけ》

令和2年 5月25日　初版発行

発行者●郡司 聡

発行●株式会社KADOKAWA
〒102-8177　東京都千代田区富士見2-13-3
電話　0570-002-301(ナビダイヤル)

角川文庫 22175

印刷所●株式会社暁印刷
製本所●株式会社ビルディング・ブックセンター

表紙画●和田三造

●お問い合わせ
https://www.kadokawa.co.jp/（「お問い合わせ」へお進みください）
※内容によっては、お答えできない場合があります。
※サポートは日本国内のみとさせていただきます。
※Japanese text only

ISBN 978-4-04-109602-4　C0193

角川文庫発刊に際して

角 川 源 義

第二次世界大戦の敗北は、軍事力の敗北であった以上に、私たちの若い文化力の敗退であった。私たちの文化が戦争に対して如何に無力であり、単なるあだ花に過ぎなかったかを、私たちは身を以て体験し痛感した。西洋近代文化の摂取にとって、明治以後八十年の歳月は決して短かすぎたとは言えない。にもかかわらず、近代文化の伝統を確立し、自由な批判と柔軟な良識に富む文化層として自らを形成することに私たちは失敗して来た。そしてこれは、各層への文化の普及滲透を任務とする出版人の責任でもあった。

一九四五年以来、私たちは再び振出しに戻り、第一歩から踏み出すことを余儀なくされた。これは大きな不幸ではあるが、反面、これまでの混沌・未熟・歪曲の中にあった我が国の文化に秩序と確たる基礎を齎らすためには絶好の機会でもある。角川書店は、このような祖国の文化的危機にあたり、微力をも顧みず再建の礎石たるべき抱負と決意とをもって出発したが、ここに創立以来の念願を果すべく角川文庫を発刊する。これまで刊行されたあらゆる全集叢書文庫類の長所と短所とを検討し、古今東西の不朽の典籍を、良心的編集のもとに、廉価に、そして書架にふさわしい美本として、多くのひとびとに提供しようとする。しかし私たちは徒らに百科全書的な知識のジレッタントを作ることを目的とせず、あくまで祖国の文化に秩序と再建への道を示し、この文庫を角川書店の栄ある事業として、今後永久に継続発展せしめ、学芸と教養との殿堂として大成せんことを期したい。多くの読書子の愛情ある忠言と支持とによって、この希望と抱負とを完遂せしめられんことを願う。

一九四九年五月三日

日本の「闇」を暴くバイオレンス文学シリーズ

——田代ファミリーの総力戦

『高校事変 Ⅷ』

角川文庫

松岡圭祐

２０２０年８月25日発売予定

発売日は予告なく変更されることがあります。

コミック版「ヤングエース」(毎月4日発売)で連載中!
コミックス第⑪巻2020年7月4日発売予定!
きゃ
カン
カン

なっ!?

あぁ！
ぎゃあぁぁ

あ゙あ゙っ

うあぁぁ
え？
ガク
ガク
ザッ

グッ

ごっ

人が……
死んでいく
でも…これは正当防衛
しょうがなかった
殺してなかったら
私が殺されていた

は…はは
さすが
死刑囚の娘
どんどん殺しの
方法を思いつく
人殺しを
楽しんでやがる
ちょっと
先生…
優莉《ゆうり》結衣《ゆい》…
やっぱりこれは
おまえらの
内ゲバだ！
半グレ集団
同士の
抗争だろ!?
スチャ

俺がこの凶行を阻止してやる！
死刑囚の娘による前代未聞の大量虐殺を!!
やめて
撃たないでお願いだから

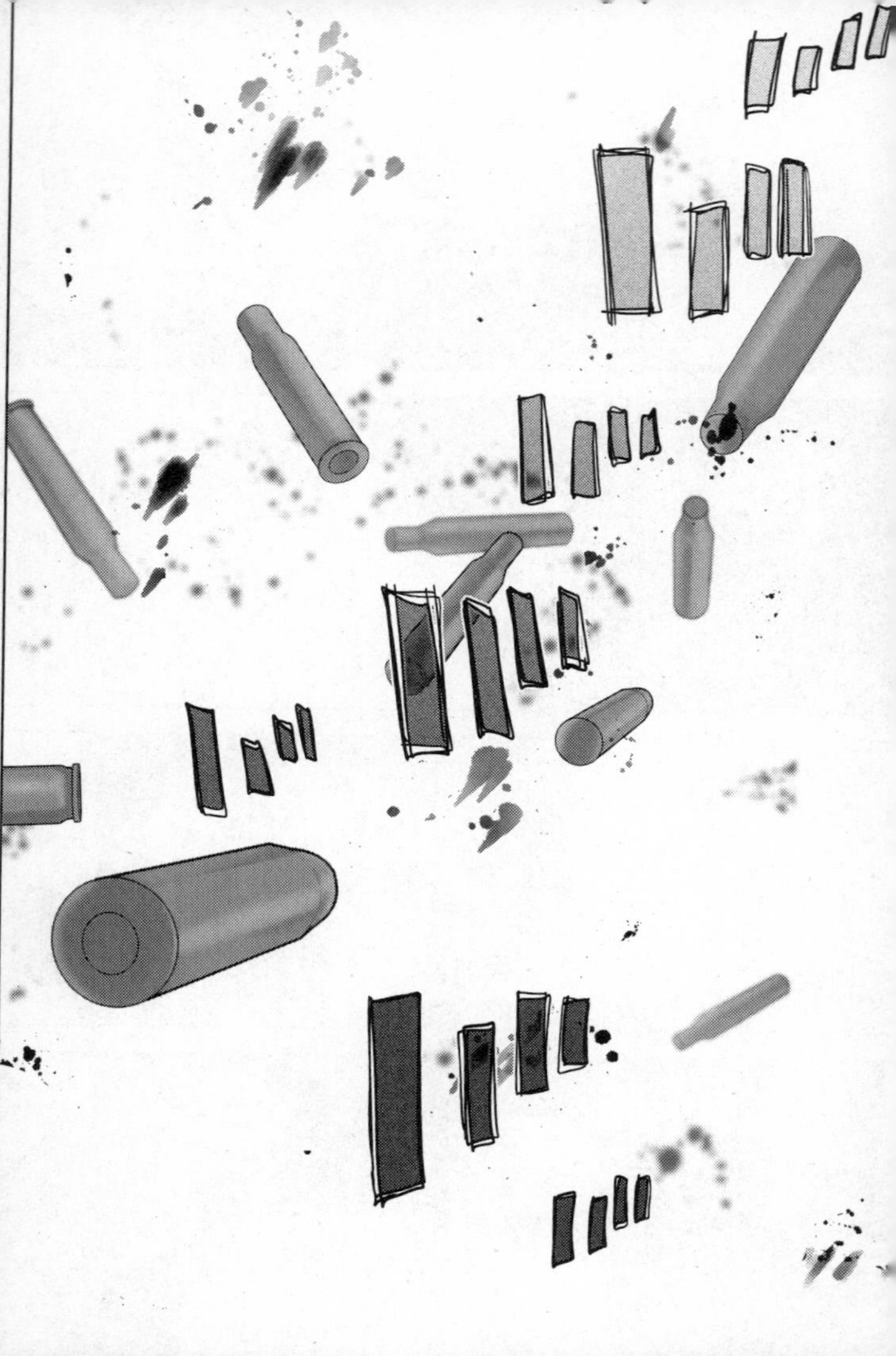

角川コミックス・エース

コミック版

高校事変

第1巻

2020年7月4日発売予定！

原作：松岡圭祐

漫画：オオイシヒロト

万能鑑定士Q　10周年記念　検索

小さな島の大きな奇跡。
興奮、涙の感動実話！

世界的映画ロケ誘致活動の夢と現実

『ジェームズ・ボンドは来ない』

著・松岡圭祐

2004年、瀬戸内海の直島が挑んだ世界的映画のロケ誘致活動に、島を愛する女子高生の遥香も加わった。手作りでスタートした活動は、やがて8万人以上の署名が集まるほど盛り上がる。夢は実現するのか？　それでも立ちはだかる壁、そして挫折……。遥香の信念は奇跡を生むのか⁉

角川文庫

角川文庫ベストセラー

霊柩車No．4　松岡圭祐

ジェームズ・ボンドは来ない　松岡圭祐

ヒトラーの試写室　松岡圭祐

人造人間キカイダー The Novel　松岡圭祐

蒼い瞳とニュアージュ 完全版　松岡圭祐

事故現場の遺体の些細な痕跡から、殺人を見破った霊柩車ドライバーがいた。多くの遺体を運んだ経験から培われた観察眼で、残された手掛かりを捉え真実を看破する男の活躍を描く、大型エンタテインメント！

2003年、瀬戸内海の直島が登場する007を主人公とした小説が刊行された。島が映画の舞台になるかもしれない！　島民は熱狂し本格的な誘致活動につながっていくが……直島を揺るがした感動実話！

第2次世界大戦下、円谷英二の下で特撮を担当していた柴田彰は戦意高揚映画の完成度を上げたいナチスに招聘されベルリンへ。だが宣伝大臣ゲッベルスは、柴田の技術で全世界を欺く陰謀を計画していた！

石ノ森章太郎のあの名作「人造人間キカイダー」を、大人気作家・松岡圭祐が完全小説化!!　読み応え十分の本格SF冒険小説の傑作が日本を震撼させる!!

ギャル系のファッションに身を包み、飄々とした口調で大人を煙に巻く臨床心理士、一ノ瀬恵梨香の事件簿。都心を破壊しようとするベルティック・プラズマ爆弾の驚異を彼女は阻止することができるのか？

角川文庫ベストセラー

万能鑑定士Qの事件簿（全12巻）　松岡圭祐

23歳、凜田莉子の事務所の看板に刻まれるのは「万能鑑定士Q」。喜怒哀楽を伴う記憶術で広範囲な知識を有す莉子は、瞬時に万物の真価・真贋・真相を見破る！　日本を変える頭脳派新ヒロイン誕生!!

万能鑑定士Qの推理劇　I　松岡圭祐

天然少女だった凜田莉子は、その感受性を役立てるすべを知り、わずか5年で驚異の頭脳派に成長する。次々と難事件を解決する莉子に謎の招待状が……面白くて知恵がつく、人の死なないミステリの決定版。

万能鑑定士Qの推理劇　II　松岡圭祐

ホームズの未発表原稿と『不思議の国のアリス』史上初の和訳本。2つの古書が莉子に「万能鑑定士Q」閉店を決意させる。オークションハウスに転職した莉子が2冊の秘密に出会った時、過去最大の衝撃が襲う!!

万能鑑定士Qの推理劇　III　松岡圭祐

「あなたの過去を帳消しにします」。全国の腕利き贋作師に届いた、謎のツアー招待状。凜田莉子に更生を約束した錦織英樹も参加を決める。不可解な旅程に潜む巧妙なる罠を、莉子は暴けるのか!?

万能鑑定士Qの推理劇　IV　松岡圭祐

「万能鑑定士Q」に不審者が侵入した。変わり果てた事務所には、かつて東京23区を覆った〝因縁のシール〟が何百何千も貼られていた！　公私ともに凜田莉子を激震が襲う中、小笠原悠斗は彼女を守れるのか!?

角川文庫ベストセラー

千里眼 The Start　松岡圭祐

トラウマは本当に人の人生を左右するのか。両親との辛い別れの思い出を胸に秘め、航空機爆破計画に立ち向かう岬美由紀。その心の声が初めて描かれる。シリーズ600万部を超える超弩級エンタテインメント！

千里眼 ファントム・クォーター　松岡圭祐

消えるマントの実現となる恐るべき機能を持つ繊維の開発が進んでいた。一方、千里眼の能力を必要としていたロシアンマフィアに誘拐された美由紀が目を開くと、そこは幻影の地区と呼ばれる奇妙な街角だった——。

千里眼の水晶体　松岡圭祐

高温でなければ活性化しないはずの旧日本軍の生物化学兵器。折からの気候温暖化によって、このウィルスが暴れ出した！　感染した親友を救うために、岬美由紀はワクチンを入手すべくF15の操縦桿を握る。

千里眼 ミッドタウンタワーの迷宮　松岡圭祐

六本木に新しくお目見えした東京ミッドタウンを舞台に繰り広げられるスパイ情報戦。巧妙な罠に陥り千里眼の能力を奪われ、ズタズタにされた岬美由紀、絶体絶命のピンチ！　新シリーズ書き下ろし第4弾！

千里眼の教室　松岡圭祐

我が高校国は独立を宣言し、主権を無視する日本国へは生徒の粛清をもって対抗する。前代未聞の宣言の裏に隠された真実に岬美由紀が迫る。いじめ・教育から心の問題までを深く抉り出す渾身の書き下ろし！

角川文庫ベストセラー

千里眼　堕天使のメモリー　松岡圭祐

千里眼　美由紀の正体　(上)(下)　松岡圭祐

千里眼　シンガポール・フライヤー　(上)(下)　松岡圭祐

千里眼　優しい悪魔　(上)(下)　松岡圭祐

千里眼　キネシクス・アイ　(上)(下)　松岡圭祐

『千里眼の水晶体』で死線を超えて蘇ったあの女が東京の街を駆け抜ける！　メフィスト・コンサルティングの仕掛ける罠を前に岬美由紀は人間の愛と尊厳を守り抜けるか!?　新シリーズ書き下ろし第6弾！

親友のストーカー事件を調べていた岬美由紀は、それが大きな組織犯罪の一端であることを突き止める。しかし彼女のとったある行動が次第に周囲に不信感を与え始めていた。美由紀の過去の謎に迫る！

世界中を震撼させた謎のステルス機・アンノウン・シグマの出現と新種の鳥インフルエンザの大流行。一見関係のない事件に隠された陰謀に岬美由紀が挑む。F1レース上で繰り広げられる猛スピードアクション！

スマトラ島地震のショックで記憶を失った姉の、莫大な財産の独占を目論む弟。メフィスト・コンサルティングのダビデが記憶の回復と引き替えに出した悪魔の契約とは？　ダビデの隠された日々が、明かされる！

突如、暴風とゲリラ豪雨に襲われる能登半島。災害はノン＝クオリアが放った降雨弾が原因だった!!　無人ステルス機に立ち向かう美由紀だが、なぜかすべての行動を読まれてしまう……美由紀、絶体絶命の危機!!